Collection dirigée par Glenn Tavennec

L'AUTEUR

Heather Anastasiu, jeune auteur de vingt-neuf ans, a déjà été publiée dans plusieurs journaux américains. Elle vit actuellement au Texas avec son mari et son fils. Parallèlement à l'écriture de la trilogie *Glitch*, elle poursuit une thèse en littérature « jeunes adultes ».

HEATHER ANASTASIU

GLITCH

RÉSURRECTION

LIVRE II

traduit de l'anglais (États-Unis) par Cécile Ardilly

roman

R

Titre original : OVERRIDE

ISBN 978-2-221-12762-9 ISSN 2258-2932
(édition originale : ISBN : 978-1-250-00300-3, St. Martin's Press, New York)

Pour Dragoş.
Si je sais si bien décrire l'amour, c'est grâce à toi !

1.

Mon pouls résonne dans ma tête. De l'autre côté du mur, un faible bruit s'est élevé, juste assez fort pour que je l'entende malgré ma respiration saccadée. Paniquée, je redresse le buste sur mon lit en mezzanine et me fige pour tendre l'oreille, avant de descendre l'échelle avec mille précautions. La plante de mes pieds se pose sur le sol glacial. J'arrive à peine à tenir debout dans cet espace exigu, entre le tapis roulant accroché au mur, la douche et les toilettes, au bas de mon lit.

Je me déplace à pas feutrés. Au laboratoire, seuls deux chercheurs sont au courant que je vis terrée derrière ce mur. Et hors de question que le reste de l'équipe découvre ma cachette. Ni aujourd'hui, ni jamais. Ma vie en dépend. La Résistance a fait en sorte d'effacer mon local des plans du bâtiment. Officiellement, cette pièce n'existe pas, tout comme moi.

À quelques centimètres de la cloison, je marque un arrêt. Au fil des mois passés ici, j'ai appris à reconnaître le moindre bruit. Par habitude autant que par nécessité. Question de survie. Immobile, je me concentre sur la succession de petits bruits secs et réguliers. *Clic, clic, clic.*

Le front plaqué contre le mur, j'ose enfin relâcher mon souffle. Ce n'était rien qu'un bruit ordinaire, une modulation des plus normales dans le système de régulation de l'air. J'aurais dû m'en douter. Ce labo fait partie des rares endroits équipés du système de filtration d'air dont j'ai besoin pour survivre. Sans cette machine, d'une efficacité absolue, je succomberais rapidement à n'importe lequel des allergènes présents à la Surface.

Je ferme les yeux et mon rythme cardiaque ralentit. C'est incroyable, la vitesse à laquelle j'oscille entre inquiétude et soulagement – et vice versa. Encore une fois, c'est une question d'habitude.

Lentement, je regagne la mezzanine. Ce renfoncement est assurément mon refuge, mais j'ai parfois la sensation d'être en prison. Le lit est trop court pour que j'étire mes membres et le plafond trop bas pour que je m'asseye complètement. Le confinement m'oppresse. Il m'arrive même de fixer les murs en ayant l'impression qu'ils se sont rapprochés, que la pièce se resserre peu à peu sur moi. Inexorablement.

J'ai beau dormir autant que possible pendant la journée, les heures s'écoulent avec une lenteur insoutenable. Ces derniers temps, j'ai mis au point une stratégie différente. Je découpe la journée en plages de trente minutes de manière à rendre la monotonie de mon existence moins accablante : je dessine, je cours sur le tapis roulant, je déplie puis replie mes vêtements, j'arpente l'espace, j'énumère les objets présents dans la pièce, j'étudie les livres d'histoire que la Résistance m'a donnés – la véritable histoire, et non les mensonges que nous sert la Communauté. Et puis je m'entraîne, sans répit.

Tôt le matin, j'ai tendance à épier le plafond. Des demi-heures durant, je regarde le mince cordon accroché au conduit d'aération se balancer au rythme de la circulation d'air dénué d'allergènes. C'est sacrément frustrant de rester là, coincée dans ce placard à balais, tout en sachant qu'Adrien et le reste de la Résistance combattent la Chancelière et la Communauté. J'en ai marre d'être reléguée au rang de « prisonnière » impuissante. Je voudrais me battre à leurs côtés.

Les paupières de nouveau closes, j'avale péniblement ma salive.

Plus que tout au monde, je rêve de reprendre le contrôle de moi-même. Lorsque nous nous sommes enfuis de la Communauté, j'ai réussi à m'insinuer, par la force de mon esprit, dans le corps des Régulateurs afin de réduire en miettes la minuscule puce implantée dans leur cerveau. Tout cela à l'aide de mon pouvoir télékinésique. J'ai pu faire sortir des portes blindées de leurs gonds. Mais maintenant...

Maintenant, j'ai beau m'entraîner – tout du moins, essayer –, rien n'y fait. Déterminée à la déplacer, ne serait-ce que d'un centimètre, je scrute ma tablette pendant trente minutes d'affilée. Mais elle ne bouge pas d'un iota. Pas parce que mon pouvoir a disparu. C'est précisément l'inverse – j'en regorge. Je le sens enfler en moi en ce moment même, faisant pression à l'arrière de mes yeux et trembler mes mains. Pourtant, impossible de le dompter. Il n'en fait qu'à sa tête. Et au bout d'un certain temps, à force de croître, il finit par jaillir tel un geyser.

Ma main palpite. Je la secoue et crispe le poing. Je préfère penser à autre chose. Aux dessins qui tapissent le mur attenant à mon lit, par exemple. Appuyée sur un coude, je les regarde un à un. Maman, papa, Markan, mon jeune frère. Tous ceux que j'ai abandonnés dans ma fuite. Et ceux que j'ai perdus. Max.

Je tends le bras et effleure le portrait que j'ai fait de lui. J'ai voulu reproduire l'expression qu'il avait au début, quand tout était plus simple et que nous étions amis. À l'époque où nous étions tous deux des pantins, des sujets placés sous le joug de la Communauté, au moyen d'un implant cérébral neutralisant nos émotions. Ceux qui s'en libèrent risquent leur vie, mais d'une certaine manière, nous avions réussi à nous trouver. Nous assurions les arrières l'un de l'autre tout en explorant les pouvoirs incroyables qui s'étaient développés en nous. Un effet secondaire des glitchs de la puce. Je lui faisais confiance, avant même de vraiment saisir la portée de ce mot.

Mais tout cela appartient au passé. Depuis, j'ai appris à mes dépens qu'une personne que vous croyez connaître est capable de vous mentir en vous regardant droit dans les yeux.

Je repense à la dernière fois que j'ai vu Max, juste après avoir compris qu'il travaillait pour la Chancelière en tant que Sentinelle depuis le départ. C'était son informateur, il lui rapportait les moindres faits et gestes des glitchers tels que nous. C'est à cause de gens comme lui qu'on nous capture et nous « répare », voire, pire, qu'on nous « désactive ». Or il n'avait pas manifesté l'once d'un scrupule une fois démasqué.

— Tu devais rester dans l'ignorance, Zoe, avait-il dit. Dans l'innocence. Je comptais te bâtir une vie qui aurait dépassé tes plus beaux rêves. Une vie parfaite pour toi et moi, ensemble.

« Tu devais être mienne », avait-il ensuite ajouté avec amertume.

À ce souvenir, mes joues s'enflamment et je hoche la tête. Je me rappelle le dégoût qui s'était peint sur ses traits quand je l'avais supplié de nous suivre.

— Tu veux que je rejoigne les rangs de ta petite Résistance de pouilleux ? Que je voie tous les jours un autre te rendre heureuse ? Très peu pour moi.

Ses mots sont comme une plaie béante dans laquelle on remuerait sans cesse un couteau. Ils me torturent sans relâche. Je me les répète en boucle et, chaque fois, c'est une nouvelle bouffée de colère qui m'envahit. Mais en vérité, cette colère et cette douleur, j'en ai besoin. Ce sont elles qui, ancrées au plus profond de mon être, me tranquillisent. Car dans cet abri qui me donne parfois l'impression d'un tombeau, elles sont autant de preuves que je suis vivante, libre, et qu'un jour prochain je serai à même de me joindre aux autres pour combattre les nombreuses injustices qui nous étaient infligées.

Je détourne le regard du portrait de Max pour le poser sur l'autre visage, qui hante le plus souvent mes dessins. Celui d'Adrien, avec ce sourire qu'il me réserve à moi, rien qu'à moi. Soupir. Son image est la seule, sur ce mur, à ne pas m'emplir de regrets.

Ça fait tellement longtemps que je ne l'ai pas vu ! La dernière fois qu'il m'a rendu visite, il était en route pour la Fondation, une future école spécialement conçue pour les glitchers et, surtout, dotée d'un système de filtration identique à celui de ce labo de recherche. Je pourrai l'y rejoindre sans avoir à craindre l'air que je respire ou redouter qu'on me débusque et me tue à tout moment.

Comme je m'apprête à retracer le visage d'Adrien du bout des doigts, un tremblement me parcourt la main. J'ai été en proie à ce léger tressaillement toute la nuit. D'abord mes cuisses, et à présent ma main. Une peur fulgurante me perce de part en part.

Pas encore ! Ce n'est pas censé se reproduire si vite.

Je contracte les muscles de ma main, et les palpitations cessent. J'avale ma salive avec peine, tâchant de calmer l'inquiétude montante. Cela fait des semaines que ma télékinésie dysfonctionne. Mon pouvoir se déchaîne tel un fauve, prêt à sortir les griffes. Si, pour Adrien, nos pouvoirs de glitchers sont un don, je commence, moi, à sérieusement en douter.

Après avoir éteint la lampe à diode, je pose ma tête sur l'oreiller. Peut-être que notre esprit a su développer des capacités surhumaines, mais peut-on en dire autant de notre corps ? Et si nous étions trop fragiles pour canaliser ce genre d'énergie ? Et si notre prétendu don était en réalité une malédiction ?

À peine me suis-je assoupie qu'un mouvement contre ma joue me tire de nouveau du sommeil. Les palpitations dans ma main ont redoublé d'intensité.

Merde ! me voilà totalement éveillée. Non seulement mon bras continue à frémir, mais le tremblement a gagné mon épaule. Le bourdonnement distinctif de mon pouvoir augmente dans mes oreilles jusqu'à se muer en hurlement strident.

— Non, non, non…

Je rallume et descends de la mezzanine avec maladresse. Un coup d'œil en l'air, vers l'horloge murale. Dix heures du matin. Si jamais je ne stoppe pas mon pouvoir avant qu'il n'explose, je vais me faire repérer. Pas de doute.

La première fois que j'ai perdu le contrôle de cette manière, j'ai eu de la chance, c'était en pleine nuit et le labo était désert. Le lendemain matin, Milton, l'un des deux chercheurs au courant de ma cachette, est entré. Le spectacle de ma chambre, dévastée comme après le passage d'une tornade, l'a laissé sans voix : le cadre en métal du lit, tordu en forme de huit, les toilettes arrachées au sol et encastrées dans le mur d'en face. L'ensemble de mes dessins et vêtements en charpie, et moi, recroquevillée dans un coin, couverte de contusions.

Milton s'est montré gentil. Il m'a dit que je lui rappelais un peu sa sœur qu'il a dû abandonner à son sort d'esclave dans la Communauté, me racontant tout un tas d'histoires sur elle pendant que nous nettoyions l'abri.

D'après lui, mes crises se produisent peut-être parce que je suis enfermée ici, dans l'impossibilité d'utiliser mon pouvoir à ma guise. Mais il ne comprend pas. Disons… pas complètement. C'est plus grave que ça n'en a l'air. Mon pouvoir se transforme peu à peu, et moi avec. Je ne suis plus capable de le maîtriser. Je me demande comment j'ai jamais pu, d'ailleurs. Parfois, j'imagine qu'il me consume de l'intérieur et se nourrit de mon corps comme un parasite.

J'attrape mon oreiller et ma couverture avant que mes jambes ne cèdent à leur tour, et je saute par terre. Juste à temps. Il y a à peine la place de s'allonger mais, au moins, le sol est plus sûr que le lit. Invoquant le peu de contrôle qu'il me reste sur mes muscles, je me cale entre l'étagère et les W.C., pour plus de sûreté. Je sais d'avance ce qui m'attend, et ça va faire mal. Je presse mes paupières. Dans cette obscurité, je serre les mâchoires, ordonnant à mon corps de se tenir tranquille. Il faut absolument que je reste calme.

Mes deux bras sont secoués de spasmes à présent. Je bascule sur le flanc afin de reposer ma tête sur l'oreiller et mords la couverture. Les palpitations atteignent mon buste puis mes jambes. Mon coude, mon omoplate et mes talons frappent douloureusement le sol froid. Je me retiens de crier, de peur qu'en ouvrant la bouche, même d'un millimètre, mon pouvoir n'en profite pour jaillir.

Le feulement qui fait rage dans mon crâne tourne au mugissement. La bête exige qu'on la libère. Je mords la couverture de plus belle et endure les coups, l'un après l'autre. Encore et encore. Mon corps s'abat contre le sol, et je grimace à chaque impact, tandis que d'anciens bleus incomplètement résorbés se ravivent.

Il faut juste que la crise passe, ensuite je pourrai me reposer.

Les tremblements deviennent de plus en plus violents. À un point tel que mon pied cogne contre le mur dans un bruit sourd. *Boum, boum, boum.* Je focalise toute mon énergie sur mes jambes pour tâcher de les immobiliser. Mais mon corps ne veut rien entendre. Un gémissement m'échappe. Pour peu qu'on m'ait entendue, je ne donne pas cher de ma peau.

À bout de forces, je crois bien que je vais m'évanouir de douleur. Je me prépare au pire. Le pouvoir exerce une pression insupportable, ne demandant qu'à s'affranchir de mon enveloppe charnelle.

Impossible de tenir plus longtemps. Je suis sur le point d'éclater. Les lèvres comprimées, je sens mes entrailles se déchirer. Sous l'effort, mon visage dégouline de sueur.

Au moment où je me crois prête à exploser, la crise se calme. Les secousses se muent en tremblements puis en frémissements avant de disparaître complètement. Les gouttes de transpiration me picotent les yeux. Percluse de fatigue, je suis bien incapable de les chasser, mes bras pèsent une tonne. Je reprends mon souffle. Progressivement, je m'agenouille et enfin me relève en décomposant chacun de mes mouvements.

J'ai l'impression d'avoir couru sur le tapis roulant pendant un jour et demi. Au moins, maintenant, je vais pouvoir dormir. Lasse, je grimpe dans mon lit. Mes bras se remettent à trembler, de fatigue ce coup-ci, et non pas à cause d'un débordement de pouvoir.

Mais alors que mon corps finit par se détendre sur la paillasse qui me sert de matelas, un grattement me parvient, au niveau de l'entrée secrète de ma cachette. Je me fige. Il est encore trop tôt pour que Milton m'apporte à manger. Les coups de pied contre le mur ont dû alerter quelqu'un qui vient inspecter les lieux. Du labo, rien de plus facile que de traquer l'origine du bruit.

De grosses larmes perlent au coin de mes yeux. Je suis trop fourbue pour me battre. Dans un ultime effort, je me colle contre le mur, de manière à grappiller quelques secondes. Ainsi, l'intrus ne m'apercevra pas tout de suite en entrant dans la pièce. Je suis une boule de peur et de fatigue. Après tant de sacrifices et de patience, comment puis-je perdre la bataille aussi bêtement ? Affronter mes ennemis dans un tel état de vulnérabilité…

La porte s'ouvre.

— Zoe, c'est moi.

C'est la voix d'Adrien. Toute ma tension s'évapore d'un coup. Dans ma précipitation, je manque de tomber de l'échelle et me jette dans ses bras grands ouverts. Il n'était pas censé arriver avant la semaine prochaine. Est-il venu me chercher pour me conduire à la Fondation plus tôt que prévu ? Les lèvres entrouvertes, je m'apprête à lui poser la question, mais me ravise aussitôt. À cet instant précis, rien ne compte plus pour moi que la chaleur de ses bras.

Ma tresse s'est défaite durant la crise, et Adrien en profite pour glisser les doigts dans ma chevelure. Je me blottis contre lui, inhale son parfum. Ma fatigue semble s'être volatilisée à son contact. Sa présence me produit cet effet à chaque fois. J'incline légèrement la tête en arrière et il pose sa bouche sur la mienne. Ses lèvres, d'une infinie douceur, me font oublier un instant toute la solitude et la peur engrangées ces derniers mois. Mon esprit est absorbé par la douce texture de sa bouche et la manière dont mon amour pour lui s'épanouit en moi comme une fleur.

Malheureusement, ce moment de grâce est de courte durée. Il s'écarte bientôt, le regard sombre.

— Le temps nous est compté. Il faut qu'on parte. Sans attendre.

Il pivote sur ses talons et, à l'instant où il me lâche, mes jambes affaiblies se dérobent sous moi.

— Zoe ! (Il me rattrape par la taille et m'aide à me relever.) Qu'est-ce qui t'arrive ? Ça ne va pas ?

Il me fait m'asseoir sur l'abattant des toilettes, seul siège de fortune dans cette pièce dépourvue de chaise. Essoufflée, je lui mens.

— Je vais bien. J'ai juste besoin d'un peu de repos. On ne peut pas partir demain matin plutôt ?

Mais en levant la tête, je m'aperçois qu'Adrien a déjà sorti la combinaison protectrice, qu'il est en train de la déballer.

— Il faut partir sur-le-champ, Zoe. Enfile ça. Commence par les pieds.

— Pourquoi on est si pressés ?

— J'ai eu une vision. Ils vont bientôt faire une descente dans le labo…

Je mets quelques instants à intégrer la nouvelle.

— Attends, tu veux dire… qu'ils savent où je me cache ?

— Pas encore, parvient à répondre Adrien d'une voix à peu près calme. La Chancelière Bright vient d'être promue Vice-Chancelière de la Défense. Elle a immédiatement ordonné qu'on passe au peigne fin tous les lieux équipés d'un système de filtration d'air. Elle sait que tu en as besoin pour survivre. J'avais cru que nous aurions plus de temps devant nous. Tu vois, il y a environ une cinquantaine de foyers concernés dans le Secteur. Comment pourrait-elle être au courant que le Réseau n'a accès qu'à celui-ci ? (Il secoue la tête.) Pourtant, c'est bel et bien ce que j'ai vu.

— Quand vont-ils débarquer ?

— Je ne sais pas, réplique-t-il en se passant la main dans les cheveux. On aurait dit une vision à court terme. Comme si ça devait arriver dans les jours à venir.

Il plante son regard dans le mien.

Une vague de panique m'inonde. Ils viennent m'arrêter. L'horreur de la situation me rattrape, chassant du même coup les restes de fatigue qui m'embuaient encore l'esprit.

— J'allais t'envoyer un message sur ton interface, mais j'ai eu peur qu'on l'intercepte. Imagine un peu si, sans le vouloir, je donnais l'alerte et que tu te faisais prendre à cause de moi !

Une nouvelle pensée, tout aussi désagréable, m'assaille.

— Attends un peu. Tu m'emmènes où ? Si la Fondation n'est pas encore opérationnelle, ce labo est le seul endroit où je peux respirer sans danger. Que va-t-il se passer dans douze heures, une fois qu'on aura épuisé toutes les réserves d'oxygène de ma combinaison ?

— Il y a un campement de la Résistance à proximité. Ils ont quelques cuves d'oxygène en stock. Ça nous permettra de gagner un peu de temps, histoire de mettre au point un plan pour la suite.

D'une main, il m'aide à me relever, puis il tire le lourd costume matelassé qu'il remonte jusqu'à ma taille. Composé de trois couches superposées, il empeste le plastique et le renfermé.

— Je sais que c'est risqué, enchaîne-t-il. Mais on n'a pas le choix. En se dépêchant, on va peut-être pouvoir sortir d'ici sans encombres. Qui sait, peut-être qu'on peut influer sur ma vision. Autrement, quel intérêt de voir l'avenir ?

J'ignore s'il s'adresse à moi ou bien s'il tente de se convaincre lui-même.

— Tu as déjà réussi à empêcher une de tes visions de se produire ?

Au lieu de me répondre, il se contente de me passer le haut de la combinaison.

— Tiens, enfile ça.

Je glisse les bras dans les lourdes manches avant de m'asseoir pour me reposer un instant. Pendant ce temps, Adrien m'accroche une bouteille d'oxygène comprimé à la taille. Puis il me pose le masque sur la tête tout en veillant à ce qu'il soit parfaitement enclenché. L'air qui y circule bourdonne à mes oreilles. Lorsqu'Adrien me saisit l'avant-bras pour vérifier sur l'écran de contrôle l'étanchéité de la combinaison, mon regard est attiré par une lumière rouge qui clignote dans un coin de la pièce. Le signal d'alarme.

Réprimant un hoquet de surprise, je glisse un regard inquiet vers Adrien. Nous savons tous deux ce que cela signifie.

L'inspecteur est arrivé sur les lieux.

2.

D'une main fébrile, Adrien accroche la seconde bouteille d'oxygène à ma taille. Nos doigts se frôlent tandis que je l'aide.

— Comment on sort d'ici ? demande-t-il.

— Si l'inspecteur descend par l'ascenseur principal, on se rabat sur l'issue alternative. J'ai répété le circuit dans ma tête.

Le masque étouffe ma voix. Il suffirait de presser l'option microphone pour amplifier le son, mais je préfère ne pas y toucher, de peur que le volume ne soit trop élevé.

— Il faut se diriger vers l'ouest du bâtiment et emprunter l'escalier.

Je connais le plan des lieux par cœur. À force de l'étudier, j'ai établi les circuits d'évasion les plus efficaces. Le labo comporte trois sorties possibles – deux ascenseurs et un escalier. Ce dernier est le plus proche, et c'est notre meilleure chance de quitter cette salle sans éveiller l'attention.

— Du moment que personne ne nous surprend, tout ira comme sur des roulettes.

Adrien hoche la tête. Un déclic me signale que le diagnostic de ma combinaison est achevé. Je consulte l'écran sur la manche. Tous les paramètres sont au vert. Voilà au moins une bonne nouvelle ! En plus, mes jambes ont retrouvé de leur vigueur. La montée d'adrénaline m'insuffle un regain d'énergie. Je prends une profonde inspiration et je presse le bouton d'ouverture de la porte.

Des voix nous parviennent d'une pièce voisine, mais le laboratoire est vide. C'est une salle tout en lignes épurées, aux paillasses aseptisées couvertes de matériel et au sol en inox rutilant. Je marque une pause, l'oreille tendue, mais impossible de dire à quelle distance se trouvent les voix, à cause de l'écho.

Je m'engouffre sous l'une des tables, prenant soin de ne pas renverser une éprouvette au passage, engoncée que je suis dans ma combinaison volumineuse. Pendant ce temps, Adrien referme la porte de la chambre secrète. La cloison se fond parfaitement aux murs chromés de la salle. Mais avant qu'il n'ait pu placer une table devant pour que l'illusion soit totale, le martèlement de bottes accompagné de voix se rapproche dans le couloir. Adrien a tout juste le temps de plonger sous la table près de moi.

Mon cœur bat à tout rompre. D'instinct, je pose la main sur mon moniteur cardiaque. Heureusement que le Réseau l'a neutralisé il y a plusieurs mois ; autrement, le signal sonore se serait déclenché pour indiquer l'accélération de mon pouls.

Cette salle n'a qu'une seule et unique issue. Dans ma tête, lorsque je planifiais ma fuite, j'étais toujours partie du principe que l'alarme dans ma cachette me préviendrait assez en avance pour que j'aie le temps de quitter le labo sans embûches. Trop tard pour cogiter. Les voix nous ont rejoints.

Adrien se serre contre moi sous la table noire, les lèvres pincées, fouillant la salle du regard. Que cherche-t-il au juste ? Pour atteindre l'escalier, il nous faut d'abord sortir du labo. Or, à en juger par le son des voix, l'inspecteur se tient juste devant la porte. Une onde de panique se répand dans mes veines.

— Pouvez-vous me rappeler sur quoi portent vos travaux de recherche ?

Le ton tranchant de l'officiel se répercute contre les murs métallisés du laboratoire. Quelques instants s'écoulent avant que Milton ne réponde.

— Nous étudions les pathogènes viraux, tels que la grippe 216 et ses diverses mutations. Nous effectuons également des recherches novatrices sur l'application des nanotechnologies aux pathogènes viraux, poursuit Milton d'une petite voix chevrotante.

Le Ministre délégué à la Technologie médicale s'intéresse de près à nos travaux.

— Je vois, rétorque l'inspecteur, dont les bottes claquent contre le sol tandis qu'il pénètre dans la salle, se rapprochant inexorablement de notre table. Et vous n'avez rien remarqué… d'inhabituel ?

— N… non, monsieur.

Je jure intérieurement : Milton est un bien piètre menteur ! Benjamin des chercheurs de sa promo, il est sans doute le plus doué d'entre eux dans son domaine. Un véritable génie, la crème des techniciens viraux. En outre, son statut de chercheur l'a exempté de recevoir la puce, cette puce implantée dans notre cerveau et qui est censée neutraliser les émotions. Ce qui pose un réel problème en ce moment même.

D'habitude, c'est Veri, notre autre infiltrée du Réseau, qui gère toute la communication avec les officiels au nom du labo. Contrairement à Milton, elle est passée maîtresse dans l'art de la dissimulation et du louvoiement. Apparemment, elle n'est pas encore arrivée. Résultat : Milton se retrouve à bafouiller des réponses peu convaincantes.

Les bruits de pas se rapprochent. Sous le masque suffocant, des gouttelettes de sueur perlent le long de mon visage. Je jette à Adrien un regard désemparé.

— Qu'est-ce que c'est que ça ?

L'inspecteur s'est arrêté devant la fausse cloison qui sépare le labo de ma cachette. Il tapote sur le panneau. Adrien n'a-t-il pas bien refermé la porte derrière lui ? Sous le chrome, le mur sonne creux. Je tressaille d'appréhension tandis que mon cœur bat crescendo. L'officiel est tellement proche, à présent, que j'aperçois le bout de ses bottes noires parfaitement lustrées.

J'ai tout à coup l'envie irrépressible de me réfugier à l'autre bout de la table, mais Adrien, sentant mon mouvement de panique, secoue énergiquement la tête. Compte tenu du frou-frou de ma combinaison à chacun de mes mouvements, ce serait trop risqué. Impossible de nous éclipser de la salle incognito.

L'inspecteur pousse un léger sifflement. Il vient de trouver l'encoche dans le mur ; celle qui permet l'ouverture de la porte camouflée. Dans sa précipitation, Adrien a dû omettre de replacer le cache. Il se penche à mon oreille pour y murmurer d'un ton pressé :

— Ta télékinésie ! Sers-t'en pour le mettre K-O ! Comme avec la Chancelière, tu te rappelles ?

— Mais…

L'inspecteur est entré dans la chambre secrète. J'entends un bruit de papier déchiré. Mes dessins !

— Contrebande illégale, déclare l'officiel.

Je me concentre pour déceler le moindre bourdonnement, le moindre murmure caractéristique de la présence de mon pouvoir, dans l'espoir de m'en servir. Mais je n'entends rien, à part les excuses confuses de Milton.

— J'ignorais l'existence de cette pièce ! Je vous jure que je ne l'ai jamais vue de ma vie !

Rien ne se passe comme prévu. Personne n'était censé découvrir la cachette. Si jamais l'un d'entre nous veut avoir une chance de sortir vivant d'ici, il va falloir que je neutralise l'inspecteur.

Les paupières closes, j'invoque ma télékinésie. Et dire qu'à peine quelques minutes plus tôt mon pouvoir a bien failli me consumer de l'intérieur. À présent, j'ai beau m'acharner, rien n'y fait. La bête a disparu.

Je secoue fébrilement la tête en direction d'Adrien. Il semble comprendre mon impuissance et me tire par la main tandis que l'inspecteur s'affaire à mettre la pièce à sac. Mais nous ne sommes pas assez rapides. À l'instant où nous émergeons de sous la table, l'inspecteur nous interpelle :

— Vous, là-bas ! Ne bougez plus !

Adrien se rue sur la porte en m'entraînant dans son sillage. Malgré le poids de la combinaison, je parviens à tenir sur mes jambes. Milton en profite pour nous suivre.

Derrière nous, l'inspecteur aboie un ordre dans l'interface de son avant-bras :

— Fugitifs repérés au sous-niveau 8, labo 118. Les sujets se dirigent vers l'ouest.

Mince, il appelle du renfort !

— Ils vont bloquer l'escalier ouest, avise Adrien.

Il a raison. Lorsque le couloir bifurque, je l'attire vers la gauche au lieu de prendre à droite, ce qui nous conduirait normalement à l'escalier de secours.

— Essayons le monte-charge du labo central.

Je m'efforce de garder l'esprit clair en me concentrant sur mes pas. Un pied devant l'autre. Tandis que nous enfilons l'étroit couloir à toute vitesse, Adrien fait passer Milton devant moi.

— Prépare ton badge d'accès !

Les parois couvertes d'un métal gris terne renvoient tous les sons, trahissant du même coup nos moindres mouvements. Le labo central n'est plus qu'à quelques foulées. Nous y sommes presque. J'aperçois déjà le monte-charge situé à l'autre bout de la salle.

Mais à l'instant où nous allons franchir le seuil, une silhouette apparaît dans l'entrée, suivie d'une deuxième, puis d'une troisième. Des Régulateurs nous barrent le passage. Leur visage en partie recouvert d'une prothèse en métal réfléchit la lumière du couloir. Ce sont les hommes de main de la Communauté. Dépourvus d'âme, ils s'apparentent plus à des robots qu'à des humains. Adrien s'arrête net, mais se fait renverser par Milton qui n'a pas autant de réflexes et lui rentre dedans. Tous deux s'affalent par terre. Le souffle suspendu, j'observe la scène au ralenti. Les Régulateurs brandissent leurs poignets armés d'un laser à triple canon.

Nous allons tous mourir.

Un violent soubresaut agite soudain mon corps. M'a-t-on tiré dessus ? Il aura suffi d'une nanoseconde d'inattention de ma part pour que les Régulateurs fassent feu. Cependant, ce sont eux qui, projetés en arrière, s'écroulent de tout leur poids sur le dos. Une pluie d'acier mêlé de sang gicle à travers la salle. Les yeux écarquillés, je contemple mon bras tendu en avant. Mon pouvoir. Il s'est manifesté !

Adrien se remet debout, aidant Milton à faire de même. L'un des Régulateurs esquisse déjà un mouvement.

— Courez ! nous ordonne Adrien en dégainant un pistolet laser de son ceinturon.

Milton et moi rebroussons chemin. Je regarde par-dessus mon épaule : les trois Régulateurs se redressent. Deux souffrent de légères blessures, le troisième a perdu un bras. Je n'ai pas frappé assez fort. C'est à peine si je les ai retardés. Rien n'écarte un Régulateur de sa mission. Absolument rien.

Derrière nous, Adrien continue d'arroser les Régulateurs d'une averse de faisceaux laser, mais cette fois, je ne tourne pas la tête. Déjà que je suis trop lente… Le couloir forme une longue ligne droite. Ce sera un jeu d'enfant pour les gardes de nous abattre sitôt qu'ils seront sur pied. Jamais nous n'en réchapperons si nous continuons tout droit. Mon esprit carbure à toute allure tandis que nous dépassons une succession de portes numérotées. Je revisualise mentalement les plans du labo. Ce sont des salles de recherche. Si par malheur nous nous engouffrons dans l'une d'elles, nous sommes faits comme des rats. À moins que…

Deux portes plus loin, je m'arrête et écrase le poing sur le lecteur d'accès. Milton, qui ne m'a pas vue, continue sur sa lancée.

— Par ici !

Adrien le rattrape au vol et le tire d'un geste brusque dans la pièce. Un faisceau rouge fait exploser le mur à l'endroit précis où nous nous tenions quelques secondes plus tôt.

Adrien referme la lourde porte en acier trempé. Elle est visiblement conçue pour résister à toutes sortes de contaminations, en cas de fuite de pathogènes ou de filtration d'air défaillante. Mon soulagement est de courte durée : les Régulateurs ne feront bientôt qu'une bouchée de cette porte.

— Et maintenant ? demande Adrien en appuyant sur le bouton de verrouillage automatique.

— Le vide-ordures, dis-je en indiquant une petite ouverture dans le mur.

Nous nous trouvons au huitième sous-sol et le labo dispose d'un système d'évacuation des déchets prévu pour les matériaux dangereux manipulés au sein de l'unité.

Et nous voilà dans la salle où ils sont entreposés. Des bouteilles pleines d'acide nitrique sont alignées le long du mur, destinées à désintégrer les déchets avant qu'ils ne soient expulsés vers la surface dans des barils. Une odeur entêtante de soude caustique et d'antiseptique flotte dans l'air.

— Milton, tu penses que tu peux l'ouvrir ?

Pâle comme un linge, ce dernier tremble de tous ses membres. Il fait un bref oui de la tête avant de se diriger vers le lecteur fluorescent près du vide-ordures. Pendant qu'il tape frénétiquement le code d'accès, Adrien recharge son arme et la braque en direction du couloir. Il n'a pas longtemps à attendre.

Un rai d'acier en fusion se dessine lentement sur la porte dans un grésillement. Les Régulateurs se frayent un passage !

— Dépêche-toi, Milton.

— Ça y est ! s'exclame-t-il d'une voix triomphante quand les battants du vide-ordures coulissent enfin.

Je scrute l'intérieur de la cabine. Ronde, moins d'un mètre de diamètre, elle est conçue pour remonter les barils jusqu'à la salle de tri située dans la zone de déchargement.

— Vous deux d'abord, commande Adrien qui nous rejoint à reculons de manière à garder la porte dans sa ligne de mire.

Il me pousse vers la cabine.

À cette seconde, la porte du couloir vole en éclats et les Régulateurs se précipitent à l'intérieur en file indienne.

Ni une ni deux, Adrien fait feu et en touche un en pleine poitrine. Le faisceau projette le Régulateur en arrière, mais il se relève aussitôt, la plaque métallique de son buste à peine entamée.

Un autre Régulateur nous prend pour cible, Milton et moi. Gênée par ma combinaison, je trébuche en arrière et tombe à moitié dans le vide-ordures. Je ramène prestement mes jambes dans la cabine.

— Viens, Milton !

Trop tard. Le Régulateur a pris son visage en étau. Un battement de cils plus tard, la tête du jeune chercheur éclate comme une pastèque trop mûre. Son corps inanimé s'affale sur le sol.

Horreur ! Un cri de chagrin franchit mes lèvres et, soudain, les bouteilles rangées contre le mur se mettent à vibrer. Adrien se jette à terre et roule se réfugier derrière un rang de tonneaux, juste avant que les bouteilles n'explosent. Une projection d'acide éclabousse les trois Régulateurs au visage.

Aveuglés, ils chancèlent avant de tomber les uns sur les autres en un tas informe. Adrien profite de cet instant de confusion pour me rejoindre. Il se presse contre moi. La porte se referme à l'instant où, un genou à terre, un Régulateur nous ajuste.

Adrien m'enveloppe dans ses bras alors que nous sommes aspirés vers la surface à une vitesse folle, dans un tourbillon d'air assourdissant. La cabine est faite pour transporter des objets, pas des hommes. Nous sommes douloureusement ballottés entre les parois. Quelques battements de cœur plus tard, les portes se rouvrent et nous dégringolons dans un conteneur à moitié rempli de barils étiquetés DÉCHETS TOXIQUES. La chemise d'Adrien est déchiquetée dans le dos, laissant apparaître une blessure à vif. Il se relève, comme insensible à la douleur, et se précipite vers moi.

— Oh non, Zoe, ta combinaison !

Confuse, je baisse les yeux. Une partie de mon costume pend à mon bras, en lambeaux. Les traits déformés par la peur, Adrien saisit mon poignet gauche pour y lire le compte rendu technique. Au bout d'un instant, il exhale un soupir de soulagement.

— Deux couches sur trois atteintes. Tu vas bien. Allez, viens.

Je finis par retrouver la parole.

— Il faut qu'on redescende. Milton doit voir un méde…

Adrien secoue la tête, le visage crispé.

— Il est mort, Zoe. En revanche, les Régulateurs sont toujours en vie, et rien ne les arrêtera. Il faut qu'on parte.

— Mais…

M'agrippant par les épaules, il me force à vriller mon regard dans le sien :

— Dans le Réseau, nous avons un credo : la survie avant tout. Ce sont les vivants qui comptent, pas les morts.

Même si cette pensée me donne un haut-le-cœur, je sais qu'il a raison. Je commence progressivement à prendre conscience de la situation. Milton est mort. Et plus je nous retarde, plus je mets nos vies en péril.

Je m'exécute sur-le-champ. Adrien se dirige vers la sortie, escaladant les monticules de barils entassés pêle-mêle. Mes bottes sont si lourdes que je peine à le suivre, manquant de trébucher à chaque enjambée. Parvenu à l'extrémité du hangar, il presse le bouton d'ouverture. La grande porte industrielle se rétracte lentement vers le plafond dans un crissement odieux. Dès que le passage le permet, nous nous faufilons au-dessous.

Le soleil m'aveugle, moi qui ai passé les trois derniers mois à m'éclairer à la diode électroluminescente. La lumière du jour, intense, me brûle les yeux jusqu'à l'arrière du crâne. Pas le temps de m'accommoder au brusque changement de luminosité : l'horloge tourne. Je plisse les yeux en une mince fente et laisse Adrien me guider.

— Nous sommes à l'est du bâtiment, c'est ça ? demande-t-il.

— Oui.

— Parfait. Ça veut dire que le duo-jet est juste à l'angle.

Pas la moindre idée de ce qu'est ledit duo-jet, mais qu'importe ! Je cours aussi vite que mes jambes le permettent, prenant garde à ne pas déraper sur le béton.

— Le voilà !

Un petit véhicule en forme d'œuf plane à quelques dizaines de centimètres du sol. Le moteur ronronne tranquillement. La partie supérieure du jet est constituée d'une seule et même vitre ovale. Adrien appuie sur un petit dispositif d'ouverture manuelle. En réponse, la vitre se lève et se rabat, révélant deux sièges disposés l'un derrière l'autre. Une petite échelle rétractable se déplie sur le côté de l'appareil.

Je commence mon ascension mais ma botte, trop large, glisse sur les barreaux. Je peste, au comble de l'exaspération.

À force d'essayer, je parviens néanmoins à engager l'extrémité de ma botte, assez pour me hisser le long de l'appareil et me glisser sur l'étroit siège arrière. Mais pile au moment où je relève la tête, un Régulateur jaillit du bâtiment.

— Adrien, monte !

Il réagit à la vitesse de l'éclair, se propulse sur le siège avant et verrouille la vitre d'un même mouvement. Le Régulateur s'élance dans notre direction.

— Pourquoi il ne nous tire pas dessus ?

Ma voix frise l'hystérie. Nous sommes totalement à découvert !

Adrien se saisit du volant.

— Il a perdu son arme.

Nous décollons. Je me carre dans le fauteuil et boucle ma ceinture. Un instant plus tard, je pousse un immense soupir de soulagement en nous voyant prendre de la hauteur.

Nous voilà enfin hors de danger !

Subitement, l'engin fait une violente embardée vers l'avant et me brinqueballe sur mon siège. J'aperçois une main en métal cramponnée à la coque de l'appareil, à quelques centimètres à peine de la vitre. Nous sommes maintenant à plus de cinq mètres du sol. Le Régulateur a tout de même réussi à sauter assez haut pour empoigner le duo.

À l'aide d'un seul bras, il se hisse sur le devant de l'appareil. La peau de son visage est partiellement rongée par l'acide, son œil bionique et certaines portions de son nez ont complètement disparu. Quant au métal, il a fondu, révélant l'os maxillaire. Pourtant, ça ne le freine pas. Il est d'une détermination implacable.

Adrien se débat avec le volant, virant brusquement à gauche, puis à droite, afin de le déstabiliser, mais le colosse s'agrippe au rebord du pare-brise d'une poigne de fer.

Les yeux fermés, je rassemble mon énergie. Je dois me servir de ma télékinésie pour le déloger.

Rien ne se produit.

Dans un terrible fracas, le Régulateur abat sa tête contre la vitre en plastique renforcé, qui se fendille déjà. Encore quelques coups comme celui-ci, et le géant sera dans le cockpit, Adrien à sa merci. Je revois soudain le crâne en bouillie de Milton.

Il n'y a plus une seconde à perdre. Je me penche vers le siège avant et attrape le pistolet laser qu'Adrien garde à la taille.

— Ouvre la vitre.

Sans détourner le regard, Adrien presse un bouton. La vitre se soulève comme un couvercle, créant un appel d'air qui manque d'emporter mon arme. Je me cramponne à la crosse de toutes mes forces et presse la détente. Le faisceau rouge atteint le Régulateur en plein visage et il se retrouve projeté en arrière. Mais dans sa chute, il se cramponne à la coque en métal. La capote se détache comme une pelure d'orange, exposant ainsi le moteur.

Adrien rabat la vitre et manie le volant d'avant en arrière. La main arrimée à la coque, le Régulateur oscille de droite et de gauche, et le poids de son corps nous désaxe. Nous avons beau zigzaguer dans tous les sens, il tient ferme.

— Accroche-toi, me lance Adrien.

Le cœur au bord des lèvres, je m'agrippe comme je peux.

Il tire brusquement le volant à fond vers lui et nous nous élevons vers le ciel. Je me cogne la tête contre l'arrière de mon casque. Puis Adrien inverse la manœuvre et nous tombons en chute libre. L'estomac retourné, les doigts plantés dans les accoudoirs, je retiens un cri de terreur à la vue du sol qui se rapproche. Malmenée par la force centrifuge, la coque en métal se descelle peu à peu du jet.

Pourtant, le Régulateur tient bon. Déséquilibrés par son poids, nous tournoyons de plus belle.

Au bout de quelques secondes chaotiques, le bout de coque s'arrache dans un crissement de tous les diables, et le Régulateur est éjecté dans les airs.

Adrien tente désespérément de rectifier la trajectoire de l'appareil, violemment déstabilisé par la perte soudaine de ce lest. Mais nous continuons notre spirale infernale. Le sol est si proche à présent que je distingue le feuillage des arbres. Je m'accroche au dossier du siège avant.

— Adrien !

Il tire sur le volant de toutes ses forces.

La gorge nouée, je me prépare à l'impact. Enfin, l'appareil se redresse. Rapidement, il vole de nouveau à l'horizontale.

Je murmure, incrédule :

— Nous sommes enfin tirés d'affaire.

Mais Adrien opine négativement de la tête.

— La bataille ne fait que commencer.

3.

Durant le vol, Adrien fait preuve d'un flegme imperturbable. Seul un léger tressaillement trahit son trouble lorsqu'il manipule le tableau de bord pour faire apparaître un cube d'interface.

Je jette un œil derrière nous. Le laboratoire n'est plus qu'une minuscule tache derrière laquelle se dessinent les contours fantomatiques d'une cité. Aucun appareil à nos trousses.

Je reporte mon regard vers Adrien. Dans le rétroviseur, je contemple son visage, à peine crispé par la concentration. Son épaisse crinière lui colle au front. Je ne l'ai jamais vu sous ce jour. Jusque-là, Adrien, c'était ce jeune homme qui me rejoignait la nuit venue dans ma zone personnelle pour m'expliquer d'une voix douce ce que sont la beauté et l'âme humaine. Non pas le soldat assis devant moi. Dans le fond, je me doutais bien qu'il risquait sa vie dans des missions périlleuses comme celle-ci. Après tout, Adrien a vécu une existence de fugitif avant de rejoindre le Réseau, à l'âge de quatorze ans. Mais c'est autre chose de le voir dans le feu de l'action.

— Ça va ?

Il pince les lèvres, l'air contrarié. J'ai la vague impression qu'il ne va pas me répondre.

— Si seulement j'étais arrivé plus tôt. Quel imbécile ! J'aurais dû trouver le moyen de vous transmettre un message codé : Milton ne serait jamais venu travailler aujourd'hui et toi, je t'aurais exfiltrée d'une autre manière. Maintenant, il n'est plus là… et j'ai failli te perdre ! J'aurais pu éviter tout ce gâchis !

— Ce n'est pas ta faute, Adrien.

Je veux lui caresser l'épaule pour le réconforter mais ma ceinture de sécurité m'en empêche.

— Je vois l'avenir, réplique-t-il d'une voix dure. Bien sûr que c'est ma faute !

— Sans toi, l'inspecteur m'aurait attrapée. Tu m'as sauvé la vie.

Aucune réaction de sa part. Je suis bien incapable de dire si mes paroles ont eu l'effet escompté.

— Nous ne sommes pas encore tirés d'affaire, finit-il par dire. Les Régulateurs vont dépêcher une armada à nos trousses. Le dispositif d'invisibilité de l'appareil n'est pas conçu pour les longs trajets. Par chance, le campement du Réseau n'est plus très loin. Je devrais être en mesure de nous y poser à temps. (Sa voix baisse d'un ton.) Voilà au moins une chose que je suis capable de faire sans me planter !

Je l'observe encore un moment dans le rétroviseur. Mon regard suit le contour de ses pommettes et le bas de son visage anguleux. Je prends une grande inspiration, résolue à le consoler, mais les mots restent coincés dans ma gorge.

Mon estomac supporte mal la vitesse et les turbulences à répétition. Les yeux fermés, la paume sur le ventre, j'essaie de calmer mes nausées. Je déteste le ciel. Ayant grandi dans une cité souterraine, j'ignore si je m'habituerai un jour à cette vaste étendue qui nous domine. Tout cet *espace*, ce n'est pas *naturel*. Et voilà que nous y sommes suspendus et seul un moteur nous empêche de nous écraser !

Pendant la demi-heure suivante, Adrien s'emmure dans le silence. Il consacre toute son attention à scanner le ciel à la recherche d'avions ennemis. J'en profite pour faire un bilan de la situation. Un frisson me traverse : cette satanée Bright est en train de mettre son plan à exécution. Elle est devenue Vice-Chancelière de la Défense. Je ne m'attendais pas à ce qu'elle évolue aussi rapidement dans la hiérarchie. Elle a d'ores et déjà commencé à accaparer le pouvoir, et grâce à son don, celui d'influer sur les esprits, aucun Supérieur en place ne lui fera barrage.

Je me rappelle la fausse sincérité avec laquelle elle m'avait proposé de me rallier à sa cause. Elle m'avait fait miroiter un monde utopique où les glitchers remplaceraient le gouvernement corrompu des Supérieurs. Elle avait presque réussi à me tenter, jusqu'à ce que je voie clair dans son jeu : elle avait juste l'intention de remplacer une dictature par une autre, sans abolir le système du Lien auquel sont assujettis des millions d'humains. J'avais rejeté sa proposition en bloc. Au péril de ma propre vie.

— Accroche-toi, m'avertit Adrien, interrompant le fil de mes pensées. Nous allons amorcer notre descente.

Je me cramponne aux accoudoirs tandis que nous perdons de l'altitude, mais cette fois, la transition se fait en douceur. Jusqu'au brusque ralentissement de l'appareil qui me pousse à rouvrir les yeux. Projetée en avant, je suis retenue par mon harnais de sécurité.

Cernés par la végétation de toutes parts, nous venons de pénétrer dans une forêt dense. Adrien se fraye un chemin à travers les branchages, et les feuilles viennent fouetter la coque. J'ai l'impression que la verdure envahit tout, y compris l'air. Où que je porte le regard, je vois des arbres colossaux ou des broussailles.

Le souvenir de mon dernier contact avec la forêt me revient, et je m'écarte aussitôt de la vitre. Cette expérience remonte à six mois, au moment de ma première rencontre avec Adrien. Il m'avait aidée à m'enfuir de la Communauté, pour découvrir, une fois la cité souterraine loin derrière nous, que je développais une réaction allergique très grave à quasiment toutes les substances présentes à la Surface. Mon regard navigue entre mon costume déchiré et la forêt hostile. Je n'imagine que trop bien les milliards de particules allergènes qui y grouillent. Si jamais la troisième couche de ma combinaison venait à se déchirer à son tour et que j'étais exposée à l'air…

— Les arbres, dis-je dans un murmure. (Malgré mon appréhension, je m'approche à nouveau de la vitre.) Ils sont gigantesques.

La circonférence des troncs atteint facilement la taille d'un homme, voire deux. Je n'avais jamais rien vu de semblable.

— C'est une forêt séculaire, explique Adrien. Cette zone n'a presque pas été touchée par l'homme depuis au moins deux siècles. Regarde, c'est à peine si on aperçoit le ciel tant les arbres sont touffus.

En effet. En dépit de touches de bleu ici et là, le ciel est presque entièrement caché par un entrelacs de branchages. Une boule se forme dans ma gorge. Je me demande ce qui est pire. Être suspendus là-haut dans l'immensité du ciel, ou se trouver ici-bas, cernés par la verdure pernicieuse ?

— Ils ont pourtant l'air beaucoup plus gros que la dernière fois.

— Il ne s'agit pas de la même forêt. Nous sommes à la frontière opposée du Secteur.

Autrement dit, des milliers de kilomètres nous séparent désormais de mon chez-moi et de mon frère. Mon estomac se vrille. Essayons plutôt de nous concentrer sur le côté positif : Markan ne risque rien pour le moment. Il est encore très jeune. Il n'a que treize ans, c'est un esclave de la Communauté, dépourvu de pensées personnelles et d'émotions. Ma disparition ne l'aura pas touché le moins du monde. En admettant qu'il se mette à glitcher comme moi et prenne soudain conscience de la réalité des choses, il lui reste plusieurs années de marge. En tout cas, il a au moins cinq ans devant lui avant de recevoir la version « adulte » de la puce A-V, anti-violence, un dispositif qui neutraliserait ses émotions à jamais. Je dois absolument l'extraire de la Communauté avant cela, autrement il sera fichu.

Néanmoins, j'ignore encore comment. La Chancelière me traque, et même sans cela, comment m'infiltrer dans la Communauté avec le système de sécurité renforcé mis en place ? D'autant plus que je ne peux même plus compter sur mon pouvoir pour me venir en aide.

Une branche racle la vitre à l'endroit où le Régulateur l'a fendue. La fissure s'étend en forme de toile d'araignée.

— Désolé.

Adrien s'agrippe au volant de contrôle. Nous ralentissons encore.

— Nous y sommes.

Il arrête progressivement le jet, qui plane sur une clairière. Comme sortie de nulle part, une femme accourt, munie d'une épaisse bâche verte.

Elle agite les bras dans notre direction. Adrien ouvre le cockpit.

— Dépêchez-vous de descendre. Je dois couvrir l'appareil avant qu'on ne capte sa signature thermique.

Adrien saute à terre d'un mouvement agile avant de me tendre la main. À mon tour, je me lance, et atterris avec beaucoup moins de grâce que lui. Mes bottes s'enfoncent de quelques centimètres dans le sol détrempé.

Sans perdre une seconde, Adrien attrape la bâche des mains de la femme. À deux, ils ont tôt fait de recouvrir l'appareil.

— On vous a repérés ?

— Non. Je pense que le dispositif de camouflage a tenu le coup.

— Ouf ! lâche la femme avec un sourire.

Sa chevelure brune est relevée en un chignon défait. De ses yeux noisette émane une véritable chaleur humaine.

— Vous avez mis un sacré bout de temps ! Tu n'imagines pas à quel point j'ai été soulagée de voir enfin apparaître le signal lumineux du jet. Même si je trouve étonnant qu'il fonctionne encore, vu l'état de l'engin.

D'un geste, elle indique l'emplacement de la capote démantibulée.

— Il s'en est fallu de peu qu'on nous attrape, réplique Adrien d'une voix impassible. Quant à Milton, il y est resté.

La femme se rembrunit.

— Je ne le connaissais pas personnellement, mais je suis quand même navrée d'entendre ça. (Elle attire Adrien contre elle.) Ça me fait tellement plaisir de te revoir.

Elle est si petite que le sommet de son crâne arrive à peine au milieu du torse d'Adrien. Puis elle se tourne vers moi :

— Et tu es sûrement Zoe. Je m'appelle Jilia, mais tout le monde m'appelle Doc.

— Enchantée, dis-je en voulant m'approcher.

Je m'aperçois que je suis embourbée jusqu'au mollet. À force de tirer dessus, je finis quand même par décoller ma botte du sol dans un bruit de succion. Le bas de ma combinaison est couvert d'une substance visqueuse verdâtre.

— Beurk !

Cerise sur le gâteau, un crépitement résonne dans mon casque. *Flic, floc, flic.* Quelques gouttelettes s'écrasent sur ma visière.

— Nous n'avons pas de chance avec le printemps cette année ! Gadoue et pluie en permanence. Dépêchez-vous de rentrer à l'abri pour vous sécher.

Sur ces mots, elle se met en route. Adrien me prend par la main et nous nous frayons un chemin à travers bois. À chaque pas, mes bottes s'enlisent dans la boue. Les arbres et le feuillage sont tellement enchevêtrés que je me demande comment Jilia fait pour s'y retrouver. Elle se faufile entre les troncs et évite les ornières comme si elle connaissait les lieux par cœur, alors qu'à mes yeux tout semble absolument uniforme. La pluie redouble. L'eau dégouline le long de ma visière. En voulant l'essuyer avec mes gants crasseux, je ne réussis qu'à la barbouiller.

À moitié aveuglée, je trébuche sur une grosse racine et plonge par terre, tête la première. En tentant de me rattraper, Adrien me rejoint dans ma chute. Un bruit de tissu déchiré résonne à travers la forêt.

Ma combinaison !

Je me mets en apnée, même si je sais que ça n'empêchera pas la contamination. Avec mes hyperallergies, la moindre exposition de ma peau à l'air extérieur risque de déclencher une crise fatale. Au comble du désespoir, je passe ma combinaison au crible. Inutile car, avec ma visière couverte de boue, je ne vois plus rien !

— C'est déchiré ?

Adrien se lance aussitôt dans un examen approfondi de mon costume. Une minute atroce s'écoule avant qu'il ne brandisse, soulagé, mon avant-bras où le tissu externe pendouille, quasiment désolidarisé du reste du vêtement.

— Ce sont juste les deux couches externes, celles qui étaient déjà entamées. La sous-couche est toujours intacte. Tu as eu chaud, lâche-t-il, soulagé.

Il nettoie ma visière à l'aide de sa manche. Ses cheveux ruissellent.

— C'est bon, dis-je. Je vais bien. Avançons. Tu vas attraper la mort sous ce déluge !

Il acquiesce avec un long soupir. Nous nous remettons en marche, les doigts entrelacés.

Quelques minutes plus tard, Jilia nous annonce que nous sommes arrivés.

Je scrute les alentours en fronçant les sourcils. Aucun bâtiment en vue.

— Je ne vois rien…

Jilia éclate de rire.

— Regarde mieux.

Elle s'approche d'un arbre. Seulement, lorsqu'elle le touche, le tronc ondule comme un tissu fluide. La forêt en trois dimensions n'est en réalité qu'un rideau peint !

— De près, ça ne trompe personne, mais nous sommes assez enfoncés dans la forêt pour berner les survols de contrôle des autorités. J'utilise le même tissu que pour la bâche du duo-jet. Il camoufle les signatures thermiques de manière à ce que les caméras satellites ne les captent pas.

D'un geste, elle nous invite à entrer. Je pousse Adrien devant moi, car si ma combinaison m'a gardée au sec, lui en revanche est trempé jusqu'à l'os. J'entre à sa suite dans une petite pièce à l'éclairage tamisé. La pluie crépite sur la tente.

Gorgée d'eau, la blouse d'Adrien lui colle à la peau. Ses épaules me paraissent plus larges qu'à notre dernière rencontre ; quant à ses triceps, ils sont plus saillants. En même temps, il a maigri. Et lorsqu'il se retourne, je découvre avec horreur la blessure occasionnée par la remontée dans le vide-ordures.

— Adrien, ton dos !

Sa tunique est béante. Sous ses omoplates, de profondes entailles couvertes de sang séché.

— Ah, j'avais oublié.

Il présente la blessure à Jilia pour qu'elle puisse l'examiner. Elle pose aussitôt la main dessus.

En la voyant tripoter la plaie, je frémis d'angoisse. Mais, bientôt, sous son toucher, les lacérations semblent se résorber d'elles-mêmes. Éberluée, je contemple tour à tour le dos d'Adrien et le visage de Jilia.

— Vous êtes une glitcher ?

— Oui. De la première génération, comme la mère d'Adrien.

— Vous pouvez guérir n'importe quoi ?

— Seulement les blessures superficielles – recoudre les tissus, parfois même ressouder les os, ce genre de choses. Malheureusement, je suis incapable de résoudre les problèmes touchant au système cellulaire, comme les allergies.

Face à ma moue dépitée, elle esquisse un sourire navré.

Je m'approche d'Adrien pour examiner sa peau de plus près. En l'espace d'une minute à peine, la plaie a disparu et la peau s'est entièrement reconstituée. Elle est à présent lisse comme celle d'un bébé. Même les bleus se sont volatilisés. Ses muscles roulent sous sa peau tandis qu'il s'étire.

— Je suis comme neuf ! Merci, Doc.

Je n'arrive pas à détourner le regard.

— C'est un miracle.

— Il y a eu beaucoup de va-et-vient, ces derniers temps ? demande Adrien qui change de sujet.

— Nous n'avons jamais accueilli autant de monde, répond Jilia. Les autorités ont démantelé l'une de nos planques, la semaine dernière. Du coup, on a affiché complet pendant un certain nombre de jours, mais la plupart des réfugiés sont déjà repartis.

— Ce type de campements sert d'étape aux membres du Réseau, m'explique Adrien en voyant mon air perplexe.

— Nous essayons d'en établir autour des grandes villes, ajoute Jilia. Comme ça, les agents qui se retrouvent coincés entre deux feux ont toujours un point de repli. C'est un point de chute pour les opposants au gouvernement, surtout en période de troubles. Et aussi loin que je me souvienne, la situation n'a jamais été aussi tendue que ces derniers mois.

Adrien se rembrunit.

— C'est sans doute à cause de la Vice-Chancelière Bright. Elle a désormais accès aux agents du Réseau faits prisonniers. Libre à elle de leur extorquer un maximum de renseignements. La position de nos planques, nos encodages, tout. Absolument tout.

Je les vois échanger un regard qui en dit long, un regard plein d'appréhension. Après quoi, Jilia se tourne vers moi en se forçant à sourire.

— Entrez ! Tyryn est en train de nous mijoter un plat qui sent drôlement bon.

— Tyryn est ici ? s'exclame Adrien, lumineux.

— Oui. Avec sa sœur Xona. Tu te souviens d'elle ?

— La dernière fois que je l'ai vue, c'était encore qu'une gamine.

— Ce n'est plus une enfant, crois-moi, réplique Jilia, la mine sombre. Tyryn nous l'a amenée il y a quelques semaines. Elle se crêpe le chignon avec tous les jeunes du Réseau depuis la mort de leurs parents.

— J'ai entendu la triste nouvelle, commente Adrien à voix basse. Nos mères étaient amies.

— Bon, maintenant, filez à la douche ! Ensuite, vous pourrez aller saluer la petite troupe.

J'examine ma combinaison. Mes jambes sont maculées de boue et, malgré la circulation de l'oxygène, j'empeste la transpiration. Tout s'est enchaîné si vite que je n'ai pas eu le temps de réfléchir au problème.

— J'imagine que je dois garder la combinaison jusqu'à ce que nous soyons à la Fondation ? dis-je d'une voix hésitante.

Je considère les couches externes du vêtement, crasseuses et déchirées.

— Bien sûr que non ! Une toute neuve t'attend, me rassure Jilia. Nous en avons fait livrer, au cas où... Le tissu en est beaucoup plus fin et surtout bien plus souple. Il est à base de polysurtrate, un nouveau mélange de polymères ultrarésistant, quasi indéchirable. Et contrairement à l'ancien modèle, il te permettra une grande liberté de mouvements. Tu vas l'adorer ! Il t'habillera comme une seconde peau.

— Mais comment passer d'une combinaison à l'autre sans m'exposer aux allergènes ?

Jilia ébauche un sourire malicieux. Elle s'engouffre dans la tente en nous faisant signe de la suivre.

— L'un des avantages d'un centre de recherche mobile : d'un côté, la salle de bains, équipée d'une douche normale et de toilettes...

Puis elle désigne la partie gauche de la pièce, séparée par un rideau.

— ... de l'autre, un poste de décontamination complètement étanche.

Je suis son regard. Un long conteneur rectangulaire d'environ deux mètres de haut et constitué de trois cabines trône dans la partie opposée.

— Et si besoin est, voilà un injecteur d'épinéphrine, ajoute-t-elle en me tendant une seringue.

— Génial.

Rien qu'à l'idée d'avoir à l'utiliser, la panique me tord le ventre.

— Tout va bien se passer, j'en suis certaine. Donne-moi une minute, le temps d'aller te chercher la nouvelle combinaison.

Elle se dirige vers l'autre bout de la tente et passe dans la pièce voisine, probablement semblable à celle-ci.

Adrien fait quelques pas vers moi et pose ses paumes sur mes hanches.

— Ça va aller ?

Pour toute réponse, je m'appuie sur son torse. Il m'enveloppe dans ses bras et me ramène tout contre lui. Malgré l'épaisseur de mon casque, je perçois les battements réguliers de son cœur. Le menton pressé contre le sommet de ma tête, il me caresse doucement le dos. Je fonds progressivement à son contact. Je suis éreintée, et ses bras me rassurent. Pour un peu, je pourrais presque m'endormir dans cette position.

Il s'écarte et me dévisage d'un regard perçant. Relevant la commissure de mes lèvres, je tente un semblant de sourire, mais je suis sûre que ça ressemble surtout à une grimace. Il éclate de rire.

— Ne t'inquiète pas. Nous sommes en sécurité à présent. Une fois que tu auras enfilé ta nouvelle combinaison, tu pourras enfin te reposer. Je serai là quand tu sortiras.

Jilia reparaît munie d'un sac plastique sous vide.

— À la fin de chaque cycle, la porte suivante s'ouvrira. Tu n'as qu'à suivre les indications.

Lorsque je pénètre dans le conteneur, les lumières s'allument automatiquement. L'habitacle est de la taille d'une cabine d'ascenseur. Sans que j'aie le temps de demander quoi que ce soit, la porte se referme derrière moi.

Presque aussitôt, des vapeurs sortent du plafond et des parois, et l'instant d'après, de puissants jets jaillissent de tous les côtés. Le cycle dure une bonne dizaine de minutes. L'eau souillée s'écoule dans une canalisation au fil de l'opération.

Dans la cabine suivante, je me débarrasse avec soulagement de la combinaison et de mes sous-vêtements trempés de sueur. Je me sens pourtant vulnérable, nue comme un ver au milieu de la végétation foisonnante dont seule la bâche de la tente me protège. Je serre l'injecteur d'épinéphrine de toutes mes forces.

Les yeux fermés, je n'ose pas encore respirer. J'attends de voir si je présente le moindre signe de réaction allergique. Mais incapable de retenir mon souffle plus longtemps, je finis par avaler une goulée d'air chargé d'humidité, prête à appuyer sur la seringue à tout instant. Lentement, je prends une inspiration puis une autre.

Je rouvre un œil. Pas de gonflement, pas de démangeaisons.

Je vais bien.

Une nouvelle série de jets vaporeux jaillit des parois. Ce coup-ci, ce n'est pas de l'eau mais une sorte de mousse, suivie d'une giclée d'eau bouillante. Chaque millimètre de mon corps a été récuré, pas de doute.

S'ensuivent cinq minutes d'air chaud, au terme desquelles même mon épaisse chevelure bouclée est sèche. Enfin débarrassée de cette satanée combinaison, j'étire le cou et prends une profonde inspiration, savourant la sensation de liberté retrouvée.

Puis, je déballe la nouvelle combinaison. Elle est plus petite que je ne l'aurais cru, taillée dans un tissu élastique bleu nuit d'à peine quelques millimètres d'épaisseur. Je glisse le pied dans la jambe comme je mettrais une chaussette et remonte la combi jusqu'à la taille. Elle est ajustée. Très très ajustée. Je revois Adrien me serrant dans ses bras, un peu plus tôt, alors que je portais encore mon costume éléphantesque, et je me demande en rougissant comment il me trouvera dans celui-là.

Je natte ma chevelure, enfile les manches et le masque avec visière intégrée. Adaptée à la forme de mon visage et plus large que la précédente, elle améliore fortement ma vision périphérique. Je fais quelques mouvements de tête. J'admire la manière dont la combinaison répond tout en souplesse. Mes gants sont plus fins et mes gestes plus précis mais j'ignore comment zipper la partie supérieure. Le tissu pendouille au niveau de la poitrine.

La voix de Jilia résonne dans un petit haut-parleur :

— Active la tablette incrustée dans la manche droite et la combinaison s'autofermera.

Je m'exécute et, en effet, les pans du costume se referment tout seuls. Le tissu me comprime la cage thoracique. Le vêtement est extrêmement moulant. En fait de seconde peau, je dirais plutôt qu'il laisse très peu de place à l'imagination. Je tends les bras et plie les jambes à plusieurs reprises pour assouplir le tissu.

Le haut se détend légèrement, et j'ai l'impression de pouvoir respirer confortablement. La poche d'oxygène se présente comme un mince sac à dos. Je tire dessus jusqu'au déclic me signalant que l'air circule dans le masque. Voilà, je suis fin prête. J'appuie sur le bouton d'ouverture.

Comme promis, Adrien m'attend, fraîchement douché et vêtu d'une tunique propre. Je sors de la cabine, craignant de paraître ridicule dans cet accoutrement hyper moulant. À ma vue, ses yeux s'écarquillent. Il m'examine de haut en bas. Le rose lui monte aux joues mais il ne détourne pas le regard pour autant. Un sourire canaille retrousse le coin de ses lèvres.

Sa réaction m'enhardit. Je parade dans l'espace restreint de la tente en tournoyant sur moi-même, gagnant peu à peu en assurance. Lorsque je le regarde à nouveau, ses yeux aigue-marine pétillent de malice.

— Pas mal, cette petite combinaison.

Je suis épuisée et pensais m'endormir en un rien de temps. Mais, à la place, je me tourne et me retourne inlassablement sur mon matelas, dans l'espoir vain de trouver une position confortable. Les événements de la journée défilent dans mon cerveau comme sur un écran vidéo.

Je pense à Milton et me demande ce qu'ils ont fait de sa pauvre dépouille. Est-on en train de l'enfourner dans un incinérateur à l'heure qu'il est ? À cette pensée, un léger trait de bile me monte à la gorge. Je chasse cette image de mon esprit. Adrien a raison : il faut se concentrer sur les vivants, pas sur les morts.

Je fixe la mince cloison qui me sépare de lui en essayant d'imaginer ce qu'il fait. Dort-il à poings fermés ? Un peu plus tôt, songeant à la chaleur de son corps, je me suis soudain sentie très seule. Frissonnant de froid, j'aurais volontiers trouvé refuge dans ses bras. Nous avons vécu à des milliers de kilomètres de distance pendant si longtemps ! Et maintenant que nous sommes enfin réunis, j'ai pourtant l'impression d'être trop loin de lui.

Je me redresse. Après un bref moment d'hésitation, je me lève et me dirige vers la porte qui donne sur sa chambre.

Assis sur le bord du matelas, les genoux ramenés contre lui, Adrien scrute le vide d'un regard triste et lointain. Surpris par ma soudaine apparition, il cligne des yeux avant d'afficher un sourire.

J'étais sûre de moi en quittant ma chambre, mais je suis subitement prise d'un doute et gênée de mon audace. C'est sans véritable raison que je suis venue le déranger. Il m'invite à m'asseoir.

— Ça va ? Qu'est-ce qui t'arrive ?

Je m'installe sur le matelas voisin. La tente est compartimentée en dortoirs de plusieurs lits pour les jours où le campement bat son plein.

— Rien. C'est juste que… je ne voulais pas rester seule.

Je baisse le regard et triture le bout de mes gants, soudain timide. Il me saisit la main pour me tranquilliser avant de se glisser près de moi. Nos jambes s'effleurent ; la sienne dégage une chaleur réconfortante.

— Moi non plus, je ne suis pas franchement d'humeur à être seul. J'ai tendance à ruminer. En plus, je ne pouvais pas m'empêcher de penser à toi, dans la pièce d'à côté, si proche. Dans ta petite combinaison.

Il déguise aussitôt son regard triste en clin d'œil espiègle.

Mes joues s'empourprent.

Il me lâche la main et trace lentement une ligne allant de mon poignet à mon épaule. Le tissu du costume est tellement fin que je sens parfaitement le contact de ses doigts sur mon bras. Un frisson me traverse le corps et instinctivement je cambre le dos.

— Comme tu es belle, susurre-t-il.

Ses caresses me font oublier la tension et la peur accumulées tout au long de la journée. Je me tourne vers lui et le prends par le cou pour l'attirer plus près. Mais la maladresse de mes gestes nous renverse en arrière sur le matelas. Adrien éclate de rire. Nos jambes s'entrelacent et il enfouit la tête au creux de mon cou. Je glisse ma main gantée dans sa crinière, frémissant de le sentir dans mes bras. Pourtant mon costume s'impose en véritable barrière entre nous. J'en ai assez de tous ces obstacles.

— Foutue combinaison !

— Oh, hé, moi, je lui suis très reconnaissant, à cette combinaison ! C'est elle qui te maintient en vie.

Il se cramponne à ma taille. Un courant électrique me chatouille le bas du ventre.

— Mais je te comprends, ajoute-t-il ensuite dans un murmure.

Un faible grognement lui échappe tandis qu'il s'écarte.

— Qu'est-ce qui ne va pas ?

Je me redresse avec inquiétude.

— Rien, s'exclame-t-il dans un éclat de rire. Tu me rends dingue, c'est tout.

— Vraiment ?

Très flattée, je souris d'une oreille à l'autre.

— Tu ne rends pas compte de l'effet que tu produis ! Et dire que je ne peux même pas t'embrasser !

Il m'attrape la main, ferme les yeux, et incline légèrement la tête en avant. Son visage se perd dans la pénombre de la chambre.

— Quand je te touche, c'est comme si tout tournait au ralenti pendant une minute. Une minute durant laquelle je ne pense plus à rien, si ce n'est à la chaleur de ta main contre la mienne. Le reste du temps, les pensées se bousculent dans ma tête. Le passé. Le futur. Parfois, j'ai l'impression que je vais craquer.

J'exerce une pression dans sa paume.

— C'est impossible. Tu es la personne la plus forte que je connaisse.

Adrien lâche un petit rire sans joie.

— Tu te trompes.

— Absolument pas.

Le coin de ses lèvres se crispe.

— Dis-moi la vérité. Toi qui effectues des missions pour le Réseau, toi qui as le don de prescience, tu es bien placé pour le savoir : quelles chances avons-nous de nous en sortir ? Sommes-nous vraiment de taille à vaincre la Chancelière et la Communauté ?

Un long moment s'écoule.

— Je ne sais pas trop quoi te dire, m'avoue-t-il enfin, les yeux rivés sur le sol. Parfois, il m'arrive de douter. J'ai peur que nous allions droit dans le mur. Nous ne faisons pas le poids face à nos ennemis : ils sont infiniment plus nombreux que nous et nous manquons de ressources. En plus, maintenant que la Chancelière a juré notre perte, nous sommes beaucoup plus vulnérables. OK, nous savons depuis le début que nous luttons pour une cause désespérée – ça fait partie du jeu. Mais aujourd'hui… je ne sais pas. Mes certitudes s'effritent. Nous nous battons pour un rêve, un idéal. Peut-être que nous nous berçons d'illusions.

— Dans ce cas, à quoi bon… ?

— À quoi bon se battre ? achève-t-il à ma place. À quoi bon risquer notre vie pour une cause perdue ?

Il se tourne de nouveau vers moi, ses yeux bleus animés de cette flamme que je lui ai toujours connue lors de nos longues conversations.

— Parce que si nous baissons les bras, nous sommes déjà morts. La vie ne vaut pas la peine d'être vécue sans espoir. Et puis il y a toi, Zoe… (Sa voix se radoucit.) Je me battrai jusqu'à la mort pour que nous ayons ensemble une chance d'avenir.

Son regard embrasé me conquiert.

— Peut-être que l'espoir à lui seul peut faire toute la différence, dis-je. Nous rendre plus forts, voire invincibles !

Il hoche légèrement la tête, mais je doute qu'il soit d'accord. Subitement, il me dévisage avec un petit sourire en coin.

— Tu sais, nous parlons guerre et révolution, alors qu'en réalité, si tu t'es faufilée dans ma chambre, c'est juste pour faire des galipettes.

J'explose de rire.

— Avec ma combinaison ? !

Il me caresse la nuque.

— Tu dois être complètement crevée.

— Et pourtant je n'arrive pas à fermer l'œil.

— J'ai une idée. Tiens, allonge-toi sur le ventre.

Je m'exécute et il dispose un oreiller sous ma tête. Il place ses mains sur mes épaules et se met à presser ses pouces dans mes muscles. Une douce langueur s'empare de moi. Je m'enfonce délicatement dans le matelas. Alors il me masse le cou, avant de revenir à mon dos.

Je m'engourdis peu à peu. Non, je ne veux pas m'endormir tout de suite… J'ai envie de profiter au maximum d'Adrien. Mais c'est plus fort que moi, je finis par sombrer dans un profond sommeil.

4.

À mon réveil, très tôt le lendemain, je ne sais plus trop où je suis. Jusqu'à ce que je sente les bras d'Adrien autour de moi. Et là, je ne peux pas m'empêcher d'afficher un sourire extatique. Je quitte son étreinte avec précaution, de peur de le réveiller, mais il se met quand même à remuer.

— Salut toi, dis-je en me redressant.

Je le contemple. Les cheveux en bataille, les yeux bouffis de sommeil. C'est la première fois que je le vois dans ce contexte. Le cerveau encore embrumé, sans doute à moitié dans son rêve, avant que ne le rattrape le poids de ses responsabilités. J'adore l'arcade saillante de ses sourcils qui assombrit son regard, et le tracé légèrement aquilin de son nez. Je pourrais passer des heures dans cette posture, à le regarder.

— Rendors-toi.

Mais il se frotte les yeux et se redresse.

— Non, ça va. Quelle heure est-il ?

Je jette un œil à l'interface de ma combinaison.

— Six heures. Franchement tu ferais mieux de dormir encore un peu.

Ignorant mon conseil, il se glisse hors du lit.

— Pas question de refermer les yeux, réplique-t-il, encore somnolent. La vue est trop tentante.

Je lui assène une gentille tape sur l'épaule tout en sentant mes joues rosir.

Il m'attire contre lui et me plante un baiser au creux du cou. À travers la combinaison, je sens le contact de ses lèvres, mais ce n'est quand même pas comparable à la sensation que me procurerait une véritable caresse, peau contre peau. Maudites soient ces saletés d'allergies !

Puis il s'écarte et m'indique le rideau séparant notre dortoir du reste de la tente.

— Après toi.

Jilia est déjà debout. Elle se tient face à un plan de travail, dos à nous.

Je parcours la salle du regard. Ce campement de fortune situé au milieu de nulle part n'en finit pas de m'impressionner, réunissant une quantité de matériel et d'accessoires hallucinante. À un angle, une cuisine équipée d'un évier et d'une unité thermique de cuisson. Au centre, une grande table flanquée de six chaises mangeant près de la moitié de la salle. L'autre moitié est remplie de matériel de recherche.

Une station informatique géante constituée de quatre écrans trône sur le bureau, contre le mur. Sur les écrans s'affichent des schémas du cerveau sous toutes ses coutures ainsi que du texte au kilomètre.

Jilia verse de l'eau fumante dans un pot. Aujourd'hui, elle porte une tunique toute simple d'un rouge passé et s'est fait un chignon. À la lumière du matin, je remarque des cheveux grisonnants sur ses tempes. Elle nous salue d'un sourire.

— Ma parole, vous êtes tombés du lit !

— C'est du café ? demande aussitôt Adrien en bâillant bruyamment. J'en aurais bien besoin !

— Du café ? Qu'est-ce que c'est ?

— Pauvre Zoe ! réplique Jilia. Les habitants de la Communauté sont vraiment privés de tout ! Bon, puisque vous êtes levés, je vais vous demander un petit service.

Elle pose le récipient brûlant sur la table.

— Lequel ?

Adrien attrape un mug accroché au mur et y verse le liquide noir encore fumant.

— Le phénomène du glitch me passionne. Je l'étudie depuis un temps fou – depuis que j'ai rejoint le Réseau et que j'ai pu dégoter l'équipement informatique nécessaire. Zoe, j'espérais pouvoir effectuer un scanner de ton cerveau en vue d'approfondir mes recherches. Depuis qu'Adrien m'a raconté les prodiges dont tu es capable, je meurs d'envie de te prendre comme sujet d'étude ! J'ai certaines théories sur les mutations chez les glitchers, et je suis persuadée que ce qui se cache dans ta tête m'en apprendrait beaucoup.

Je repense alors à toutes ces années durant lesquelles la Communauté m'a trituré et farfouillé la cervelle pour y implanter du matériel de surveillance. Ma gorge se serre.

— Ce sera douloureux ?

— Oh non, pas le moins du monde ! Je ne vais pas te toucher. Mais je m'emballe, je m'emballe ! Chaque chose en son temps. Je devrais d'abord vous laisser prendre votre petit déjeuner tranquilles.

Elle sort quelques sachets de protéine d'une boîte. Je m'empresse de décliner l'offre.

— Non merci, ça ira.

Mon estomac se retourne rien qu'à imaginer la substance visqueuse qu'elle s'apprête à m'offrir. C'est la seule forme de nourriture qu'on m'autorise à ingurgiter en attendant d'en apprendre plus sur l'étendue de mes allergies. Le bas de mon masque est muni d'un mécanisme complexe par lequel il est possible d'insérer une paille en toute sécurité. J'ai goûté la mixture protéinée granuleuse hier soir, et autant dire que je ne souhaite pas répéter l'expérience.

— Super, s'exclame Jilia, le visage rayonnant. Dans ce cas, suivez-moi.

Elle se dirige vers la station informatique à grands pas et clique sur un bouton. Un cube de projection se matérialise dans les airs, laissant apparaître le modèle rotatif d'un cerveau en 3D. Je l'examine de plus près. Le cerveau m'a l'air on ne peut plus normal.

— Adrien, aide-moi à approcher la table d'examen.

À deux, ils déplient une surface noire capitonnée qui était rangée le long du mur.

— Zoe, tu veux bien t'allonger là ?

Je me laisse guider tandis que Jilia approche une machine de la table d'examen. Elle positionne trois bras en métal autour de mon crâne.

— La combinaison ne risque-t-elle pas d'interférer avec le scanner ?

— Non, Zoe. Ça ne pose aucun problème. Maintenant, il ne me reste plus qu'à brancher ce câble…

Sur ces mots, elle raccorde un cordon à la machine avant de s'installer dans le fauteuil face au poste informatique. Quelques sons de touches et d'interrupteurs plus tard, la machine se met à ronronner.

— Essaie de ne pas bouger.

Les yeux rivés au plafond, je fais mon possible pour rester immobile. La machine effectue une rotation complète autour de ma tête en émettant une série de déclics. Je suis les bras en métal rotatifs du regard.

— Voilà, c'est fini ! s'exclame Jilia d'une voix surexcitée. Maintenant, jetons un œil aux images.

Adrien pousse la machine et m'aide à me redresser.

— Vous dites que le glitch apparaît sur la radio. Dans ce cas, pourquoi ni la Communauté ni la Chancelière ne s'en servent ? Ce serait pourtant le moyen rêvé de repérer les glitchers pour les embrigader.

Jilia entre les informations dans l'ordinateur.

— Par chance, leur matériel est moins pointu que le nôtre. J'ai passé des années à mettre au point un logiciel de détection de l'activité cérébrale chez ceux qui glitchent depuis plus de six mois. Et à ce stade, en général, les glitchers ont déjà été dénoncés aux autorités et « réparés » ou bien secourus par notre organisation.

Elle se penche au-dessus de l'écran pour analyser une longue suite de données incompréhensibles.

— Ouah ! s'exclame-t-elle soudain.

— Qu'est-ce que tu as vu ? lui demande Adrien en s'approchant.

— Je vais vous montrer. Ce sera plus simple.

Elle pianote sur son écran puis se tourne vers le cube de projection.

— Voici un cerveau lambda.

L'image surgit à l'intérieur du cube et pivote sur son axe.

— Voilà à quoi ressemble le cerveau d'un sujet normal. Les flashs bleus représentent l'activité neuronale, dit-elle en indiquant les diverses zones du cerveau où de minuscules points bleus s'affichent. Et maintenant, voici le cerveau d'un glitcher.

Elle tapote sur l'écran tactile. J'examine l'image.

— Je ne vois pas la différence.

— Attends, je vais les disposer côte à côte. Tu vois le cortex frontal du glitcher ?

Je m'avance encore, mon regard naviguant d'une image à l'autre.

— Il y a plus de bleu ? dis-je en interrogeant Jilia du regard.

Elle sourit.

— Exactement. Au début, nous pensions que les glitchers avaient simplement développé un réseau neuronal plus dense. Une réaction du cerveau pour s'adapter à la puce A-V. Mais aujourd'hui, nous savons de fait que le nombre de neurones s'est multiplié de manière exponentielle. Il existe des gènes latents qui, chez les glitchers, trouvent enfin le moyen de s'exprimer. Les influx nerveux et les connexions dont ton cerveau est capable… C'est un bond en avant impressionnant !

Jilia pianote de nouveau sur l'écran.

— Regardez bien. Voici le cerveau de Zoe…

Les taches bleues envahissent presque entièrement le lobe frontal. Stupéfait, Adrien a un mouvement de recul. Je cligne des yeux, persuadée de voir flou.

— Qu'est-ce que ça veut dire ?

Mes pouvoirs, les crises incontrôlables, les visions d'Adrien me dépeignant en chef de la Résistance. Et si la réponse à tout cela se trouvait sur ce scanner. La preuve irréfutable de ma différence. Mon estomac se soulève. Je ne veux pas être différente. Je ne veux pas renfermer en mon être un pouvoir si puissant. Je veux seulement être un glitcher parmi d'autres.

— Pour tout te dire, je n'en sais rien ! C'est la première fois que je vois ça.

Le visage baigné d'un halo bleu, Jilia est complètement absorbée par mon scanner. Je suis incapable de déchiffrer son expression – on dirait un mélange d'étonnement et d'exaltation. Visiblement, mon cerveau est pour elle une source d'inspiration, alors que moi, je le vois pour ce qu'il est, c'est-à-dire un danger.

— Présentes-tu des symptômes inhabituels ? Migraines ? Brusques accès de pouvoir ? Apparition de nouvelles facultés, peut-être ?

Je glisse un regard vers Adrien.

— Il m'arrive parfois de perdre le contrôle, d'avoir l'impression de ne plus pouvoir contenir mon don, comme s'il devenait trop puissant.

Jilia acquiesce lentement de la tête.

— L'entraînement sera difficile pour toi car nous n'avons jamais eu affaire à un glitcher dans ton genre. Je ne suis pas sûre de savoir comment t'apprendre à dompter ton pouvoir, mais nous allons expérimenter différentes méthodes.

Elle détourne le regard de l'écran.

— Tu es peut-être le glitcher le plus puissant de la nouvelle génération, voire de toutes les générations précédentes. Je commence à songer qu'il y a du vrai dans les visions d'Adrien, Zoe. Peut-être que tu es celle qui nous sauvera tous, après tout.

Dans sa voix, je perçois une pointe d'admiration mêlée de crainte.

Je ne sais pas quoi répondre. J'ai envie de la convaincre qu'elle fait fausse route, que je ne suis pas un être à part. Et si les visions d'Adrien étaient erronées ? Ne voient-ils pas que je n'ai pas l'étoffe d'une sauveuse, loin de là ?

Sombre et taciturne, Adrien se concentre sur le scanner. Il ne croise pas une seule fois mon regard et je n'arrive pas à deviner ce qu'il pense. Son silence me donne la chair de poule.

5.

Jilia partage les résultats de mon scanner avec Tyryn autour d'un petit déjeuner tardif.

— C'est du jamais-vu !

Je me tortille d'embarras sur mon siège. Tyryn est un homme sympathique, un peu plus âgé qu'Adrien et moi. C'est la première fois que je rencontre une personne au physique aussi athlétique. Les manches de sa chemise sont tendues par ses biceps. Une large cicatrice lui court du front au menton. La balafre disgracieuse ressort singulièrement contre sa peau ébène.

— Le Général Taylor sera ravie de cette nouvelle, fait-il remarquer en avalant la dernière bouchée de son omelette. (Il se renverse dans sa chaise et je sens qu'il me jauge.) Elle m'a chargé de créer une unité opérationnelle spéciale. Constituée de glitchers. Nous commencerons l'entraînement dès notre arrivée à la Fondation.

J'avale de travers la mixture protéinée granuleuse.

— Comment ? Mais… je ne suis pas sûre d'être prête pour ça.

— Ne t'en fais pas, réplique Tyryn d'une voix calme. D'accord, ce sera ma première escouade de glitchers, mais ça fait des années que j'entraîne les nouvelles recrues du Réseau. On ne t'enverra pas au combat sans préparation.

— En réalité… ce n'est pas le combat qui m'effraie. C'est mon pouvoir. J'ai de plus en plus de mal à le maîtriser.

Tyryn se tourne vers Jilia.

— C'est toi la spécialiste du glitch. Qu'est-ce que tu en penses ?

— La télékinésie est une faculté unique avec ses propres inconvénients. Ce n'est pas comme si les autres glitchers étaient capables de dévaster une pièce dès lors que leur pouvoir se détraque.

Je baisse la tête.

— Vous avez une idée de ce qui pourrait causer ces dysfonctionnements à répétition ? C'est déjà arrivé à d'autres ?

— En général, le pouvoir du glitcher va croissant avec le temps. Sans oublier qu'il est situé dans le siège des émotions du cerveau. Tu as traversé pas mal d'épreuves difficiles récemment et tu en es encore à explorer le vaste champ de tes émotions. Il est logique qu'un simple trouble suffise à provoquer un déferlement du pouvoir. (Elle se penche vers moi, le regard compatissant.) Tu as beau avoir dix-sept ans, ça fait seulement huit mois que tu apprends à gérer tes émotions. Je reste persuadée qu'à force de discipline et d'entraînement tu apprendras à contrôler ton don.

— Doc m'a aidé par le passé, enchérit Adrien. Elle m'a montré comment canaliser mes visions grâce à la méditation. Elle peut t'aider toi aussi, Zoe. Tu viens à la Fondation avec nous, Doc ? Hein ?

Jilia hésite, boudant la nourriture dans son assiette. C'est la première fois que son enthousiasme retombe depuis l'étude de mon scanner.

— Je ne sais pas. Je me sens plus utile ici, sur le terrain.

— D'après le Général Taylor, la Fondation est quasiment achevée, intervient Tyryn. Elle en a déjà fait sa nouvelle base d'opérations. Nous allons avoir besoin d'un bon médecin sur place.

— Et je suis certain que le Professeur Henry est impatient de te revoir, ajoute Adrien.

Jilia s'empourpre. Elle enfourne une grosse bouchée, puis plonge le nez dans son assiette.

— En plus, ça te permettrait d'approfondir tes recherches sur Zoe et les autres glitchers présents là-bas, reprend Adrien d'une voix plus douce, conscient d'avoir touché une corde sensible.

— Quoi qu'il en soit, le plus tôt sera le mieux, conclut Tyryn. Mieux vaut ne pas trop traîner ici. Depuis que la Chancelière Bright est aux commandes, les opérations du Réseau sont torpillées les unes après les autres. On n'a même pas le temps de se retourner. Peu de gens connaissent l'emplacement du camp, mais il suffit d'une fuite. Nous partons dans quelques jours. J'ai déjà réglé la question du transport. Sache qu'il y a amplement la place à la Fondation, au cas où tu changerais d'avis. Sinon, il va falloir songer à lever le camp et te replier davantage dans la forêt.

Jilia se tamponne le coin des lèvres avec une serviette.

— J'espérais que nous aurions plus de temps devant nous.

— Malheureusement, les jours nous sont comptés, rétorque Tyryn, l'air lugubre. Xona et moi sommes bien placés pour le savoir.

Pile à cet instant, une jeune fille en pyjama surgit dans la salle, bâillant à s'en décrocher la mâchoire et étirant les bras comme au saut du lit. La peau ébène, elle aussi, et les cheveux coupés à la garçonne, elle a l'air d'avoir à peu près mon âge, une ou deux années de moins, peut-être.

— J'entends qu'on parle de moi ? fait-elle avec un nouveau bâillement.

— C'est gentil de ta part de nous honorer de ta présence, réplique Tyryn. Xona, voici Zoe. Et tu connais Adrien.

Xona se contente de nous adresser un hochement de tête sans nous gratifier d'un regard. Elle saute sur le plan de travail où attend la cafetière et se verse une tasse. Le café est sans doute froid depuis le temps, mais elle ne semble pas s'en formaliser. Elle vide son mug d'un trait. J'aperçois un pistolet laser accroché à sa cheville tandis qu'elle agite les jambes dans le vide. Et dire qu'elle vient à peine de se réveiller !

Jilia se renfrogne.

— Je ne suis pas trop pour qu'on porte des armes dans la cuisine, tu le sais.

Les yeux plissés, Xona balance le mug en métal dans l'évier.

— Qui sait ? Un détachement de Régulateurs peut débarquer à tout instant. Je préfère être parée, quitte à paraître impolie. Et tant pis pour les bonnes manières !

— Xona, la semonce Tyryn. Nous sommes chez Jilia. C'est elle le chef.

— Pouah ! Comme vous voudrez, concède-t-elle en roulant des yeux.

Elle saute par terre puis dégaine son arme, actionne un petit loquet qui détache d'un coup la crosse du canon et plaque les deux morceaux sur la table dans un bruit métallique.

— Voilà. Plus d'arme.

— Xona..., reprend Tyryn d'une voix menaçante.

Mais Jilia l'interrompt d'une main sur son bras.

— Ce n'est pas grave.

Xona attrape un morceau de pain, l'enfourne à moitié dans sa bouche, puis s'attable et se met en devoir de nettoyer son arme avec le haut de son pyjama.

— Fais au moins l'effort de prendre une assiette. Maman ne t'a pas élevée comme une sauvage !

Xona foudroie son frère aîné du regard. Elle déchiquète le reste du pain et dépose les bouts sur la table, à côté de son pistolet.

— Je t'interdis de parler de maman.

Jilia et Adrien échangent un regard entendu. Je me rappelle soudain que la mère de Tyryn et Xona vient d'être liquidée par les autorités. Je me racle la gorge et tente d'aborder un autre sujet pour détendre l'atmosphère.

— Tyryn, tu as déjà rencontré les autres glitchers ?

Il détourne enfin le regard de sa petite sœur.

— Quelques-uns, mais pas tous. Je ne sais pas grand-chose d'eux, à part ce que le Général Taylor m'en a dit. Ce sont des combattants hors pair destinés à former l'unité d'élite du Réseau. L'objectif de Taylor est de créer un groupe capable de neutraliser la Chancelière. Apparemment, toute l'équipe a hâte de faire ta connaissance, Zoe. Tu es la seule à être immunisée contre le pouvoir de Bright.

Je lâche la main d'Adrien et me cramponne au rebord de la table.

— Une minute. Vous voulez que je m'attaque à la Chancelière ?

— Tu l'as déjà affrontée dans le passé.

— Les choses ont changé… À l'époque, elle était seulement chancelière d'une Académie mineure. Elle est aujourd'hui Vice-Chancelière de la Défense ! Autrement dit, elle chapeaute l'ensemble du Secteur Six et, à ce titre, elle est sûrement entourée d'une véritable armée de gardes.

Xona laisse échapper un sifflement.

— La vache, ils ne plaisantent pas !

Tyryn lui intime de se taire.

— Dans les visions d'Adrien, tu es chef de la Résistance. Et le scanner de Jilia semble confirmer l'étendue de ton pouvoir.

— On ne te demandera rien tant que tu ne te sentiras pas prête, me rassure Adrien en me prenant la main.

Ma poitrine se comprime à tel point que j'ai du mal à respirer. Adrien était-il au courant de leur projet ? Connaissait-il l'existence de cette fameuse unité opérationnelle ? Évidemment. Après tout, il voit l'avenir ; il aura sans doute eu une vision. Trop décontenancée pour articuler, je hoche simplement la tête.

Après le petit déjeuner, je profite de ce que le reste du groupe est passé dans la pièce voisine pour prendre Adrien entre quatre yeux.

— Raconte-moi ce que tu as vu. Tu crois que je vais être à la hauteur ?

— Zoe, ne te fais pas de bile. Tout va bien se passer.

Il m'attire à lui et je me blottis contre son torse quelques instants avant de le repousser.

— Tu dis ça car tu as *vu* que tout allait bien se passer ?

Son visage se voile.

— Je n'ai jamais eu de vision claire de l'issue de la guerre, si c'est ta question.

— Pourtant, tu as eu des visions de moi ? En tant que chef, ce chef que tout le monde veut que je sois ?

Un long silence s'écoule.

— Je t'en prie, dis-moi la vérité.

— Zoe, il est peut-être préférable que tu n'en saches pas trop sur ton propre avenir. J'aurais mieux fait de me taire. Si j'avais gardé mes visions pour moi, personne ne te mettrait la pression aujourd'hui.

— Et si tu t'étais tu, le Réseau t'aurait empêché de voler à mon secours. À l'heure qu'il est, je serais encore l'esclave de la Communauté.

Mes arguments ne viennent pas à bout de ses réticences.

— Peut-être que si tu me racontais tes visions, je pourrai commencer à croire un peu plus en moi. Possible que ça me donne la force qui me manque.

Il me dévisage d'un air peu convaincu avant de se laisser persuader. Il se rassied à table et je l'imite.

— Très bien. Il y a cette vision, la première que j'ai eue de toi, en fait. (Sourire.) Il faut savoir que plus l'avenir est lointain, plus mes visions sont floues. Celle-ci n'est qu'une série d'images discontinue. Le soleil brille dans le ciel, et pourtant tu ne portes ni combinaison, ni masque à oxygène, ni rien du tout.

— Comment est-ce possible ?

J'examine mes gants puis je louche sur mon masque.

— Je l'ignore. Je te vois courir vers une maison au bord de l'océan. Tu te déplaces si vite qu'on dirait presque que tu voles. Ensuite, j'ai ton visage en gros plan. Tu as une expression bien particulière. (Il sourit de nouveau.) D'une force, d'une détermination inébranlables. J'ai beau avoir la sensation que tu cours un réel danger, tu n'as pas peur.

Loin de s'évanouir, la pression dans ma poitrine se renforce. Et moi qui pensais que connaître mon avenir me soulagerait. Mais je ne me retrouve pas du tout dans sa description. On dirait qu'il dépeint quelqu'un d'autre.

— Tu es dans la vision ?

Son sourire disparaît.

— Non.

— Tu vois quelqu'un d'autre ?

— Non.

— Ah.

Super. Eh bien, il me prédit un avenir resplendissant ! Livrée à moi-même, fonçant droit dans la gueule du loup.

— Ce n'est pas ça qui compte. Ça veut dire que nous allons finir par trouver une solution à tes allergies !

C'est une bien maigre consolation.

— OK. Tu peux m'en raconter une autre ? Une vision plus proche dans le temps, peut-être ?

Il baisse la tête.

— Ce n'est pas une bonne idée.

— Pourquoi ça ?

— Parce que je commence à comprendre comment fonctionnent mes visions… À mon avis, il ne vaut mieux pas, un point c'est tout.

À en juger par son expression, sa décision est sans appel.

Sans me laisser le temps de répliquer, Xona entre dans la pièce à vive allure. Elle se penche pour lacer ses chaussures avant de poser la jambe sur le plan de travail à côté de la cafetière. À cet instant, elle nous aperçoit.

— Désolée, le comptoir est pile-poil à bonne hauteur pour mes étirements.

Puis, semblant prendre conscience de la tension ambiante, elle nous jauge du regard.

— Je vais faire un jogging, explique-t-elle en poursuivant sa série d'assouplissements. Tu peux venir si ça te dit, me propose-t-elle. Il y a des chaussures à côté de la porte.

— Vraiment ?

Xona paraissait tellement revêche tout à l'heure que son offre me prend au dépourvu. Elle me jette un regard provocateur.

— En admettant que tu arrives à me suivre.

Adrien me tient toujours la main.

— Écoute, Zoe, on peut parler plus longuement…

— Non.

J'écarte brusquement ma chaise de la table. Je ne veux pas continuer à harceler Adrien alors que, de toute évidence, il n'a aucune envie de me révéler mon avenir.

— Un petit jogging me fera le plus grand bien. En plus, tu ne m'as pas dit que j'étais forte dans tes visions ? Je ferais mieux de m'entraîner, sinon je ne vois pas comment ça va arriver !

Je me tourne vers lui en me composant un sourire. Même si notre conversation m'a troublée, inutile de m'en prendre à lui ; ce n'est pas sa faute.

Le soleil matinal transperce la voûte végétale par endroits, mais le sol demeure plongé dans l'ombre des arbres. Là où la lumière réussit à filtrer, des feuilles vert vif éclairées par les rayons épars se détachent nettement du reste du feuillage.

— J'ai mon circuit habituel, fait Xona en sautillant sur place pour s'échauffer les muscles. Je n'ai pas l'intention de ralentir pour toi.

Message reçu. J'acquiesce, le regard fixé sur la verdure foisonnante qui nous encercle. Un décor à la fois étonnant et effrayant. Ce n'est pas un vert uniforme, mais une centaine de nuances, du vert le plus foncé des feuilles ombragés au vert clair, presque fluorescent, de la mousse des rochers et des troncs.

— Vous, les anciens esclaves de la Communauté ! marmonne Xona avec un sourire dédaigneux. Vous avez toujours l'air si subjugués par la Surface !

Sur ces mots, elle s'élance dans la forêt à toute vitesse. Je la suis du mieux que je peux. Hors de question qu'elle me sème dans cet immense labyrinthe de verdure !

Comme c'est agréable de courir ! La combinaison épouse naturellement mes mouvements et je finis par en oublier l'existence. La course à pied m'a toujours permis d'évacuer mon stress, aussi bien dans la Communauté que dans ma cachette au laboratoire. Cependant, courir à la Surface est une expérience radicalement différente de celle du tapis roulant. Sur ce dernier, hypnotisé par la régularité des foulées, on se perd dans ses pensées. À l'extérieur, en revanche, il faut constamment regarder où l'on pose le pied. Le sol est souple et inégal. Je le fixe de peur de buter contre une racine.

En tout cas, l'exercice me procure un vrai plaisir. Quel soulagement d'oublier un moment la folie des derniers jours pour me concentrer sur mon chemin !

— Merci, dis-je à Xona, essoufflée par la côte que nous venons d'emprunter. J'en avais besoin.

Elle me coule un regard étonné sans cesser de courir. Elle ne s'attendait pas à ce que je la rattrape. Contrairement à moi, elle n'est pas du tout hors d'haleine. Le chemin est plus large à présent, et nous courons côte à côte.

— Ça avait l'air plutôt tendu entre vous dans la cuisine. En même temps, Adrien a toujours été un mec intense. Avec son regard ténébreux, toutes les filles du Réseau étaient à ses pieds.

Elle me regarde, cherchant une réaction.

— Ah bon ? lancé-je simplement, refusant de mordre à l'hameçon. Jilia m'a raconté que vous aviez grandi ensemble ?

— Oui, depuis ses quatorze ans, lorsqu'il s'est enfui de chez lui pour rejoindre l'unité dirigée par mon père. Inutile de dire qu'en l'apprenant sa mère a pété les plombs. Elle est venue illico sur notre base, hurlant qu'il était trop jeune. Mon père a réussi à la calmer en lui sortant son couplet habituel : « Les jeunes sont l'avenir du Réseau. » (Elle prend un ton ironique en l'imitant.) Sauf que, d'après ce que j'ai cru comprendre, ce serait plutôt toi, l'avenir du Réseau.

Le sang quitte mon visage. Elle voulait une réaction ? Elle l'a eue.

— Seulement si tu adhères aux visions d'Adrien.

— Non. Je n'y crois pas. Toute cette histoire de destin, c'est des conneries. Sans vouloir te vexer. Je ne vais pas gober qu'à toi toute seule tu vas sauver l'humanité, juste parce qu'un mec l'a prédit.

— Même si les prédictions d'Adrien ont une fâcheuse tendance à se réaliser ?

Xona ralentit sa foulée.

— Jusque-ici, peut-être. Mais de là à dire que tout est écrit d'avance… ça me rappelle toutes ces bêtises que ma mère avait l'habitude de me débiter. Soi-disant que tout allait bien finir, que dans la vie, les épreuves que nous traversons servent un but plus grand et que tout se produit pour une raison bien précise. Que toutes les vies sacrifiées pour le Réseau prendront sens à la fin, lorsque nous remporterons cette fichue guerre !

Elle bombe les épaules, la rage au ventre.

— Tout ça, ce n'est rien qu'un tissu de mensonges. (Elle se tourne vers moi.) S'il est écrit que tu dois sauver le monde, ça signifie que le monde est foireux à la base. Ce qui veut dire que cette guerre, la puce A-V, et tout le reste… (Je vois bien qu'elle pense à la mort de ses parents.) Les choses ne se produisent pas pour une raison précise. Si c'était le cas, dans quel genre de monde tordu on vivrait ?

Elle accélère le rythme, les traits durcis. J'essaie de la suivre et mes poumons me brûlent.

— Et toi ? Tu crois vraiment à cette histoire de visions ? reprend-elle. Tu te sens franchement de taille à supporter la pression ? Devoir passer pour un genre de messie, ça ne te fiche pas la frousse ?

— J'espère bien qu'on me donnera un coup de main, dis-je d'une voix essoufflée.

Si seulement je pouvais essuyer mon front dégoulinant ! Mais à cause du masque, je n'ai pas d'autre choix que de laisser la sueur couler le long de mon visage. Je n'aime pas vraiment le tour que prend la conversation, du coup je préfère changer de sujet.

— Et les autres glitchers de la Fondation, tu les connais ?

— En général, je préfère me tenir à l'écart des glitchers.

— Tu es toujours aussi aimable ?

J'ai lâché ça d'une voix plus acérée que je ne le voulais.

Elle part d'un rire léger.

— J'ai de la peine pour vous, OK ? On vous bidouille le cerveau. Résultat, vous vous retrouvez avec des pouvoirs bizarroïdes. Je comprends, ce n'est pas de votre faute et patati et patata. Vous n'êtes rien de plus qu'un sous-produit de ComCorp. Or le Réseau se bat pour que le monde redevienne ce qu'il était *avant* – avant la Communauté, la puce A-V et les glitchers.

Le chemin se resserre et Xona passe devant. J'en ai marre, je n'essaie plus de faire la conversation.

De toute évidence, nous ne serons jamais les meilleures amies du monde. À la place, je repense à ce qu'elle a dit sur le Réseau. J'ai très envie de faire partie intégrante de la Résistance et d'aider mon prochain, mais on cherche à me faire endosser trop de responsabilités. Tout le monde attend tellement de moi ! Xona n'a-t-elle pas assuré que l'on me considérait comme l'avenir de la Résistance ? Et le portrait qu'Adrien a fait de cette fille dans sa vision…

Quelqu'un peut-il m'expliquer comment je suis supposée devenir cette personne ? Vais-je me réveiller un beau matin dans la peau de cette fille, ou bien suis-je censée travailler d'arrache-pied pour parvenir à ce résultat ?

Je revois le scanner cérébral, mon cerveau criblé de zones bleues. Eh bien oui, je suis en pleine transformation. Seulement, ce que je suis en passe de devenir, je l'ignore. J'imagine mon pouvoir gonflant en moi jusqu'à ce qu'un jour mon corps finisse par exploser en un million de particules bleues, telle de l'eau jaillissant d'un vase brisé.

Xona s'arrête soudain et m'attire contre un arbre. Un jappement de surprise m'échappe.

— Ne bouge pas. J'entends un bruit, murmure-t-elle.

D'un seul coup, son assurance s'est volatilisée.

Nous sommes tapies entre deux énormes racines. Je perçois un ronflement au loin. Plus il se rapproche et plus les battements de mon cœur accélèrent, martelant ma poitrine. Ma télékinésie s'anime sous ma peau. Mon avant-bras se met à trembler. Pitié, pas maintenant ! Si par malheur je déraillais là, nous serions tous capturés et livrés en pâture à la Chancelière. Ou pire, liquidés sur place.

Le ronron mécanique s'amplifie progressivement. Jusqu'à ce que l'engin nous survole dans un vrombissement sourd. Xona et moi nous recroquevillons contre le tronc au maximum. Les yeux en l'air, j'entraperçois un éclair métallique à travers le feuillage. L'espace d'une seconde, j'ai la sensation atroce qu'il ralentit. Mais finalement, il poursuit sa route.

Nous patientons de longues minutes, immobiles comme des statues, jusqu'à ce que le bruit du moteur ne soit plus qu'un chuintement distant. L'appareil n'a pas fait demi-tour. Il ne nous a pas repérées.

Xona pousse un énorme soupir de soulagement.

— Qu'est-ce que c'était ?

— Une navette de patrouille. Elle a passé la zone au crible. (Les mains en visière, elle scrute le ciel.) Les branchages nous ont camouflées. C'est bizarre, jamais ils ne s'aventurent aussi loin dans la forêt, ajoute-t-elle d'un air perplexe.

Une boule se forme dans ma gorge.

— Ils sont à ma recherche.

6.

Épuisée, je me glisse sous la couette, impatiente qu'Adrien me rejoigne après sa douche. D'accord, nos contacts ne sont pas facilités par la combinaison, mais le sentir près de moi suffit à calmer l'angoisse qui m'oppresse. Comme la nuit dernière.

Sourire aux lèvres, je m'imagine lovée dans ses bras quand, soudain, un fracas retentit dans la salle d'à côté. Suivi d'un hurlement.

Je bondis hors du lit et me rue en direction du cri.

Non. C'est impossible !

Dix Régulateurs ont envahi la salle commune, emplissant presque entièrement l'espace de leurs silhouettes massives. L'un d'eux prend Xona à la gorge, la soulevant de plusieurs centimètres. Ses jambes s'agitent dans les airs et ses talons viennent buter contre le bar de la cuisine. Elle essaie d'atteindre l'arme sanglée à sa cheville sans réussir à lever la jambe assez haut.

Le corps de Jilia gît dans un coin, baignant dans une mare de sang, la poitrine broyée par l'immense pied métallique d'un Régulateur.

Adrien surgit à ce moment-là. En découvrant la scène, ses traits s'empreignent d'une horreur indicible.

— Non, Adrien ! N'approche pas !

Sourd à ma prière, il se précipite sur le Régulateur le plus proche. Sous mon regard épouvanté, le garde envoie valdinguer son corps frêle à travers la pièce. Dans un bruit d'os brisés, Adrien percute le pilier en métal de la tente de plein fouet et s'écroule comme une poupée de chiffon. Le Régulateur lève la jambe, s'apprêtant à lui porter le coup de grâce.

— Non !

Les Régulateurs braquent leur regard inexpressif sur moi. Un bourdonnement aigu me déchire alors les tympans et un tourbillon de rage se déchaîne dans ma poitrine, menaçant de me faire exploser les poumons. Impossible de le contenir davantage – je n'en ai pas l'intention, d'ailleurs. Mon corps menu s'agite de tremblements, mes dents s'entrechoquent. Et puis, c'est le débordement. Ma cage thoracique se fissure et s'écartèle. Mon pouvoir bouillonnant jaillit de toutes parts, s'écoulant par ma bouche, mes yeux, le bout de mes doigts et enfin ma poitrine tandis qu'une lumière bleue inonde la salle. Quand la dernière goutte luminescente me quitte, mon torse béant se met à vomir mes entrailles.

Je sens mon corps se disloquer sans même trouver la force de crier.

— Zoe !

Adrien ! Je regarde du côté de sa voix, mais je ne le vois pas. Le décor s'est entièrement volatilisé. À la place, un gouffre béant d'une profondeur insondable.

— Zoe ! Bon sang, réveille-toi !

Je cligne des yeux. Penché au-dessus de moi, Adrien me secoue violemment par les épaules. Puis il glisse une main sous ma nuque et m'aide à me redresser.

— Les Régulateurs, soufflé-je.

— Non. Tu as fait un mauvais rêve. Il faut qu'on parte.

L'image de mon buste écartelé me revient, et je pose la main sur ma poitrine.

Tout est normal. Mon thorax est intact. La douleur était pourtant si réelle… J'en aurais mis ma main au feu.

La tente est plongée dans la pénombre et c'est à peine si je distingue les contours de son visage, mais il a l'air sain et sauf et une onde de soulagement me submerge.

Une poignée de secondes plus tard, mes yeux s'habituant à l'obscurité, je m'aperçois que le chapiteau de la tente a disparu. La toile s'est effondrée et des arbres déracinés jonchent le sol tout autour. Au-dessus de nos têtes, la voûte céleste nous tient désormais lieu de toit. Je balaie la scène d'un regard perdu, en proie à une confusion absolue, à laquelle se mêle l'adrénaline suscitée par mon cauchemar. Qu'est-ce que ça veut dire ? Mon souffle s'accélère et un nuage de condensation se forme à la surface de ma visière. Jusqu'à ce que le système antibuée du masque s'enclenche.

— Que s'est-il passé ?

— Je l'ignore, répond Adrien. J'ai été réveillé par un boucan d'enfer. La tente s'est littéralement éventrée.

Un puissant craquement déchire alors le silence de la forêt.

— Attention à l'arbre ! nous crie Jilia en enjambant des décombres pour nous rejoindre.

Je lève la tête. Une silhouette monumentale se découpe sur le ciel étoilé, sa lente chute accompagnée d'un craquement sinistre.

— Cours !

Adrien me saisit par le poignet et m'entraîne dans son sillage. Je me prends les pieds dans ma couverture, ce qui ralentit notre fuite. J'essaie alors de faire appel à mon pouvoir pour stopper l'arbre, mais en vain… Il demeure résolument muet.

Nous nous élançons à toute vitesse sous la structure branlante, suivis de près par Jilia. Le tronc de plusieurs tonnes s'abat de tout son poids sur ce qui reste de la tente, et l'aplatit comme une crêpe. La terre tremble sous nos pieds.

— Où sont Tyryn et Xona ? hurlé-je en essuyant mon masque.

— Doc !

Adrien pivote sur ses talons et je l'imite. Jilia est étendue par terre, prise au piège sous une lourde branche.

— Tout le monde va bien ? Où sont les Régulateurs ?

Xona nous a rejoints en courant, une arme laser dans chaque main. Elle les agite dans tous les sens, prête à faire feu.

— Il n'y a personne, réplique Adrien en se ruant auprès de Jilia pour la libérer. C'était juste un accident.

Je vais lui prêter main-forte, mais la branche encore solidaire du tronc ne bouge pas d'un millimètre.

— Elle est… ? bredouille Xona.

— Elle est en vie, l'interrompt Adrien.

Juste à cet instant, Jilia pousse un faible gémissement, ce qui nous incite à redoubler d'efforts. Tyryn se poste à côté d'Adrien et met ses muscles à contribution, mais sans résultat.

— Tu crois qu'avec ta télékinésie tu peux déplacer l'arbre ? me demande Adrien.

Les dents serrées, je me concentre à fond. Mais c'est peine perdue. Un très faible bourdonnement s'élève, puis plus rien.

Je contemple la scène apocalyptique. Les débris de tente à peine visibles à la faible lumière du clair de lune, des arbres mutilés partout. Puis la réalité me frappe en pleine figure. Adrien a évoqué un accident… À présent, je comprends ce qu'il insinuait. C'est moi. Moi qui ai causé cette catastrophe. Pendant mon rêve, j'ai dû libérer mon pouvoir par inadvertance.

— Je n'y arrive pas, Adrien. J'ai dû épuiser tout mon pouvoir.

— Poussez vous, intervient Xona en dégainant l'arme sanglée à sa cheville.

Adrien et moi faisons un pas en arrière et Xona appuie sur la détente. Un rayon laser rouge fend l'obscurité de la nuit. Xona tronçonne la branche à l'aide du faisceau. En quelques minutes, elle se détache du tronc.

Tyryn la soulève par un bout, sa sœur par l'autre, et ensemble, ils dégagent Jilia. Elle se met à crachoter des filets de sang.

Je commence à paniquer.

— Qu'est-ce qu'on fait ?

Jilia est pâle comme la mort, mais ses paupières remuent légèrement : elle ne semble pas avoir perdu connaissance. Maintenant libérée du poids de la branche, elle respire plus facilement.

— Je vais soigner ce que je peux, murmure-t-elle, les yeux fermés et les mains posées sur l'abdomen.

Des perles de sueur se forment sur son front. Son visage ruisselle bientôt sous l'effet de la concentration. Puis elle rouvre enfin les yeux avec un soupir imperceptible.

— Ça va aller, Doc ? s'inquiète Xona.

— Encore quelques côtes fêlées, réplique Jilia en respirant bruyamment. Mais j'ai pu stopper l'hémorragie interne.

Xona l'aide à se relever tandis que Tyryn parcourt les lieux d'un regard inquiet.

— Merde ! Quelqu'un peut-il m'expliquer ce qui s'est passé ?

— C'est ma faute, lâché-je dans un murmure. J'ai fait un cauchemar.

Après cet aveu, un vague de culpabilité me submerge.

Xona jauge l'étendue des dégâts avant de me considérer avec effroi. Elle recule d'un pas. Tyryn, lui, se contente de me dévisager.

— Il faut partir sans attendre, déclare Adrien, imperturbable. Nous sommes complètement à découvert.

Tyryn acquiesce.

— La perturbation a dû apparaître sur les caméras satellites. Les autorités ne vont pas tarder à débouler pour inspecter les lieux. Il n'y pas une minute à perdre.

— Bordel ! s'emporte Xona en donnant un coup de pied dans une branche.

— File démarrer le moteur ! lui ordonne Tyryn qui se penche pour recueillir le petit corps de Jilia dans ses bras.

Sa sœur ne se le fait pas répéter deux fois.

— Je suis vraiment navrée, dis-je d'une petite voix.

Mais Tyryn et Adrien sont déjà en route.

— Ça fait partie du jeu, réplique ce dernier en me faisant signe de les suivre. Les fuites en pleine nuit en abandonnant tout derrière. C'est comme ça, la vie dans le Réseau.

— Mais c'est à cause de moi…

— Tout ce qui compte, pour l'heure, c'est que nous quittions la zone au plus vite.

Il me prend par la main et m'entraîne vers le véhicule au pas de course.

L'aéronef plane déjà à une dizaine de centimètres du sol. Je grimpe dedans et boucle ma ceinture.

— Ils vont pouvoir nous pister ?

— La coque de l'appareil est conçue pour dévier les détections infrarouges, répond Tyryn. En pleine nuit, nous devrions être quasiment invisibles.

À mesure que nous nous élevons dans les branchages, mon estomac se met à tanguer. Les branches raclent nos vitres, mais bientôt nous dépassons la cime des arbres pour nous retrouver en plein ciel.

— Et maintenant, on va où ? demande Xona.

— Il est prévu que nous fassions escale chez Henk, avant la Fondation. (Tyryn examine l'écran du tableau de bord.) Du moment que nous ne sommes pas suivis, il ne verra pas d'inconvénient à ce que nous débarquions en avance.

Par la vitre arrière, je considère l'ancien emplacement du campement. Sous le clair de lune, la zone circulaire dévastée par mon pouvoir se détache nettement du reste de la forêt, comme une cible géante.

Je tourne la tête. Adrien me dévisage, je le sens, mais je n'ose pas croiser son regard. La culpabilité me ronge de l'intérieur. Tout ça s'est produit par ma faute. Je ferme les yeux. Si seulement il existait un moyen de remonter le temps !

7.

Sur les sièges avant, Xona et Tyryn discutent à voix basse. Je n'arrive pas à entendre ce qu'ils se disent. Xona se retourne fréquemment pour me jeter des coups d'œil assassins.

À part ça, le vol se déroule plutôt calmement. Jilia et Adrien dorment à poings fermés. Il a la tête légèrement renversée en arrière et je caresse du regard les contours de son visage, depuis ses pommettes saillantes jusqu'à son menton en pointe. Ses lèvres pleines sont entrouvertes. J'ai une irrésistible envie de l'embrasser. Je ferais n'importe quoi pour chasser de mon esprit le souvenir du désastre que je viens de causer.

Je détache ma ceinture et me penche en avant. Loin à l'horizon scintillent les lumières d'un paysage urbain.

— Nous allons nous poser en ville ?

Xona m'ignore royalement.

— Non, juste en périphérie, m'informe Tyryn. Dans une usine.

Suivant son index, j'aperçois en contrebas la silhouette d'un vaste complexe industriel.

— L'ingénieur en chef de l'usine est un Supérieur. Officiellement, il travaille pour ComCorp. En réalité, c'est un espion du Réseau.

— Ah oui ?

En règle générale, les Supérieurs représentent l'Ennemi, la classe privilégiée qui exploite les hommes comme des esclaves sans le moindre scrupule. Jamais je n'ai rencontré de Supérieur membre de la Résistance.

Le moteur ralentit et Tyryn pose l'aéronef sur une aire d'atterrissage couverte. Un léger soubresaut secoue l'appareil au moment où nous entrons en contact avec le sol.

— Salut tout le monde !

Tyryn ouvre la portière arrière. Un homme grand et mince nous accueille. Le bas de son visage est couvert d'une fine barbe noire de plusieurs jours. Adrien se réveille et détache sa ceinture. Lorsqu'il descend à terre, l'homme lui sourit à pleines dents.

— Le nain ! s'exclame-t-il, visiblement ravi de le voir.

Il lui assène une tape amicale dans le dos. Le nain ? Adrien fait à peine un centimètre de moins que lui et tous deux dépassent facilement le mètre quatre-vingt.

— Henk !

Adrien lui rend son sourire.

— Vous êtes en avance, les amis. Content de te voir en un seul morceau, petit.

Adrien le serre fort sans rien dire. Henk se tourne ensuite vers moi, les bras grands ouverts.

— Et voici sans doute la fameuse Zoe, la faiseuse de miracles ! (Il me presse contre lui à ma descente de l'appareil. Mes pieds ne touchent plus terre.) Enchanté de faire enfin ta connaissance ! Le petit m'a tellement parlé de toi que mes oreilles en bourdonnent encore !

Tête baissée, Adrien rougit comme une tomate.

— Bienvenue chez moi, s'exclame Henk avec un grand geste. Vous trouverez ici les modèles les plus récents, prêts à être expédiés.

Un examen rapide du hangar me révèle des centaines de véhicules en rangées ordonnées. Une file de duo-jets, une autre de camions aérodynamiques. Certains ressemblent à l'aéronef dans lequel nous sommes arrivés.

Jilia descend à son tour.

— Ah, mon médecin favori ! Nous voilà désormais au grand complet !

Henk ouvre les bras mais elle le repousse et se tient les côtes en grimaçant.

L'ingénieur plisse le front.

— Tu t'es fait mal, Doc ?

— Rien de grave. Et ne va pas croire que j'ai passé l'éponge sur l'incident de la dernière fois, dit-elle en haussant un sourcil.

— Allons, fait-il d'un air presque contrit. Ce n'était rien qu'un petit incident d'explosif de rien du tout.

Jilia lève les yeux au ciel.

— Le conteneur est-il prêt ? Je préférerais qu'on ne s'éternise pas trop.

— Que ne ferais-je pas pour les beaux yeux de ma femme préférée ! réplique Henk avec un sourire jusqu'aux oreilles.

— Je croyais que j'étais seulement ton *médecin* préféré ?

— Pourquoi pas les deux ? lui glisse-t-il sur le ton de la confidence en remuant les sourcils. C'est par là que ça se passe, déclare-t-il en nous invitant à le suivre.

— Transports haut de gamme de la future génération, explique Henk tandis que nous progressons parmi les rangées de véhicules. Une technologie inspirée des dernières avancées aéronautiques.

— Fini les modèles avec roues ? l'interroge Adrien.

Henk part d'un grand éclat de rire.

— Qui voudrait rouler sur la route alors qu'on a désormais la possibilité de se déplacer dans les airs ? (Il simule un vaisseau en plein vol avec sa main, accompagnant sa démonstration d'un faible sifflement.) Les progrès en termes d'anti-gravité nous permettent aujourd'hui de développer des moteurs à champ magnétique. Je suis bien placé pour le savoir, vu que j'ai participé à leur invention.

Il semble très fier de lui.

— Henk conçoit des moyens de transport, m'explique Adrien. Mais il est également l'expert en armement du Réseau. Malheureusement, il a la fâcheuse manie de vouloir tester lui-même ses nouveaux joujoux.

— Ils font un si charmant *Badaboum !* (Il accompagne ses paroles d'un grand geste théâtral.) Quel joli petit feu d'artifice quand j'ai bombardé une de leurs maudites usines !

— Le Général t'a pourtant mis en garde : pas de prise de risques inutile. Ce n'est pas en faisant sauter une usine de fabrication de puce A-V que tu changeras la face du monde, rétorque Jilia. Nous, on a une guerre à remporter !

— Voyons, tout s'est bien fini. Et regardez ça, fait Henk en étirant l'épaule. Non seulement on a rayé une de leurs usines de la carte, mais en plus, tu m'as remis d'aplomb. En prime, j'ai hérité d'une cicatrice super classe !

Il tire sur sa chemise pour dévoiler son épaule où court une estafilade. Jilia le fusille du regard.

— Tu es vraiment un cas désespéré.

— C'est ce qu'elles disent toutes, répond-il en s'approchant d'elle. Mais tu peux toujours essayer de m'amender, je n'ai rien contre !

Elle le repousse mais je décèle la naissance d'un sourire au coin de ses lèvres.

— Ah, nous y voilà ! Un conteneur de première qualité pour mon équipe de fugitifs préférée !

Henk nous indique une rangée de box gigantesques estampillés du logo de ComCorp. Certains, ouverts, dévoilent des véhicules flambant neufs prêts à être livrés. Henk nous conduit jusqu'à un conteneur quasiment vide.

— Désolé, je ne peux pas faire mieux en de si brefs délais.

Xona pénètre à l'intérieur de la boîte pour y jeter un œil.

— J'ai déjà voyagé dans des conditions plus mauvaises. Y a des choses intéressantes là-dedans ? dit-elle en ouvrant une caisse.

— Xona, fait Tyryn d'un ton menaçant.

Mais sa sœur poursuit ses fouilles sans relever.

— Alors, c'est réglé. Je vais sceller le conteneur derrière vous. Il est équipé d'un générateur d'oxygène. Vous avez l'équivalent d'une journée de réserve, mais je doute que vous en ayez besoin. Une machine vous acheminera jusqu'au dépôt et vous serez ensuite chargés dans un train en partance pour le sud.

Je me rembrunis.

— Nous allons voyager à bord d'un train de ComCorp ? Ce n'est pas un peu risqué ?

— C'est le moyen le plus sûr de parcourir de longues distances. Juste sous leur nez. Un membre de la Fondation se chargera de récupérer le conteneur à destination, et voilà ! L'affaire est dans le sac. Vous serez livrés directement à votre nouvelle adresse.

— Même si ça me tue de l'admettre, Henk excelle dans son domaine, me rassure Jilia en me caressant le bras.

— Attends, Doc. Je rêve ou tu viens de m'adresser un compliment ? s'exclame l'ingénieur en portant la main à sa poitrine. Je crois que je vais m'évanouir.

— Bingo ! s'écrie Xona en sortant d'une caisse une arme longue comme son avant-bras.

— Xona ! s'énerve Tyryn en s'approchant d'elle pour lui ôter le pistolet des mains.

Il le replace dans la caisse et referme le couvercle.

— Une jeune fille comme je les aime, fait remarquer Henk avant de nous saluer d'un signe de tête. Soyez prudents. Et Doc, comme toujours, ce fut un plaisir.

Il s'avance vers elle et lui plante un baiser passionné sur les lèvres. Rougissant jusqu'à la pointe des oreilles, elle le repousse violemment.

— Espèce de…

Sans lui laisser le temps de finir, Henk lui claque la porte du conteneur au nez.

8.

Un choc me réveille en sursaut. Je me redresse. Autour de moi, tout est d'un gris uniforme. Une colonne d'informations défile à la périphérie de mon champ de vision, des indications sur le plan des lieux, la température ambiante, l'heure et la date, et en bruit de fond le Credo Communautaire, passant et repassant en boucle sur un ton monocorde : *le Lien de la Communauté, c'est la paix. Nous, la Sublime Lignée, nous vivons au sein de la Communauté et chérissons la discipline, l'ordre et la paix. La Communauté d'abord, la Communauté toujours.*

— Nous sommes arrivés, Zoe, m'informe-t-on. Déconnecte-toi du Lien.

Confuse, je cligne des yeux. Le visage d'Adrien se trouve à quelques centimètres du mien.

Je le fixe un instant, incapable de ressentir la moindre émotion.

— Prononce le code d'accès pour te déconnecter. Lien Beta Dix Gamma.

Je répète après lui. Les bruits, les couleurs et les sensations reprennent brusquement possession de mon corps. Après notre départ de l'usine, Jilia m'a suggéré de me connecter au Lien afin de dormir sans avoir à craindre une manifestation impromptue de mon pouvoir. Le Lien neutralise les REM[1] rendant la phase de sommeil paradoxal – et donc les rêves – impossible. C'est atroce de devoir me soumettre à nouveau au Lien. Le cerveau encore embrumé, je secoue la tête et parcours l'habitacle exigu du regard. Tout le monde est sain et sauf. Le stratagème a fonctionné.

— Arrivés où ? s'impatiente Xona. Vous n'avez jamais précisé l'emplacement de la Fondation.

— C'est parce que personne ne sait vraiment où elle se trouve, réplique Adrien. Le chauffeur lui-même l'aura bientôt oublié.

— Comment ça ?

— La Fondation abrite un glitcher très spécial. Il garde l'endroit secret en brouillant la mémoire des gens. Impossible de se rappeler où nous sommes, y compris durant notre séjour ici. Enfin, je crois... (Adrien fronce les sourcils.) Les détails ne sont pas

1. *Rapid Eye Movements* : « mouvements oculaires rapides » qui se déclenchent lors du sommeil paradoxal (dernier stade du cycle du sommeil, au cours duquel se déroule l'activité onirique). *N.d.T.*

très clairs dans ma tête. En fait, plus j'y pense, plus mes souvenirs s'embrouillent. Mais j'ai l'impression que nous sommes peut-être sous une montagne...

Jilia hoche la tête en signe d'acquiescement.

— C'est le meilleur système de défense que j'aie jamais vu. J'ai beau avoir réalisé un scanner cérébral de ce garçon, je n'arrive même plus à me remémorer son visage.

— Il doit se sentir très seul, dis-je simplement.

La porte du conteneur s'ouvre. Je me lève, impatiente de faire la connaissance des autres glitchers. Mais la personne qui nous accueille n'est autre que Sophia, la mère d'Adrien.

Elle ne me porte pas dans son cœur depuis notre première escapade à la Surface. Si elle avait eu son mot à dire, Adrien ne m'aurait jamais aidée à m'échapper de la Communauté. Il serait parti en m'abandonnant derrière lui, sans se retourner. Je pousse un profond soupir.

Sophia jette à son fils un regard réprobateur.

— Je n'arrive pas à croire que tu sois parti comme ça, sans rien dire. As-tu seulement idée du souci que je me suis fait ? De l'angoisse de ces dernières quarante-huit heures ? Cette fille n'est qu'un aimant à problèmes !

Adrien soutient son regard, sans se laisser démonter.

— Je n'avais pas le choix.

— Nous en reparlerons plus tard, rétorque Sophia en baissant la voix.

Nous empruntons un ascenseur. Au niveau inférieur, un homme minuscule appuyé sur une canne nous accueille dans un corridor tout blanc à l'éclairage d'hôpital.

— Je vous souhaite la bienvenue à la Fondation ! s'exclame-t-il avec enthousiasme. Je suis le Professeur Henry.

Il souffre d'une légère claudication, ce qui ne ralentit pas sa cadence. Au moment des présentations, il nous serre la main tour à tour avant de donner une brève accolade à Adrien.

— Suivez-moi. Je vais vous faire faire un petit tour du propriétaire, lance-t-il en nous conduisant le long du corridor lumineux. Depuis que nous avons commencé à extraire des glitchers, ces dernières années, nous avons pris conscience qu'il leur fallait un endroit bien à eux, où développer leurs dons en toute sécurité. De nombreux glitchers supportent mal l'air de la Surface, en partie parce qu'ils ont vécu dans la Communauté toute leur vie. Aussi, nous avons toujours eu à l'idée de construire un refuge équipé d'un système d'aération étanche. Évidemment, Zoe, nous étions loin d'imaginer accueillir un jour une personne aussi allergique à l'air de la Surface. Mais ne t'inquiète pas, nous avons presque achevé d'apporter les changements nécessaires à ton bien-être.

— Quand pensez-vous que le système de filtration sera fin prêt ? s'enquiert Adrien.

— D'ici une semaine, probablement. Moins, avec un peu de chance. Ah ! nous allons maintenant passer devant les salles de cours, fait-il en indiquant sa droite.

Les pièces sont plongées dans le noir. Je distingue tout de même des chaises métalliques disposées en cercle.

— Nous allons avoir cours ? Je croyais que ce lieu était avant tout un centre d'entraînement au combat.

Le regard du Professeur se voile légèrement.

— Disons qu'au départ j'envisageais d'abord cette Fondation comme une école et une résidence pour glitchers. Mais Rosalina – le Général Taylor – m'a convaincu de ne pas négliger l'usage que nous pourrions tirer de certains de vos dons. Surtout en cette période particulièrement rude pour nos troupes. Du coup, nous avons fait de cet endroit une infrastructure à la fois scolaire et militaire.

— Combien d'étudiants sommes-nous ?

— Une vingtaine à peu près. Tous pourvus d'aptitudes diverses et variées.

— Tous des glitchers ? s'inquiète Xona, lèvres pincées.

— Les étudiants, oui. Mais sache que tu es ici chez toi, Xona. Au même titre que les glitchers. En fait, nous sommes en train de convertir la Fondation en base militaire. L'invisibilité des lieux nous procure un avantage stratégique indéniable. Les soldats du Réseau logent au niveau inférieur. Vous ne vous croiserez pas souvent. Puisque ton frère sera l'entraîneur de l'unité opérationnelle des glitchers, nous avons songé que tu pourrais t'entraîner avec eux.

— En résumé, il n'y aura pas d'autre étudiant normal ? conclut Xona.

— Je crains que non. En revanche, je suis certain que tu te sentiras parfaitement à ta place parmi les glitchers. Vous avez le même âge.

À en juger par l'expression récalcitrante de Xona, je n'en aurais pas mis ma main à couper.

— Le Général est arrivé ? intervient Tyryn.

— Non, elle est au beau milieu d'une mission. Elle est en stand-by.

— Ça veut dire qu'elle est infiltrée dans la Communauté et qu'il est impossible d'entrer en communication avec elle, me précise discrètement Adrien, surprenant mon air perplexe. C'est le protocole des missions sous couverture.

— Nous y voilà !

S'arrêtant devant une grande porte, le Professeur appuie sur un lecteur d'accès.

— La clinique. Aménagée selon tes spécifications, indique-t-il avec fierté à Jilia tandis que la porte coulisse lentement.

Doc se précipite à l'intérieur : la salle est encore plus lumineuse que le corridor, le plafond étant couvert de néons. Les murs et le sol sont d'une blancheur immaculée, et l'espace contient un nombre impressionnant de machines rutilantes.

— C'est parfait, Henry ! déclare-t-elle, le regard brillant de joie.

Dans un coin de la salle, j'aperçois un poste de décontamination près duquel repose une pile de combinaisons bleues toutes neuves. Le Professeur a suivi mon regard.

— En attendant que le système de filtration d'air fonctionne, tu vas pouvoir te nettoyer et te changer tous les jours de manière à te sentir à l'aise.

Je le remercie.

— Tiens ! Regardez qui voilà ! s'écrie-t-il avec un sourire ravi. Le reste de votre unité !

Je pivote sur mes talons et découvre un groupe de jeunes réunis sur le seuil, dont un brun, qui se détache timidement des autres pour s'avancer vers moi.

— Juan !

Juan s'est enfui de la Communauté en même temps que nous, mais je l'ai perdu de vue lors d'une halte dans un refuge de la Résistance, des mois plus tôt.

— Comme je suis content de te revoir, Zoe ! Nous ne serons pas dans la même équipe, mais il fallait absolument que je vienne te dire bonjour, s'enflamme-t-il en me serrant fort. C'est grâce à toi si je suis en vie aujourd'hui. Or je n'ai jamais eu l'occasion de te remercier. Sache que je te serai éternellement redevable.

Gênée, je balaie ses paroles d'un geste désinvolte tout en m'efforçant de camoufler mon embarras.

— Molla est aussi ici ?

— Oui, répond-il, gêné.

Le reste, il n'a pas besoin de le préciser. Nous nous comprenons en silence : Molla est ici, mais elle ne désire pas me voir. Elle me tient pour responsable de la trahison de Max, resté auprès de la Chancelière, dans la Communauté. Dans le fond, elle n'a pas tout faux. Un sentiment maintenant familier me tord le ventre : la culpabilité.

Le visage d'Adrien se crispe brusquement et son regard se vide de toute expression. L'instant d'après, il cligne des yeux et se tourne vers Xona, debout près de lui. Ça a été bref, pourtant je sais qu'il vient d'avoir l'une de ses visions à court terme.

— Je te préviens, ne fais pas ça, souffle-t-il en s'approchant d'elle, encore sous le coup de sa vision.

Au même instant, le groupe pénètre dans la salle et Xona se tourne vers lui en ouvrant des yeux gros comme des soucoupes.

— Merde alors ! Qu'est-ce qu'ils fichent ici, ceux-là ?

Sans perdre une seconde, elle soulève sa tunique, dégaine deux armes et les pointe en direction du peloton. Un petit cri de surprise franchit mes lèvres.

À l'arrière du groupe ressortent quatre silhouettes massives de Régulateurs !

— Baisse tes armes, Xona. Ce ne sont plus des Régulateurs, tente de la raisonner Jilia d'une voix d'un calme hallucinant. Ce sont les hommes que Zoe a sauvés en s'échappant de la Communauté. J'ai moi-même pris soin de les examiner et...

— Ce sont tous des machines à tuer !

D'une pichenette du pouce, Xona ôte la sécurité et brandit les armes plus haut. Les Régulateurs ne sourcillent pas.

— Ohé, intervient un glitcher trapu à la peau mate, paumes en l'air. Baisse gentiment tes joujoux et calme-toi.

— Que je me calme ? répète Xona d'une voix stridente.

— Oublie un instant leurs prothèses en métal, lui fait Jilia. Les ex-Régulateurs sont des humains, comme toi et moi.

— Je t'interdis de me comparer à ces monstres !

Puis, une chose extraordinaire se produit : l'acier du canon se met à rougeoyer, je ne sais par quel miracle ! Xona ne le remarque pas tout de suite, mais elle finit par lâcher les armes avec un cri de douleur. Elle fixe ensuite ses mains d'un air stupéfait. De petites cloques se forment déjà sur ses paumes.

— Ce n'était vraiment pas nécessaire, Rand, lance Jilia au garçon trapu. Xona, montre-moi ta main.

— Ne me touche pas ! braille Xona qui la repousse tout en fusillant Rand du regard. Ça ne m'étonne pas que tu prennes la défense de ces robots ! Vous, les glitchers, vous êtes un peu comme eux. Pas vraiment des hommes, hein…

Sur ces mots, elle s'enfuit de la salle en bousculant Adrien. Jilia s'élance immédiatement après elle, mais avant de sortir, elle s'arrête pour nous adresser un sermon.

— J'aimerais bien que vous y mettiez un peu du vôtre. Xona est légèrement brute de décoffrage, je vous l'accorde. Et vous seriez pareils si vous aviez traversé les mêmes épreuves qu'elle.

— C'est elle qui a commencé, proteste une blonde à la longue chevelure, les mains sur les hanches. On était peut-être censés rester les bras croisés ?

— Elle se défend comme elle peut, rétorque Jilia avant de disparaître dans le couloir.

— Et toi, on peut dire que tu sais te défendre, Filicity, lui lance Adrien.

— Combien de fois il faut que je te le répète ? Je m'appelle *City* !

— Je n'avais pas l'intention de lui brûler les mains, regrette Rand de son côté.

— Tu n'as rien à te reprocher, Rand, objecte City avec dédain. Elle aurait pu découper quelqu'un par accident avec ses lasers !

— On peut m'expliquer ce qui vient de se passer ? finis-je par demander, perplexe.

— Rand a fait fondre les canons. Son don, c'est de faire fondre l'acier, m'explique alors une petite brune frisée en admiration devant le glitcher.

Rand lui décoche un clin d'œil puis il exhibe ses paumes encore rougeoyantes à ma vue avec beaucoup de fierté.

— Il faudrait juste qu'il apprenne à se contrôler un peu, s'agace City en lui assénant un coup sur l'épaule.

— Il faut dire que toi, tu contrôles vachement bien ta foudre, ironise Rand.

— C'est de l'électricité, crétin, pas de la foudre ! Et ce n'est pas censé être subtil, comme pouvoir.

— Et si nous procédions officiellement aux présentations ? propose Adrien à la cantonade pour mettre fin à la discussion. Zoe, voici City. Elle peut faire naître entre ses mains des vortex d'électricité. Et voilà, Eli, Wytt, Tavid et Cole.

Il désigne du menton les ex-Régulateurs. Les trois premiers continuent de regarder droit devant eux, à croire qu'ils montent la garde. En revanche, le quatrième me gratifie d'un regard et d'un hochement de tête.

— Où sont les autres ?

D'après mes souvenirs, dix Régulateurs nous avaient suivis au moment de notre fuite, après que j'ai détruit leur puce.

— En service actif, dispatchés dans diverses unités du Réseau, me répond Adrien avant de se tourner vers le garçon trapu qui a brûlé Xona. Je te présente Rand. Tu l'as vu à l'œuvre.

Rand affiche alors un grand sourire.

— Et moi, c'est Ginni, ajoute la petite brune à la chevelure frisée. Nous sommes ravis de faire enfin ta connaissance et de t'accueillir au sein de notre équipe !

Elle se jette dans mes bras et je lui tapote maladroitement le dos, très embarrassée. C'est la première fois que quelqu'un d'autre qu'Adrien se montre aussi familier avec moi.

Derrière nous, City pousse un petit cri moqueur et Ginni s'écarte aussitôt.

— Ginni possède le don de géolocalisation. Elle est capable de repérer les gens où qu'ils soient dans le monde, commente Adrien avec un sourire.

— Adrien m'a beaucoup parlé de toi !

— Vraiment ? fait la petite brune, enchantée.

— Maintenant que tu es là, nous allons enfin pouvoir passer à l'action, se réjouit Rand en se frottant les mains.

— Ce qu'on raconte est vrai ? Tu es réellement capable de tous ces prodiges ? demande Ginni. D'après Juan, tu aurais arraché des portes blindées ?

— Eh bien… oui.

— Ta télékinésie est un don incroyable ! Dire qu'un jour tu seras à la tête du Réseau ! s'emballe Ginni. Et que j'ai la chance d'être dans ton unité !

— Elle n'est pas encore chef, objecte City. Dans cette équipe, tout le monde est logé à la même enseigne. Sauf que certains d'entre nous s'entraînent depuis des années et ont déjà été en mission, contrairement à d'autres, ajoute-t-elle en me dévisageant.

— Dis donc, City, détends-toi un peu, la taquine Rand.

— Je suis tout à fait détendue ! Je ne fais que rappeler la réalité des faits.

— Bon, bon, les interrompt Adrien. Tout le monde dehors. Laissons Zoe se reposer un peu.

Après leur départ, il se passe la main dans les cheveux d'un air ennuyé.

— Désolé. Ils ne sont pas toujours évidents à « gérer », surtout quand ils sont tous ensemble.

À l'idée que tous ces gens placent leur espoir en moi, une sensation désagréable me traverse. Je me frictionne vigoureusement les bras pour la chasser.

— Apparemment, ils sont tous au courant de tes visions. Comment est-ce que je vais pouvoir être à la hauteur maintenant ? C'est trop de pression d'un seul coup.

— J'en suis navré. Les rumeurs se répandent comme une traînée de poudre ici. Et ça fait tellement longtemps qu'on n'a pas eu de bonne nouvelle ! Ils se raccrochent à la moindre lueur d'espoir.

Je regrette d'avoir réagi aussi brutalement. Ils se reposent sur moi parce qu'ils ont besoin de garder la foi.

— Tu préfères entamer une sieste ou aller manger un morceau ?

Je fais la grimace en pensant à l'infecte mixture protéinée.

— Aucun des deux, dis-je en lui prenant la main. Tu connais un endroit tranquille où nous pourrions nous retrouver tous les deux en tête-à-tête et oublier le reste ?

— Hum… Jilia risque de revenir après avoir soigné Xona. Tous les autres sont au réfectoire pour le déjeuner. Ensuite, ils iront en cours. On pourrait aller se réfugier dans ton dortoir.

Je fais oui de la tête. Nous sortons de la clinique et reprenons le même corridor qu'à l'aller, mais ce coup-ci, au lieu de continuer tout droit, nous bifurquons à droite et empruntons un couloir annexe débouchant sur plusieurs pièces. Adrien s'arrête devant une porte et presse le lecteur d'accès. À notre entrée, les lumières s'allument.

La pièce représente environ deux fois la superficie de ma zone personnelle dans la Communauté. Cependant, l'espace est prévu pour quatre. Les lits superposés sont encastrés dans le mur comme des compartiments. Un rideau court le long de chaque couchette de manière à procurer un minimum d'intimité. Une longue table en métal rectangulaire flanquée de quatre chaises est posée contre le mur opposé.

— Il semblerait que tu aies le choix du lit, fait remarquer Adrien. Ginni est toute seule pour le moment. Elle va être folle de joie à l'idée de vous avoir Xona et toi pour camarades de chambrée.

Ginni a l'air gentille. En revanche, je n'irai pas jusqu'à dire que je suis contente de partager la pièce avec Xona, qui est plutôt odieuse avec moi.

— Du moment que Jilia confisque ses armes à Xona.

Ça a le mérite de faire rire Adrien.

J'ouvre le rideau et m'assieds sur le lit du bas à côté de celui de Ginni. Adrien s'installe près de moi. Je m'aperçois que les mots me manquent. Deux nuits plus tôt, tout me paraissait d'une extrême limpidité. Adrien et moi étions enfin réunis, rien d'autre ne comptait à mes yeux.

— Et maintenant ?

Je me tourne vers lui pour sonder son regard. Ma question a une portée générale, mais il la prend au pied de la lettre.

— Eh bien, nous pourrions lire un peu. Tu trouveras les textes au programme du cours de sciences humaines sur ta tablette.

Devant mon silence, il poursuit d'un air gêné :

— Je peux t'aider à rattraper ton retard. Enfin, je sais que tu es capable de lire toute seule, mais je me disais que ce serait sympa…

Il baisse la tête.

— C'est adorable, dis-je simplement.

Je pose ma main sur la sienne tout en maudissant une fois encore ma satanée combinaison. Je meurs d'envie de me blottir contre son torse et de sentir sa main s'engouffrer dans ma chevelure et ses lèvres caresser les miennes. Mais, faute de mieux, je saurai me contenter d'une séance de lecture en sa compagnie.

— Avec plaisir.

Il attrape la tablette. Après avoir disposé quelques oreillers contre le mur, nous nous y adossons et commençons à lire. Au son de sa voix, ma tension se relâche peu à peu.

Le texte est fort étrange. Le récit se déroule il y a très longtemps, bien avant l'Ancien Monde. C'est l'histoire d'un oracle qui prédit à un roi que son fils le tuera et épousera ensuite sa femme – autrement dit sa propre mère. Le roi décide alors d'abandonner le nouveau-né dans le désert, pensant ainsi contrecarrer le destin. Malheureusement, un berger sauve le bébé et la prédiction se réalise.

Aussi curieuse que me paraisse l'histoire, elle me fascine totalement. Jusque-là, je n'avais lu que des textes historiques car les récits de fiction sont proscrits dans la Communauté. C'est absolument captivant.

Au-delà de l'histoire, c'est surtout le fait d'entendre Adrien la raconter qui me plaît. Je ne me lasserai jamais de le regarder ni de l'écouter. Après le chambardement des derniers jours, la mélodie de sa voix me berce. Apaisée, j'appuie la tête sur son épaule.

Au bout d'une heure ou deux, Adrien repose la tablette.

— Si je comprends bien, le vieillard qu'Œdipe tue sur la route n'est autre que son père ? Et la reine qu'il épouse après avoir débarrassé la ville de la Sphinge, sa *propre mère* ?

Adrien continue de regarder devant lui, les traits tendus. C'est l'histoire que nous avons lue qui le met dans cet état ?

— Je me demande si les gens étaient tous aussi excessifs dans l'Ancien Monde, avant l'avènement de la puce A-V. Tuer des inconnus sur la route, se crever les yeux… dis-je en frissonnant. La violence était omniprésente à cette époque !

Je repense à la Chancelière, aux Supérieurs et aux soldats du Réseau. Les gens sont-ils vraiment incapables de contenir leur part de bestialité en l'absence de la puce dans leur cerveau ? À croire que le Mal est indissociable du Bien. Peut-être est-ce le prix à payer pour ressentir des émotions…

Adrien s'enferme dans le silence. Soucieux, il ne reprend la parole qu'au bout d'un long moment.

— Tu penses que l'oracle savait ce qui allait se passer ?

— Comment ça ?

— Lorsqu'il prédit au roi le destin de son fils. Crois-tu que l'oracle savait que sa prédiction mettrait la machine en branle ?

— Je ne sais pas…

— À mon avis, rien ne serait arrivé si cet imbécile d'oracle avait tenu sa langue. Le bébé n'aurait pas été abandonné dans le désert. Il aurait grandi en sachant qui étaient son père et sa mère, et personne ne serait mort ni n'aurait perdu la tête à la fin de l'histoire.

Des larmes perlent au coin de ses yeux.

— Adrien, qu'est-ce qui t'arrive ?

Je veux lui prendre la main mais il la retire aussitôt.

— Je dois y aller, lance-t-il en se levant.

— Attends, Adrien, dis-je en l'imitant. Tout va bien ?

Il évite mon regard, sachant pertinemment que je lis en lui comme dans un livre ouvert.

— Oui. Je suis juste fatigué. Je vais aller me reposer un peu.

Il se dirige vers la porte.

— Je t'en prie, dis-moi ce qui ne va pas.

Il s'arrête sans se retourner.

— Il vaut mieux pas, finit-il par répondre d'un ton sec. Regarde ce qui s'est produit dans la tragédie. Parler… ne cause que des problèmes. Je risque de mettre la vie de certains en danger.

— Adrien, c'est *moi.* Je ne suis pas n'importe qui. Je suis ta…

Je pose la main sur son épaule, tâchant de trouver les mots justes.

— Je t'aime.

— Je t'aime aussi, réplique-t-il en pivotant enfin vers moi, les yeux rivés sur le sol. C'est pour ça que je ne peux rien te dire.

Sans me laisser le temps de répondre, il s'en va. Après son départ, bouillonnante de frustration, j'arpente la pièce de long en large, me retenant de lui courir après. Il est clair qu'il ne veut pas se confier, et je n'ai pas le droit de lui forcer la main.

Je revois les cernes noirs sous ses yeux, ses côtes saillantes sous sa tunique. Il n'est plus que l'ombre de lui-même.

Un secret le ronge de l'intérieur depuis un moment. En y réfléchissant, j'arrive enfin à décrypter ce sentiment troublant que je lis parfois dans son regard. De la culpabilité, certes, mais surtout de la peur. Une question terrifiante me vient alors à l'esprit.

Qu'est-ce que ses visions ont bien pu lui révéler qui l'angoisse à ce point ?

9.

— C'est génial qu'on partage la même chambre ! s'écrie Ginni, frétillante d'enthousiasme.

Son bras sous le mien, elle sautille sur place, à croire qu'elle est montée sur ressorts. Je jette un œil à l'horloge murale, les yeux encore bouffis de sommeil. Les filles m'ont laissée profiter d'une grasse matinée pendant les cours du matin. Je suis tellement crevée que je pourrais encore faire le tour du cadran. Mais le gargouillis de mon estomac est sans appel : j'ai une faim de loup. Au point d'avaler un bol entier de bouillie protéinée – voire deux.

— Nous allons être les meilleures amies du monde, exactement comme dans mes livres favoris ! Allez les filles, on va être en retard pour le déjeuner !

Xona toise Ginni en soupirant.

— Si seulement on avait chacune notre propre chambre ! marmonne-t-elle.

À l'approche du réfectoire, une cacophonie de voix filtre à travers la porte. Soudain, un puissant éclat de rire retentit. Étonnée, je cligne des yeux. Ici, les gens n'ont pas besoin de camoufler leurs émotions ! C'est vraiment bizarre. Et très bruyant !

En entrant dans la salle, je vérifie l'état de ma combinaison ultra moulante, un brin gênée. Heureusement que j'ai eu la bonne idée de faire un saut au poste de décontamination et d'enfiler une tenue toute fraîche hier soir, avant d'aller au lit !

Xona pénètre dans le réfectoire d'un pas assuré, promenant son regard autour d'elle. Un bref coup d'œil m'informe de la présence d'une trentaine de personnes. Je repère Rand, City et Juan, assis à la grande table centrale, tandis que les quatre ex-Régulateurs déjeunent à l'écart, au fond de la salle. D'autres tables sont occupées par des adultes portant l'uniforme gris du Réseau. La cafétéria a beau être plus grande que la clinique, les tables sont collées les unes aux autres pour que tout le monde puisse s'asseoir. Contre le mur d'en face, une table dressée de couverts et autres ustensiles. À côté, un buffet équipé de lampes à chaleur offre un choix de plats appétissants.

Lorsque je reporte mon attention sur la table centrale, quelle n'est pas ma surprise de voir Molla, assise entre City et Juan ! Sa crinière rousse est plus courte et ses joues plus rebondies que dans mon souvenir. Mais c'est bien elle, en chair et en os.

— Tiens donc ! lance City d'un ton mauvais en nous voyant approcher. La pouilleuse et la sauveuse de l'humanité ont finalement daigné se mêler à nous.

Molla lève la tête et étrécit les yeux en m'apercevant.

Folle de rage, Xona s'avance vers City en crispant les poings.

— Tu veux bien me répéter ça en me regardant droit dans les yeux, Filicity ?

— C'est *City*, s'agace-t-elle avant d'afficher un sourire doucereux. Et toi, c'est la pouilleuse. Autrement dit, une minable, une fille qui devrait être en train de récurer le sol pour ceux qui lui sont socialement supérieurs, au lieu de partager leur table.

Xona s'apprête à lui asséner un coup de poing en pleine figure, mais Rand s'est levé d'un bond pour intercepter son bras. Tout ça en l'espace de quelques secondes.

— Allons, mesdemoiselles, pas de ça ici. Gardez vos forces pour l'entraînement, fait-il.

Juan s'est également dressé, l'air chagriné.

— Je t'interdis de m'insulter. Pigé ? s'emporte Xona en essayant de se dégager. Et toi, lâche-moi !

Mais elle ne fait pas le poids face à Rand.

— Tu crois que tu me fais peur ? rétorque City. Si je veux, je peux t'envoyer valdinguer à l'autre bout de la salle rien qu'en agitant le petit doigt. Un petit coup de jus, ça te tente ?

— C'est facile d'avoir le dessus avec ton pouvoir. Mais dans un combat loyal…

— Je vous avais bien dit qu'elle était bourrée de préjugés vis-à-vis des glitchers, l'interrompt City. Surveille tes arrières, la sauveuse de l'humanité. Après tout, vous dormez dans la même pièce. Il se pourrait bien qu'une nuit elle vienne te trancher la gorge pendant ton sommeil.

Xona fulmine en silence.

— Du calme, City ! intervient Rand qui s'évertue à contenir Xona.

Avec un grognement, elle lui plante soudain le coude dans les côtes, profitant de sa surprise pour se glisser par terre et lui échapper, toutes griffes dehors.

— Viens, Molla, déclare City avec un bâillement exagéré. Partons avant que je ne finisse par mourir d'ennui.

Molla se met debout avec peine, gênée par son ventre qui avait été caché jusque-là par la table. Elle se dirige vers la porte et je ne peux m'empêcher de la suivre du regard, stupéfaite. Ça fait des mois que je ne l'ai pas vue. Dans son ventre proéminent, c'est l'enfant de Max qui grandit.

Depuis le temps que je glitche, je croyais que les émotions n'avaient plus de secret pour moi. Mais j'ai subitement l'impression qu'on vient de me lâcher au beau milieu d'un jeu dont j'ignore les règles. À peine ai-je le temps de déchiffrer une émotion sur un visage qu'une autre la remplace.

Xona se sert une assiette copieuse et s'installe à une table vacante. À cet instant, Adrien surgit derrière moi. J'ai envie que nous reparlions d'hier, qu'il m'explique ce qui l'a tant troublé. Mais aujourd'hui, il est tout sourire. Il se penche vers moi pour me susurrer un mot au creux de l'oreille.

— Je sais combien tu es impatiente que le système de filtration d'air fonctionne, mais bon, ta petite combinaison va me manquer.

Je vire au rouge écarlate et lui flanque une petite tape sur l'épaule.

— Je suis tout à fait sérieux !

Contaminée par son sourire, j'essaie d'oublier son coup de blues d'hier. Aujourd'hui est un nouveau jour et il semble avoir repris du poil de la bête. Il me conduit au buffet où continue de mijoter la nourriture. Puis il me désigne un petit saladier rond, derrière les autres plats, où bouillonne une substance visqueuse grisâtre. Je la reconnais immédiatement.

— Jilia insiste pour que tu continues à manger ce complément protéiné. Le temps que nous mettions la main sur des rations destinées aux habitants de la Communauté, dénuées d'agents allergènes.

— Miam miam.

Je renverse une louche de cette bouillie peu ragoûtante dans un mug en plastique tandis qu'Adrien se sert en viande et brocolis vapeur. Je lorgne son assiette avec envie, avant d'examiner de nouveau le contenu de ma tasse, peu emballée.

Nous nous installons ensuite à la même table que Xona, où Ginni n'en finit pas de babiller. Xona n'a pas l'air de prêter la moindre attention à son flot continu de paroles, occupée qu'elle est à fixer les ex-Régulateurs au fond du réfectoire.

En nous voyant approcher, Ginni s'illumine :

— Adrien t'a parlé de nos cours ?

— Un peu.

Je m'assieds et connecte la paille à mon masque, puis aspire quelques gorgées de la mixture en ébauchant une grimace.

— Il m'a juste dit que nos journées se divisent entre l'entraînement et les cours de sciences humaines.

— En réalité, il y a beaucoup plus d'entraînement que de leçons, rectifie Ginni. Le Général a besoin de toute urgence de glitchers sur le terrain. La situation est très tendue en ce moment. Apparemment, elle a du mal à recruter suffisamment de soldats pour remplacer les pertes.

Un nœud se forme dans ma gorge tandis que la réalité me rattrape à grande vitesse. J'ai toujours su que nous étions en guerre, mais je prends maintenant conscience des sacrifices que ça implique : ce combat contre la Chancelière et le Lien provoque chaque jour une nouvelle hécatombe.

— Depuis quand êtes-vous ici ?

— Je vivais dans l'une des rares villes de la Surface lorsque le Réseau m'a secourue il y a un an, explique Ginni. City et Rand viennent du sud du Secteur. Leurs pouvoirs ont causé un tel bazar quand ils se sont manifestés que je suis étonnée que la Chancelière ne les ait pas retrouvés avant la Résistance. Nous avons tous vécu dans un campement du Réseau jusqu'à il y a quelques mois, quand la Fondation a été plus ou moins achevée.

— Et ces cours, alors ?

Ginni rayonne littéralement. J'ai l'impression que rien ne lui plaît tant que de répondre à des questions.

— On commence la journée par l'entraînement physique avec Tyryn. Il est super canon !

Cette remarque semble accrocher l'attention de Xona, qui détache enfin son regard des ex-Régulateurs.

— Beurk ! Mieux vaut être sourde que d'entendre ça. De toute façon, mon frère est trop vieux pour toi. Il a vingt-deux ans.

— Et dans quatre petits mois, j'en aurai dix-sept. Et c'est pas comme si nous avions l'embarras du choix ici…

Xona lève les yeux au ciel avant de se remettre à épier les ex-Régulateurs. Son attitude paraît avoir changé à notre égard. Elle se montre moins hostile et quelque chose me dit que Ginni n'y est pas pour rien. Difficile de détester tous les glitchers quand on partage la chambre d'une fille aussi pétillante qu'elle.

— Quoi qu'il en soit, poursuit la petite brune, il nous apprend le maniement des armes et le combat à mains nues. Ensuite, on enchaîne avec le cours de sciences humaines dispensé par le Professeur Henry.

— Le cours pour lequel on lit des romans et des pièces de théâtre, c'est ça ?

— Oui. Il nous fait étudier la littérature, l'art et l'histoire.

Xona pousse un petit cri de dédain.

— Moi je suis plutôt d'accord avec le Général. À quoi l'art nous servira-t-il au beau milieu d'une mission ?

— C'est primordial, objecte Adrien. Ça nous permet de garder à l'esprit pourquoi nous nous battons : la liberté de penser, de ressentir et de créer.

— Nous nous battons pour rester en vie, un point c'est tout, rétorque Xona.

Je fixe la substance visqueuse dans ma tasse. J'en aspire encore quelques gorgées avant de repousser la mixture avec dégoût.

— Pouah ! C'est encore plus mauvais froid.

— Un petit coup de main ?

Rand se tient juste à côté de moi, flanqué de Juan. Sans me laisser le temps de répondre, il enserre ma tasse et la préparation se met à fumer. Malheureusement, le gobelet en plastique fond et se déforme sous l'effet de la chaleur.

— Fais gaffe, Rand ! s'écrie Adrien en écartant la tasse de mes mains avec une serviette. Tu vas la brûler.

Rand ôte sa main en nous adressant, à Ginni et à moi, un sourire penaud.

— Oups, fait-il en s'asseyant. J'ai parfois du mal à régler la température. Que voulez-vous, je ne contrôle pas ma force !

Avec un sourire coquet, Ginni lui jette sa serviette en papier au visage.

— Attends un peu, dis-je en observant mon gobelet avec fascination, ton pouvoir ne marche pas uniquement sur le métal ?

— Je peux chauffer tout ce que tu veux, réplique-t-il avec un petit sourire suggestif qui fait pouffer Ginni mais exaspère Xona.

— Tu sembles oublier l'incident du tunnel ouest, intervient Adrien. Rand a fait fondre l'armature. Du coup, nous sommes restés coincés pendant trois heures jusqu'à ce qu'on vienne nous en extirper à coups de pelles.

— Mec, pourquoi faut-il que tu remettes toujours cette histoire sur le tapis ?

— C'est pour cette raison que nous avons chaque après-midi un entraînement spécial qui nous permet d'apprendre à contrôler notre don, fait Ginni. À ce propos, il est l'heure, ajoute-t-elle en désignant le cadran au mur.

Elle avale encore quelques bouchées puis se lève avec son plateau. Pour ma part, j'ai le ventre plein.

— Qui se charge du cours ?

— Jilia alternera avec ma mère, me répond Adrien. Aujourd'hui, je crois que c'est Jilia.

Ginni frappe dans ses mains.

— Génial ! Ses cours m'ont manqué ! C'est elle qui nous entraînait au campement.

— Et merde ! s'exclame Rand d'un ton morose. Et moi qui croyais en avoir fini pour de bon avec ces séances de méditation à la noix !

Dans le corridor, nous dépassons la clinique et continuons jusqu'à une petite pièce. Des coussins sont éparpillés en cercle sur le sol. Je balaie le lieu d'un regard perplexe.

— Où sont passés les bureaux et les chaises ?

Adrien éclate de rire.

— Jilia procède différemment. Tu vas voir.

Il pose ses fesses sur un coussin et m'invite à faire de même. Molla entre quelques instants plus tard et prend place près de City.

— Molla ne fait partie d'aucune unité opérationnelle à cause du bébé, me chuchote Ginni, assise à ma gauche. Mais Jilia l'encourage tout de même à venir assister à ses séances.

Je dévisage Ginni un instant. Elle a l'air d'être au courant de tout, absolument tout. Je me demande ce qu'elle raconte aux autres à mon sujet.

Finalement, Jilia nous rejoint et elle attend que notre groupe soit installé pour prendre la parole tout en marchant autour du cercle.

— Mon travail consiste à vous aider à comprendre les rouages de votre esprit, afin que vous puissiez ensuite contrôler votre don à votre guise. Dans le cerveau d'un glitcher, le siège des émotions est également celui du don. Ainsi, les gérer, c'est maîtriser son don.

Son préambule au cours ne me laisse pas indifférente. Peut-être vais-je enfin apprendre à dompter mon pouvoir !

— Nous allons commencer par vingt minutes de méditation. À mon signal, dit-elle en brandissant une espèce de cloche en bronze, essayez d'oublier vos craintes. Un homme sage dénommé Dogen a dit un jour que connaître la voie de la méditation, c'est se connaître. Se connaître, c'est s'oublier. S'oublier, c'est s'ouvrir aux autres et à toutes choses.

— Pitié, Doc, gémit Rand, assis maladroitement en tailleur. On ne peut pas passer directement aux trucs drôles ? Faire fondre cette cloche pour créer un objet plus utile, par exemple ?

— Toi aussi tu m'as manqué, Rand, réplique simplement Jilia avec un sourire. Comme toujours, je prends note de tes doléances. À présent, concentrez-vous sur les sons. Juan, tu m'accompagnes ?

Je relève la tête. Mon regard s'arrête sur Juan, assis sur une chaise dans un coin. Il tient entre ses jambes un étrange instrument dont la base en forme de poire repose par terre. Il est muni d'un manche avec quatre cordes qui s'élève à la verticale. Juan s'apprête à plaquer une main sur les cordes tandis que de l'autre il brandit une sorte de baguette ornée d'un faisceau de crins.

— Juan va se servir de son violoncelle pour nous détendre, nous permettre de nous ouvrir à nos émotions. Videz votre esprit et essayez de ne faire qu'un avec l'instant présent.

Doc se place sur son coussin et fait retentir le gong. Au même moment, Juan fait glisser la baguette sur les cordes et une plainte emplit la pièce.

De la musique ! J'en ai déjà *entendu parler*, évidemment, mais je n'en ai jamais *entendu* pour de vrai. Lorsque je vivais encore dans la Communauté, le Lien diffusait une longue tonalité durant toute la durée de la Phase de Détente Préprogrammée. Rien de comparable, néanmoins.

Rapidement, la beauté du son me transcende et mes poumons s'ouvrent comme une fleur au soleil. Le chant de l'instrument déclenche immédiatement un bourdonnement dans ma tête. Sentir mon pouvoir monter en moi à une telle vitesse, c'est à la fois inquiétant et grisant. Le talent de Juan consiste à influer sur l'humeur des gens grâce à la musique. Et si c'était ça, la solution à mon problème ? Le moyen d'exploiter mon don comme bon me semble ?

Mon pouvoir ne demande qu'à se libérer. L'ensemble de la salle se matérialise dans mon esprit avec tous ses occupants. Je sens neuf battements de cœur. Non, dix, dont un tout petit très rapide – le bébé. Incroyable, j'arrive à sentir la présence du bébé de Molla ! J'en ai le souffle coupé.

Juan frotte bientôt plusieurs cordes à la fois et la mélodie laisse place à une harmonie qui m'emporte au-delà des murs, provoquant en moi une brusque flambée de pouvoir qui me déstabilise complètement.

Je perçois absolument tout : la configuration de la pièce, puis le couloir à l'extérieur. Tel l'objectif d'un appareil photo, mon esprit effectue un zoom arrière, embrassant l'ensemble des lieux. Les deux artères principales de la Fondation, leurs ramifications, l'étage inférieur, et la cage d'ascenseur qui monte jusqu'à l'aire de chargement. Je m'infiltre dans le moteur de l'ascenseur, dont je devine chaque composant jusqu'à humer l'odeur du métal lubrifié. La seconde d'après, je ressors du mécanisme avec la rapidité de l'éclair et m'élève d'un coup.

Le paysage défile beaucoup trop vite, et je suis prise d'un vertige terrible. Je ressens maintenant la silhouette de la montagne qui abrite la Fondation, la vallée au-delà, et la chaîne de rocheuses dans le lointain. Finalement, je suis propulsée dans le ciel.

Une bouffée de panique me suffoque. Je ne maîtrise plus du tout mon esprit. Et c'est malgré moi que je suis entraînée vers l'infini des cieux, où formes et contours ont disparu pour laisser place à un vide insondable, pendant ce qui semble durer une éternité. Le ciel m'a toujours terrifiée, et m'y voilà entraînée dans un tourbillon dangereux. Mon corps s'est noyé dans le néant. Déchirée entre terreur et extase, je crains de me perdre dans l'immensité sans fin.

Il faut que je reprenne les commandes. Quand le violoncelle lâche une note qui se répercute à travers tout mon être, je me raccroche au son pour revenir à moi. Vibrant avec la note, j'essaie d'en retracer l'origine.

Soudain l'harmonie se rompt et je suis rapatriée dans mon corps à une vitesse telle que j'ai l'impression d'être scindée en deux parties – l'une flotte encore dans le ciel ; l'autre est ici, dans l'antre de la montagne. Je cligne des paupières. Je suis revenue dans la salle en un seul morceau. Mais l'instant d'après, le violoncelle explose en un millier de fragments entre les mains de Juan. Dans un cri général, tout le monde se protège le visage des éclats de bois et des cordes.

Le magnifique instrument de Juan n'est plus, remplacé par un nuage de poussière. Dans un silence accablant, tous se tournent vers moi, bouche bée.

— Je suis vraiment désolée, bredouillé-je en me relevant maladroitement, décontenancée par mon expérience.

Mon corps me semble trop petit, ma peau sur le point d'exploser.

Juan tousse et s'essuie les yeux pour en chasser la poussière.

— J'aurais dû m'y préparer, dit-il. Tu dégageais des ondes très puissantes.

— Je suis vraiment navrée. La musique était si belle… Mon don s'est enthousiasmé. J'ai perdu mes repères…

— Ce n'est pas grave, Zoe.

Juan m'adresse un sourire, mais je vois bien qu'il est bouleversé.

— Ça va, personne n'est blessé ! déclare Jilia. Lumière !

Les lampes se rallument progressivement. Des fragments de violoncelle jonchent le sol. Certains glitchers crachent encore la poussière avalée durant l'explosion.

— Elle a bousillé ton instrument ! s'écrie Molla qui s'exprime pour la première fois depuis mon arrivée. Comme tout le reste ! ajoute-t-elle d'une voix stridente. Cette fille est dangereuse. Imaginez qu'elle s'en soit prise à l'un d'entre nous à la place ?

Une main crispée sur son ventre, elle me décoche un regard haineux avant de se précipiter au dehors.

Après son départ, Rand laisse échapper un petit sifflement. Les autres me dévisagent sans mot dire. Leur déception, plus encore que leurs attentes, me pèse lourdement sur les épaules. Debout près de moi, Adrien attrape mon bras pour calmer mes palpitations.

— Je suis vraiment désolée, dis-je une fois encore.

Un gouffre se forme dans mon estomac. Et moi qui pensais reprendre tout à zéro aujourd'hui ! Réussir enfin à me contrôler ! C'est Molla qui a raison. Je détruis tout ce que je touche…

Époussetant ses habits, sourire aux lèvres, Rand finit par briser le silence.

— On sait maintenant que si la Chancelière tente de nous zigouiller avec un instrument à cordes, Zoe saura nous protéger !

10.

Quatre jours plus tard, le système de filtration tourne enfin. J'ai troqué ma combinaison contre une simple tunique et je profite d'une démonstration durant l'entraînement pour me réfugier auprès d'Adrien et lui prendre la main en cachette, ravie de sentir à nouveau le doux contact de sa peau. Pendant ce temps-là, Tyryn et Rand procèdent à un corps-à-corps.

Tyryn tente de décocher un coup de poing à Rand qui l'intercepte d'un preste mouvement de l'avant-bras.

— Bien, murmure l'entraîneur avant de se tourner vers notre groupe en cercle au centre du gymnase. Tout est une question de répétition. Exercez les muscles de votre mémoire afin que ces mouvements deviennent un réflexe lors du combat.

J'ai beaucoup de mal à me concentrer sur la leçon du jour. Si seulement Adrien et moi pouvions nous éclipser quelques heures ! Il m'adresse un regard discret, comme s'il lisait dans mes pensées. Nous avons à peine eu le temps d'échanger un baiser avant le cours, un baiser dont mes lèvres portent encore la marque.

— C'est ridicule ! s'exclame City en se mettant debout. Je peux électrocuter n'importe qui dans un rayon de quinze mètres. Ces cours ne me serviront jamais à rien.

Rand en a profité pour se couler subrepticement derrière elle. En un éclair, il lui crochète la jambe et l'immobilise au sol, face contre terre.

— Tu crois ? fait-il avec un sourire en coin, la main plaquée au bas de sa nuque pour la bloquer dans cette posture.

Furieuse, City commence par se débattre en se tortillant comme un ver, puis une grimace sarcastique aux lèvres, elle lève lentement le bras et pose l'auriculaire sur le front de Rand. Celui-ci s'écarte d'un bond avec un violent juron. Tout s'est passé si vite que je n'ai pas eu le temps d'apercevoir l'étincelle d'électricité.

— Merde, City ! Tu as failli me cramer le cerveau !

— Comme ça, tu retiendras la leçon, dit-elle, radieuse, en se redressant puis en lissant ses cheveux en arrière.

— Ça suffit, intervient Tyryn. Filicity, rassieds-toi.

Rand affiche un sourire d'une oreille à l'autre, content qu'elle se fasse remettre à sa place.

— Ça vaut aussi pour toi, Rand. C'est ce genre d'imprudence qui risque de vous coûter la vie sur le terrain ! On ne sent pas toujours venir la menace.

Il arpente le gymnase de long en large, croisant le regard de chacun d'entre nous.

— La Chancelière est en train de monter sa propre armée de glitchers. Et vous pouvez être sûrs qu'ils n'hésiteront pas à recourir aux pires bassesses. Il va falloir être plus rusés qu'eux, mais aussi plus forts. Pour cela, il est crucial que vous appreniez à travailler en équipe.

— Il n'y a pas que les glitchers, intervient Xona. On va aussi devoir apprendre à neutraliser les Régulateurs.

Elle jette un regard par-dessus son épaule, vers le mur où se tiennent en silence les quatre ex-Regs.

— Et c'est pourquoi nous allons également consacrer une partie de l'entraînement au maniement des armes, rétorque Tyryn. Il existe plusieurs façons d'immobiliser un Régulateur.

Il clique sur un cube de projection 3D à ses pieds. L'hologramme d'un Régulateur colossal se matérialise alors dans l'espace.

Du coin de l'œil, je vois l'un des ex-Régulateurs remuer d'un air embarrassé. Cole, le blond vénitien.

— D'accord, mais comment on le tue ? lance Xona à travers la salle.

— La carapace du Régulateur n'est pas infaillible. Il a des points vulnérables. (Tyryn agite la main devant l'hologramme qui se met à pivoter sur lui-même.) Visez les articulations, en particulier les rotules. Si, par chance, un Régulateur venait à vous tourner le dos, visez les lombaires, juste là, au niveau du bassin. L'armure y est plus fine, ce qui leur offre une plus grande liberté de mouvement. En visant juste là, vous pourrez tuer un Régulateur, à condition d'utiliser une mitrailleuse laser.

— Assez !

À ce cri, nous nous retournons tous. Cole s'avance de quelques pas. D'habitude, les Régulateurs ne laissent transparaître aucune émotion, mais Cole est fou de rage, les joues cramoisies.

— Nous ne devrions pas apprendre à tuer des Régulateurs, mais plutôt à les sauver.

— Un bon Régulateur est un Régulateur mort, grogne Xona, dégoûtée. Regardez son bras. C'est une véritable machine à tuer !

Une arme à triple canon fait partie intégrante de son armure. Cole s'empresse de cacher son bras dans son dos, gêné. Je suis choquée de voir un ex-Régulateur afficher autant d'émotions.

— Ce n'est pas notre faute, riposte-t-il, le visage enflammé. Vous n'avez pas idée de ce qu'on a ressenti au moment de la destruction de notre puce A-V. En prenant conscience, à notre réveil, qu'on nous avait volé notre vie et transformés en robots.

Mais sous ces prothèses métalliques, nous sommes comme vous. Nous avons aussi le droit d'aspirer à une vie normale.

— Si nous avons pu vous sauver, c'est seulement parce que votre cerveau était encore assez jeune pour supporter la destruction de l'architecture de la puce, réplique Tyryn d'une voix placide. Malheureusement, ce n'est pas le cas des Régulateurs adultes. Nous ne pouvons plus rien pour eux. Sur le terrain, ils seront programmés pour nous exterminer. Nous allons devoir les neutraliser, les tuer si possible. À présent, reprend-il en pointant de nouveau le modèle 3D, comme je disais, en atteignant les lombaires à un angle favorable…

Des martèlements métalliques interrompent son explication. Cole se dirige vers la sortie d'un pas lourd, écrasant le lecteur d'ouverture du poing avant de quitter la salle comme une furie.

— Bon débarras, grommelle Xona.

Je jette un coup d'œil furtif aux trois autres ex-Régulateurs. Pas le moindre signe de solidarité à l'égard de Cole. Leur expression impassible me file la chair de poule.

— Allez ! Maintenant tous en rang ! nous ordonne Tyryn en ignorant l'interruption. Chacun à votre tour, vous allez tester les mitrailleuses laser…

Ce soir-là, Adrien ne dîne pas avec nous au réfectoire. À la fin du repas, je reçois un message de lui sur mon interface tactile.

— Comme c'est romantique ! soupire Ginni, la main sur le cœur. J'aimerais tellement qu'un garçon me donne à moi aussi rendez-vous en pleine nuit par message.

— Il est à peine sept heures du soir, rétorque Xona. C'est pas franchement ce que j'appelle le milieu de la nuit.

— Peu importe. Ce qui compte, c'est qu'ils arrivent à se retrouver un peu en tête-à-tête. Ils n'en ont pas encore eu l'occasion depuis qu'elle n'a plus sa combinaison, ajoute Ginni en remuant les sourcils d'un air suggestif.

— Je suis juste à côté de toi, tu sais.

— Oups, voilà que je recommence ! s'excuse Ginni en baissant la tête, les mains sur les genoux. Le Professeur Henry m'a mise en garde contre ma fâcheuse tendance à m'enthousiasmer pour un rien.

Qu'est-ce qu'elle raconte ? Je glisse un regard interrogateur vers Xona qui se contente de hausser les épaules. Je relis le message d'Adrien.

— Vous savez où se situe la salle de contrôle ?

— La salle de contrôle ? répète Ginni, sourcils froncés. Je n'en ai jamais entendu parler. C'est bizarre !

— Ce n'est pas grave. De toute façon, il m'a envoyé des indications.

— S'il te donne rendez-vous dans un recoin mystérieux de la Fondation, c'est sûrement pour se retrouver seul avec toi, déclare Ginni en me prenant la main, sourire aux lèvres. Jure-moi que tu me raconteras tout dans les moindres détails ! Les meilleures amies partagent tous leurs secrets.

Connaissant sa discrétion légendaire, l'idée de lui confier mes histoires ne m'enchante guère. Je lui renvoie néanmoins son sourire.

Dans le couloir, je me laisse quand même gagner par son emballement frivole. Adrien a-t-il vraiment prévu un rendez-vous galant ? Un petit frisson d'anticipation me parcourt. Suivant les directions affichées sur mon interface lumineuse, j'avance le long du corridor principal avant de rejoindre l'aile est où se trouve le gymnase.

Juste avant d'arriver au dortoir des garçons, je tombe sur une porte arborant l'inscription SOUS-NIVEAU. Je pose le pouce sur le lecteur d'accès et un escalier apparaît sous mes yeux. Pas étonnant que Ginni ne connaisse pas l'existence du fameux lieu de rendez-vous ! Il se situe dans la zone réservée aux militaires.

Je descends l'escalier et enfile un petit couloir qui donne sur la porte indiquée par Adrien. Je pénètre ensuite dans une salle aux murs couverts d'écrans de projection. Dans un coin, un lit. Au centre, un poste informatique en forme de demi-lune où sont installés Adrien et un autre garçon. Mon cœur se serre. Bye-bye le tête-à-tête !

En me voyant, Adrien se dresse.

— Zoe ! Super, tu as pu venir ! Voici Simin, dit-il en me présentant le garçon, un brun au visage joufflu qui ne lève même pas la tête pour me saluer.

— Simin, fait Adrien en lui filant un petit coup de coude dans l'épaule.

— Pas la peine, marmonne celui-ci. De toute façon, elle va m'oublier.

— Rappelle-toi ce qu'a dit le Professeur. Plus tu t'exposeras aux autres, plus tu as de chances de perdurer dans leur mémoire. Simin est un glitcher, Zoe. C'est grâce à son don que la Fondation reste invisible. Je t'ai peut-être déjà parlé de lui ? Je ne sais plus…

Je plisse le front. Cette histoire me semble vaguement familière, mais je suis bien incapable de m'en remémorer les détails.

— Je t'ai interrompue en plein dîner ? s'inquiète Adrien.

— Non. J'étais juste en train de papoter avec Xona et Ginni.

Ce nom paraît piquer la curiosité de Simin, qui lève enfin la tête. Je dirais qu'il a environ notre âge.

— Ginni ? Elle parle de moi ?

— Non. À vrai dire, elle ignore l'existence de cette salle. Étrange, elle qui est toujours au courant de tout et qui connaît tout le monde !

— Pas tout le monde, apparemment, rétorque le brun, visiblement déçu.

— Simin est un génie de l'informatique, reprend Adrien en lui tapotant l'épaule affectueusement. Il m'a aidé à effectuer de petites recherches. À propos de ton frère, Daavd.

Mes yeux s'écarquillent. Si je m'étais attendue à ça ! De vieilles images qui hantent mes cauchemars ressurgissent à flots. Mon frère fuyant à travers bois, une meute de Régulateurs à ses trousses. Daavd ventre à terre, brisé, les yeux braqués sur moi, sa petite sœur, qui ai alerté les autorités. J'avale péniblement ma salive.

— Des recherches sur Daavd ?

Adrien m'indique un siège vide près du sien.

— Nous nous sommes introduits dans les Systèmes Centraux du Lien pour glaner des renseignements sur les glitchers détectés par la Communauté. Ceux que la Chancelière chercherait à recruter ou aurait déjà ralliés à sa cause. Nous avons utilisé les mêmes codes d'accès pour infiltrer des archives plus anciennes, et donc moins surveillées. Du coup, j'ai songé à fouiller dans le dossier de Daavd…

Il se met à pianoter sur le panneau de contrôle et plusieurs répertoires s'affichent sur les écrans. Il tapote dessus en poursuivant ses explications.

— D'après le rapport, on n'a jamais su comment ton frère a pu échapper à la vigilance des Régulateurs, ni même comment il a pu te convaincre de le suivre. Au début, on a cru qu'il avait réussi à hacker leurs systèmes de sécurité. Mais ensuite, Simin a proposé une autre théorie. Et si le pouvoir de Daavd était semblable à celui de la Chancelière ?

Je secoue énergiquement la tête. Peut-être que je n'ai gardé aucun souvenir de Daavd, mais c'était quand même mon frère ! Impossible qu'il ait le moindre point commun avec la Chancelière. Adrien insiste pourtant.

— Réfléchis, Zoe. Comment se fait-il que tu n'aies pas dénoncé ton frère plus tôt, au moment de sa fuite ? Tu n'étais qu'une enfant, ton premier réflexe sous l'emprise de la puce A-V aurait été de le signaler aux Régulateurs. Et pourtant, tu l'as suivi sans broncher. Et s'il avait eu le don d'influer sur l'humeur ?

— Pourquoi a-t-il échoué, alors ?

Adrien sait combien je me sens coupable de cette triste histoire. Aussi, il poursuit d'une voix plus douce :

— Peut-être qu'il avait du mal à maîtriser son don, comme toi. Il aura suffi d'une seconde de cafouillage. Une seconde pendant laquelle il aura perdu son influence sur toi. Assez pour que tu aies eu le temps de contacter les Régulateurs, causant ainsi sa perte.

Une pensée atroce me paralyse soudain.

— La Chancelière Bright possède le même don… Tu ne serais pas en train de suggérer que nous aurions, d'une manière ou d'une autre, un lien de parenté avec ce monstre ?

— Non, non. Pas du tout. On pense juste que le pouvoir de Daavd était identique au sien. Que c'est parce qu'il t'a exposée à son don très tôt que tu résistes aujourd'hui à celui de la Chancelière. Ton corps possède des propriétés chimiques uniques. C'est comme pour tes allergies. Simin, tu veux bien prendre le relais ? Après tout, c'est toi qui as établi le lien.

Adrien décale légèrement sa chaise afin que je puisse voir le garçon.

— Nous savons donc que ta réaction aux allergènes de la Surface est due à une exposition précoce, datant de l'enfance.

Il tape à son tour sur le panneau de contrôle sans m'accorder un regard. Sa voix trahit un certain ennui. Ou bien c'est qu'il n'est pas à l'aise avec les gens qu'il ne connaît pas.

— Lors de ta première exposition, ton organisme a créé des anticorps contre un allergène spécifique de sorte que, la fois suivante, tes mastocytes se sont affolés, libérant des histamines pour te protéger des substances jugées dangereuses par ton corps. Ce qui a provoqué un choc anaphylactique.

Un frisson me parcourt. Son discours reste très scientifique, seulement je garde un souvenir extrêmement vif de ma crise d'allergie. Ma gorge obstruée, l'air se raréfiant dans mes poumons…

— Quel rapport avec le fait que le pouvoir de la Chancelière ne marche pas sur moi ?

— Les neurones à histamine sont localisés dans le cerveau, poursuit Simin. C'est l'interaction neuronale de l'hypothalamus et de l'amygdale qui cause le pouvoir du glitcher. Imaginons que ton système immunitaire ait déclenché une libération similaire d'histamines dans l'hypothalamus, en raison de ton exposition au don de ton frère, il se peut que tu aies développé une protection contre ce type de pouvoir.

J'ai bien du mal à suivre le fil de ses explications. Il lève la tête et croise enfin mon regard.

— Ce n'est pas une corrélation parfaite, mais considère ça comme une sorte d'immunisation. Une dose précoce t'a permis de développer une immunité au pouvoir de Bright.

— Ce qui explique pourquoi son don ne t'affecte pas, mais celui des autres glitchers si, ajoute Adrien.

Mon regard circule de l'un à l'autre.

— Zoe, ça ne change rien à ce qui s'est passé, je le sais. Rien ne pourra réparer cette tragédie. Mais c'est peut-être grâce à la mort de ton frère que nous sommes vivants aujourd'hui. Grâce à lui, tu es capable d'affronter la Chancelière. Tu sauves des vies. Tu peux tous nous sauver. Grâce à lui.

L'air me manque. Je dégage mes mains des siennes.

— Si j'avais le choix, je préférerais que Daavd soit vivant.

— Mais tu n'as pas eu le choix, rétorque-t-il d'une voix douce. Et tu m'en vois vraiment, sincèrement désolé.

Les larmes me montent aux yeux et mon corps se met à trembler. On croirait entendre les arguments de la mère de Xona ! Moi, je refuse de croire que la mort de mon frère a servi un but plus grand, que sans cette tragédie, je ne pourrais pas combattre la Chancelière. C'est complètement tordu. Adrien cherche à me consoler, je le sais. Mais je ne veux pas croire que le monde fonctionne comme ça. J'ai beau retourner la question dans tous les sens, ma conclusion est la même : Daavd est mort à cause de moi. Un bourdonnement strident éclate dans mes oreilles.

— Oh, non ! dis-je en chassant mes larmes.

Mon avant-bras palpite. Voyant ça, Adrien m'attrape aussitôt la main.

— Zoe, c'est ton hypersensibilité qui déclenche ta télékinésie. Tu te sens capable de te maîtriser ?

Je respire lentement, mais le visage ensanglanté de mon frère me hante. Les tremblements redoublent d'intensité. Mon pouvoir m'implore de le libérer.

Adrien cale mon visage au creux de ses paumes et plante son regard dans le mien.

— Zoe, il faut que tu te connectes au Lien. Tout de suite.

Je murmure le code. Les couleurs s'évanouissent aussitôt. Le tourbillon de mes émotions se calme et se dissipe. Le voile du Lien me sépare désormais de mes angoisses les plus profondes, les remplaçant par une torpeur végétative.

Brusquement, Simin se crispe.

— Tout va bien, le rassure Adrien. Son pouvoir est sous contrôle.

— Non, ce n'est pas ça.

Il saisit un transmetteur sur une étagère et le fourre dans son oreille tout en pointant du doigt l'un des écrans.

— Qu'est-ce que c'est ? demande Adrien.

Simin lui fait signe de se taire et se met à échanger des instructions sur son interface. Deux minutes plus tard, il relève la tête.

— C'est le Général. Elle arrive. Avec de nombreux blessés.

11.

À ces mots, le visage d'Adrien se crispe. Il se rue vers la clinique où Jilia est déjà en train de préparer les lits pour accueillir les blessés. Je lui emboîte le pas, même s'il m'a demandé de regagner le dortoir.

Lorsque j'aperçois son expression, ma connexion au Lien vacille. Une pensée personnelle se fraye un chemin dans mon cerveau embrumé : je ne peux pas le laisser affronter seul cette épreuve. En même temps, je n'ose pas me déconnecter du Lien, de peur d'empirer les choses si jamais je perdais le contrôle.

Appuyée contre le mur, je vois défiler les soldats du Réseau. Ils pénètrent en titubant dans la salle dans une cacophonie de gémissements et de plaintes mêlés au martèlement de leurs bottes. Une demi-douzaine de combattants blessés sont déposés sur les lits en attendant d'être soignés. Certains se vident de leur sang. Le Lien estompe les couleurs comme les émotions, mais j'arrive à distinguer les taches plus foncées sur les vêtements et le sol ainsi que les entailles sur leur peau. Adrien les aide à s'installer. Sur mon écran rétinien, les informations défilent, me détaillant froidement la longueur et la largeur de chacune des blessures. Un des soldats se présente, la jambe sectionnée au niveau du mollet. Un autre a le thorax enfoncé. Jilia pose immédiatement les mains dessus. Mais ses traits se décomposent quelques instants plus tard, elle pousse un juron, et passe aussitôt à un autre blessé.

Le visage d'Adrien reflète l'horreur que je suis incapable de ressentir.

Au beau milieu de ce chaos, une femme aux pommettes saillantes déboule dans la clinique. Elle porte l'uniforme des combattants du Réseau. Ses mains sont maculées de sang, mais j'ignore si c'est le sien. Le Professeur Henry arrive sur ses talons.

— Tu es sûre que tu n'as rien, Rosalina ?

Cette femme est sûrement le Général.

— Que s'est-il passé ? demande Adrien.

Au lieu de lui répondre, le Général se rend auprès de Jilia.

— Comment vont-ils ?

— J'ai presque fini le tri des blessés, murmure Doc, les mains appuyées sur l'abdomen d'une femme qui a perdu connaissance. Nous avons perdu

Tirpte. Et il se peut que Gerald ait besoin d'une prothèse bionique. Quant aux autres, ils devraient s'en sortir.

Le Général lâche un long soupir et ferme les yeux.

— Nous en avons perdu quatre autres sur le terrain. C'était un guet-apens. Seuls deux Commandants de cellule étaient au courant de notre arrivée, dit-elle en se grattant le front. La Chancelière Bright leur a sans doute mis la main dessus.

Le Professeur écarquille les yeux.

— Dans ce cas, toutes les cellules du quart nord ont dû être démantelées.

Le Général envoie valdinguer un plateau d'instruments chirurgicaux.

— Elle a toujours un temps d'avance sur nous ! Et elle est en passe de devenir Chancelière Suprême du Secteur Six. Si jamais elle y parvient… ! Nous devons empêcher cela, coûte que coûte.

— Que faisiez-vous à Cité-Centrale ? l'interroge Adrien d'un ton sec, presque réprobateur.

Lèvres pincées, elle vrille ses yeux dans les siens. Un message silencieux passe entre eux. Une veine palpite sur le front du Général.

— Ça ne te regarde pas. D'ailleurs, l'accès de cette salle est exclusivement réservé au personnel médical, lâche-t-elle en me jetant un regard noir. Sortez sur-le-champ !

Adrien s'éloigne à regret et je le suis. Une fois dans le corridor, il marque un arrêt sans rien dire, se penche en avant et, les mains sur les genoux, se met à respirer par à-coups.

Dans un coin de mon esprit, quelque chose me souffle qu'il faudrait que je réagisse. Mais j'ignore comment.

— Tu ferais mieux de retourner dans ta chambre, me suggère-t-il en se redressant.

Ses traits sont déformés. Le Lien diffuse soudain trois longues tonalités annonçant le début de la Phase de Détente Préprogrammée. Engourdie par les sons apaisants, je me dirige vers le dortoir comme un petit soldat au garde-à-vous.

Au bout du corridor, avant de tourner, je jette un dernier regard par-dessus mon épaule. Adrien se tient toujours au même endroit. Les yeux humides, il fixe ses mains tachées de sang.

Le lendemain matin, Ginni m'enjoint de me déconnecter du Lien – c'est devenu notre routine. Aussitôt, les événements de la nuit passée ressurgissent dans mon esprit en un torrent. Les soldats ensanglantés. La colère du Général. Et le masque de souffrance d'Adrien à mon départ.

— Comment vont les blessés ?

Je suis certaine que Ginni sera au courant des dernières nouvelles.

— Il y en a un qui a succombé à ses blessures. Mais les autres vont se rétablir.

Je me douche et m'habille en vitesse. Je natte ma longue chevelure encore mouillée. Puis je me rends au réfectoire à la hâte pour le petit déjeuner sans attendre Xona et Ginni, dans l'espoir d'y trouver Adrien. Il était désemparé hier soir, et moi, je l'ai laissé tomber. Le Lien m'a transformée en monstre dénué de sentiments. Il faut absolument que je le voie afin d'arranger les choses.

Mais le réfectoire est encore presque vide. J'y trouve seulement une poignée de soldats du Réseau.

Une demi-heure plus tard, nous débarrassons notre plateau-repas.

— Il déjeune parfois avec sa mère, me glisse alors Ginni pour me rassurer.

Mais à la séance d'entraînement, pas signe de lui non plus. À la fin du cours, folle d'inquiétude, je m'approche de Ginni en me tortillant les mains.

— Tu pourrais…

— Utiliser mon pouvoir pour le localiser ?

Elle acquiesce d'un signe de tête et ferme les yeux une seconde. Quand elle les rouvre, elle m'apprend qu'il se trouve dans la salle de bains, dans l'aile est.

— Merci.

Je m'y précipite aussitôt. Une fois devant, je distingue le bruit du robinet qui coule. Je fais coulisser la porte.

Face au lavabo, Adrien s'asperge le visage. Sa blouse est à moitié trempée, ce qui ne l'empêche pas de continuer à recueillir de l'eau dans sa paume pour s'en arroser la figure en se claquant les joues à chaque fois. Finalement, les mains appuyées de part et d'autre du lavabo, il s'arrête, les mâchoires contractées. Il fixe son reflet dans le miroir.

Ses traits sont déformés par l'affliction. Ses omoplates ressortent dans son dos.

À le voir ainsi, toutes les questions qui me taraudaient s'évanouissent. Je l'observe avec un pincement au cœur. Jamais je ne l'ai vu comme ça. D'ordinaire, il a toujours un sourire en réserve pour moi, une blague sous le coude pour Rand et Juan.

— Combien de temps ? murmure-t-il d'une voix rauque.

Je m'aperçois vite qu'il s'adresse à son reflet et pas à moi.

— Adrien ? dis-je en pénétrant dans la salle de bains.

Surpris, il lève la tête, bouche bée, et nos regards se croisent dans le miroir. Il virevolte vers moi, passant le bras sur son visage dégoulinant et se composant un sourire en vitesse.

— Salut ! fait-il en s'éclaircissant la voix.

— Que se passe-t-il ?

— Rien.

Il attrape des serviettes sur l'étagère et se met en devoir d'éponger l'eau qui a giclé tout autour de l'évier.

Je pose la main sur la sienne pour le calmer.

— Qu'est-ce que tu voulais dire par « combien de temps » ?

Ma question provoque un tressaillement aussitôt camouflé par un sourire.

— Je suis vraiment désolée de t'avoir laissé tout seul hier soir. Ce sont les blessés qui te tracassent ? Ou bien une nouvelle vision ?

Il ferme les paupières et pousse un long soupir.

— Je ne peux rien te confier.

— Pourquoi pas ?

— La dernière fois que je t'ai parlé de l'avenir, ça t'a tellement angoissée que tu as fait un cauchemar et que ton pouvoir s'est déchaîné, rétorque-t-il sèchement.

J'en reste sans voix.

— Ce n'était pas ta faute !

— Tu te souviens de l'histoire d'Œdipe, et de cet oracle à cause de qui tout a commencé ? s'emporte-t-il en pivotant vers moi. J'ai l'impression de faire pareil. Chaque fois que je partage une de mes visions, une catastrophe se produit. Les soldats de la nuit dernière… (Son sourire s'est volatilisé et son regard trahit un immense chagrin.) J'ai confié une vision à Taylor, et c'est pour cette raison qu'elle les a envoyés en mission à Cité-Centrale. Ces soldats sont morts par ma faute.

— Adrien…

— J'ai si souvent tenté de modifier mes visions ! Mais invariablement, ça se solde par un échec ! J'ai pensé qu'en les partageant avec le Général nous aurions plus de chance de changer le cours des choses… Il y en a une notamment que je n'aurais *jamais* dû lui révéler. Connaître l'avenir transforme les gens. Ils deviennent prêts à tout !

Il fixe de nouveau le miroir, qui lui renvoie son regard tourmenté.

— Ou alors ils perdent espoir. Ça y est, j'ai compris la leçon. On ne peut pas influer sur le destin. Alors à quoi bon essayer ?

— Adrien ! dis-je dans un murmure en le serrant dans mes bras de toutes mes forces. Chut… Ne t'en fais pas.

À travers l'étoffe mouillée, je sens les battements de son cœur. Résolue à le réconforter, je lui caresse le dos et prends son visage dans mes paumes. Je l'attire doucement vers moi pour déposer un tendre baiser sur son front. Je fais ensuite courir mes lèvres de ses pommettes jusqu'à sa mâchoire. Je goûte ses larmes, salées.

— Ça va aller.

Il reste immobile dans mes bras tandis que ma bouche effleure le bas de son visage, à deux doigts de ses lèvres. Puis il plonge son regard assombri dans le mien. Soudain, les mains sur ma nuque, il colle ses lèvres contre les miennes avec voracité. Une décharge électrique me traverse le corps.

Toute la souffrance et l'angoisse contenues dans sa voix se transfèrent maintenant dans ses caresses brutales. Lorsqu'il embrasse mon cou, je lui écarte brusquement la tête pour m'emparer encore de ses lèvres pulpeuses, dans un halètement.

Il me fait tournoyer à travers la salle de bains avant de me plaquer contre le mur. J'enroule une jambe autour de sa taille et l'attire contre moi. Un grognement lui échappe tandis qu'il agrippe le tissu de ma tunique, s'apprêtant à la retrousser. En cet instant, seuls m'importent ses lèvres et son corps pressé contre le mien.

Cambrée contre lui, j'ignore le bourdonnement qui me déchire pourtant les tympans et va crescendo.

Jusqu'à ce que le miroir derrière Adrien vole en éclats.

12.

Ça fait une semaine que je m'entraîne avec la mère d'Adrien – les ecchymoses sont là pour le prouver. Je l'ai bien mérité, après tout. Jilia a mis deux heures à extirper tous les morceaux de verre du dos d'Adrien. Et le regard que m'a lancé Sophia en accourant à son chevet était encore plus acéré que les éclats de miroir incrustés dans mon bras. Après l'incident, elle m'a prise à part pour me dire qu'elle veillerait personnellement à mon entraînement jusqu'à ce que je sache enfin me maîtriser.

J'ai l'impression de passer le plus clair de mon temps à m'entraîner. Le matin avec Tyryn, pendant la pause-déjeuner avec Jilia, et l'après-midi avec Sophia. Et pourtant, sauf exceptions, je n'arrive toujours pas à déclencher mon pouvoir sur commande.

— Ton don est lié à tes émotions, me rabâche Sophia en me braquant avec le pistolet d'entraînement. Puisque les séances de méditation ne fonctionnent pas, on va essayer une autre approche. Provoquer ta colère !

Ce coup-ci, je me prépare à intercepter son attaque, mais avant que j'aie le temps de me focaliser, une balle en caoutchouc me frappe en plein front.

— Qu'est-ce que tu fous ? Pourquoi tu ne l'as pas détournée ? s'impatiente Sophia qui pivote en faisant voleter ses longues nattes poivre et sel.

— Je fais ce que je peux !

En guise de réponse, elle brandit de nouveau le pistolet.

— Ce n'est pas assez. Il faut que tu *fasses*, point barre. Le Général a conçu cet endroit spécialement pour toi. Elle a besoin de ton pouvoir. Elle a besoin que tu deviennes son arme secrète.

— Je ne vois pas bien en quoi ça m'aide à me concentrer, que vous me tiriez dans la figure…

À cet instant, deux balles viennent se ficher dans mes côtes.

— Ohé ! Je n'étais même pas prête !

Sophia affiche un rictus de dédain.

— Tu crois que dans le feu de l'action, le Régulateur attendra que tu sois prête pour tirer ?

Une nouvelle balle fuse. Je tends les mains dans l'intention de la dévier mais réussis juste à la recevoir dans l'auriculaire.

— Aïe !

Je secoue mon petit doigt tout en maudissant la mère d'Adrien. J'ai envie de hurler tant je suis frustrée. Ça fait déjà une heure que nous jouons à ce petit jeu. À ce rythme, c'est certain, mon corps sera couvert de bleus d'ici la fin de la séance. Je parie que Sophia n'a pas hésité à se porter volontaire pour les cours particuliers. Elle transpire la satisfaction par tous les pores. À cette pensée, mes mains se mettent alors à palpiter. Je les observe, déconcertée. Cette réaction, je tiens à l'éviter de tout mon être. Pas question de débloquer avec la mère d'Adrien. Ça lui donnerait un prétexte de plus pour me haïr. Or elle n'en a pas besoin.

Je retiens mon bras tremblotant.

— Et si nous faisions une petite pause ?

L'arme toujours braquée sur moi, Sophia m'ignore.

— J'ai demandé à Adrien de t'éviter. Je lui ai dit que tu étais dangereuse.

— Je suis incapable de lui faire le moindre mal !

— Vraiment ? s'exclame-t-elle en dressant un sourcil.

— Le miroir, c'était un accident.

Je baisse la tête.

— Et si cette arme tirait de vraies balles ? En mission, tu devras être en mesure d'assurer ta propre défense. Mon fils a beau être fort comme un bœuf et rusé comme un renard, il serait capable de se jeter devant un pistolet laser rien que pour te protéger. Le laisseras-tu sacrifier sa vie pour tes beaux yeux ?

— Non.

La rumeur s'amplifie dans mes oreilles, mais je m'efforce de la contenir. Mon pouvoir augmente trop vite. En théorie, je suis censée tout faire pour y accéder en douceur, à ma guise. Mais mon don me terrifie. Sophia a raison. Je ne suis bonne qu'à blesser ceux qui m'entourent. Et nos séances d'entraînement n'y changent rien.

Ces derniers temps, j'ai remarqué que tout le monde se tait subitement à mon entrée à la cantine. On me lance des regards furtifs qu'on a tôt fait de détourner. Ils sont tous au courant pour l'incident du miroir, j'en donnerais ma main à couper. En outre, Ginni s'est sans doute empressée de raconter à qui veut l'entendre le fiasco des séances d'entraînement de glitchers. Ce matin, certains soldats m'ont dévisagée avec une haine manifeste. Honteuse, j'en ai rougi jusqu'à la pointe des oreilles. Ils s'attendaient tous à trouver en moi un chef de meute infaillible. J'étais supposée représenter l'espoir, l'arme secrète contre la Chancelière. Mais je ne suis rien de tout ça.

Frustrée par mes échecs à répétitions, je sens les frémissements gagner mon buste.

J'essaie de me calmer en respirant comme me l'a appris Jilia. Seulement je n'ai qu'une envie : m'enfuir de cette salle à toutes jambes pour aller me connecter au Lien, seule dans mon coin.

Les palpitations empirent.

— Il faut qu'on fasse une pause, lancé-je en m'efforçant de garder une voix égale.

— Tu as déjà faim ? crie Sophia. C'est parce que tu sens ton pouvoir, n'est-ce pas ? Essaie de le museler. C'est à toi de le contrôler, pas l'inverse !

Troublée, j'examine mon bras qui tremble. En effet, je sens mon pouvoir. Peut-être Sophia détient-elle la clé du problème, aussi déplaisante que me paraisse sa méthode. Cette fois-ci, il faut que je réussisse à diriger mon énergie… Je crispe les mâchoires en tâchant de me rappeler les méthodes de respiration apprises en cours de méditation. On prend une profonde inspiration, puis on expire. Ce n'est pas sorcier, je peux le faire. Je ne blesserai plus jamais personne par accident !

Les tremblements retombent très légèrement. Les yeux fermés, je visualise l'ensemble de la salle, comme si j'avais dans ma tête un cube de projection 3D des lieux. Je sens les objets qui emplissent l'espace, je perçois les mouvements de Sophia sans même avoir à regarder.

Je devine qu'elle me vise de nouveau et je rouvre brusquement les yeux.

— Si vous pouviez attendre une seconde…

Une autre balle heurte mon flanc.

— Laissez-moi juste…

Puis une autre.

— Assez !

Ma frustration bouillonne et vlan ! C'est le débordement.

Sophia est projetée contre le mur deux mètres en arrière et s'écroule par terre. Je me précipite auprès d'elle.

— Vous allez bien ?

Les parois de la salle d'entraînement sont certes capitonnées, mais sous ce mince rembourrage affleurent des murs en béton armé. Rien qu'à l'idée d'avoir encore blessé quelqu'un, même Sophia, je suis prise de nausées. Ses nattes sont rabattues sur son visage. Je les écarte délicatement.

— Vous allez bien ?

Elle se redresse avec un grognement de douleur tout en se malaxant l'épaule.

— Je suis vraiment désolée, brédouillé-je en lui tendant la main pour l'aider à se mettre debout. Je n'ai pas fait exprès…

— C'est bien le problème ! réplique-t-elle d'une voix tranchante. Tu n'as pas employé ton pouvoir consciemment. Tu es incapable de le maîtriser…

Elle dégage brutalement sa main de la mienne et se met lentement debout de son propre chef. Puis elle ramasse le pistolet et me le fourre dans les mains.

— Ton don est extrêmement puissant. Si tu n'apprends pas à le canaliser, et vite, il fait de toi un danger ambulant. Je n'ai pas les visions de mon fils, mais j'en ai assez vu. Tant que tu ne te maîtrises pas, tu es une bombe à retardement. Je ne veux pas qu'Adrien se trouve dans les parages la prochaine fois que tu exploseras.

Son regard me glace.

— Ne t'approche plus de mon fils !

— Tu t'es disputée avec Adrien ?

Ginni et moi sommes assises à la table de notre chambre. Devant elle, une sélection de tissus de couleurs variées qu'elle s'applique à assembler à l'aide d'une machine à coudre. Pour ma part, je n'ai que ma tablette sous les yeux. Et même si je m'escrime à fixer l'écran depuis plus d'une heure, je n'ai rien retenu de mes lectures. Cela fait une semaine que je suis dans un état de distraction totale.

— Hein ?

— Vous ne vous asseyez plus côte à côte, et tu ne l'attends plus jamais à la fin des cours. Tu es fâchée contre lui ou quoi ?

Et moi qui pensais avoir évité Adrien en toute discrétion.

— Tu crois que c'est ce qu'il pense ?

Si c'est le cas, il ne me l'a pas fait remarquer. En même temps, nous avons à peine échangé trois mots depuis l'incident du miroir il y a près de deux semaines. Nous nous contentons de nous saluer et d'échanger quelques phrases banales à table durant la pause-déjeuner.

— Tu es fâchée ?

— Non. C'est juste…

C'est juste que je ne maîtrise toujours pas mon don et que j'ai peur de blesser Adrien par inadvertance. Une partie de mon être meurt d'envie de lui envoyer un message pour lui donner rendez-vous quelque part. Mais la violente semonce de sa mère me hante sans relâche. *Ne t'approche plus de mon fils !*

Même si j'ai du mal à l'admettre, Sophia a raison. Mes accès d'émotions rendent mon pouvoir imprévisible. Or les moments passés avec Adrien sont naturellement riches en émotions. Bien que je brûle de sentir ses bras autour de moi, je refuse de l'exposer de nouveau au danger.

Sans que j'aie le temps d'élaborer une réponse convaincante, Xona fait irruption dans notre chambre.

— On dirait que je vais devoir me joindre à votre séance de méditation, demain au déjeuner, nous annonce Xona en jetant sa tablette par terre avant de s'avachir sur le lit de Ginni. J'ai été collée toute la semaine.

— Pourquoi ça ? demande Ginni en lâchant son tissu.

— J'ai surpris Cole, l'ex-Reg, à m'épier alors que je me rendais à un cours particulier. Ce n'est pas la première fois d'ailleurs.

Sourire aux lèvres, Ginni me coule un regard complice. Elle prend cet air chaque fois qu'une fille a le malheur de mentionner un garçon de la Fondation. D'habitude, elle accompagne son regard d'un petit coup de coude et d'un clin d'œil. C'cst dans doute lié aux romans qu'elle dévore du matin au soir, et qui lui arrachent des soupirs rêveurs.

— Et… ? l'encourage Ginni.

Xona affiche un sourire narquois, s'allongeant sur le dos, les mains croisées sous sa nuque.

— Et je lui ai filé un coup dans la glotte. Je crois qu'il a compris le message.

Ginni étouffe un cri de surprise.

— Le problème, poursuit Xona, c'est que City m'a prise en flagrant délit et s'est empressée de me balancer à Jilia. J'ai récolté des séances de méditation pour apprendre à maîtriser ma colère…

— Et s'il te suivait parce qu'il en pince pour toi ? suggère Ginni. Peut-être qu'il voulait simplement te parler.

Xona la fusille du regard. D'un seul coup, elle n'a plus du tout envie de plaisanter.

— Ne cherche pas à transformer les ex-Regs en héros romantiques, comme dans tes fichus bouquins. Ce sont des tueurs de sang-froid. Ils sont programmés pour ça, et rien d'autre.

— Ce n'est pas comme si on avait l'embarras du choix à la Fondation, réplique Ginni avec une grimace. Adrien est avec Zoe. Tous les autres étudiants sont trop jeunes. Ce qui ne nous laisse plus que Rand.

Xona plisse le nez de dégoût.

— Ma chérie, tu mérites beaucoup mieux que Rand.

— De toute façon, il a l'air d'avoir le béguin pour City, fait remarquer Ginni en se remettant à coudre. Ils passent leur temps à flirter.

— Rand flirte avec tout le monde.

— Tu devrais laisser sa chance à Cole, avancé-je. Il est différent des autres Régulateurs. Pour te dire, il m'a même adressé un sourire lorsque je l'ai mis au tapis, au cours de notre entraînement particulier…

Après avoir été projetée contre le mur une seconde fois, Sophia a jugé préférable de faire appel à lui, songeant qu'un ancien Régulateur saurait mieux encaisser les coups.

— Tu arrives enfin à gérer un peu ton don ? s'enquiert Ginni avec enthousiasme.

— Oui et non. J'arrive parfois à l'éveiller, surtout quand Sophia me fait perdre patience. Mais ensuite, je suis incapable de le diriger. Je suis tout juste bonne à renverser des objets au hasard dans la salle. Je n'aurais pas de pouvoir du tout que ce serait la même chose !

— Du moment que tu castagnes du Régulateur, ça me va ! s'exclame Xona.

— On dirait tout de même que tu commences à obtenir des résultats, insiste Ginni avec un sourire encourageant.

— Peut-être.

Après tout, il se peut qu'il y ait un léger mieux, sans parler pour autant de progrès. Depuis que je libère régulièrement mon pouvoir, je n'ai plus expérimenté de crises. Je me connecte au Lien la nuit, certes, mais ça pourrait être pire.

— Tu crois qu'ils te donneront le feu vert pour aller en mission très bientôt ? demande Ginni en posant le regard sur son patchwork, étalé sur la table.

Xona la dévisage avec curiosité.

— Raconte ! Qu'est-ce que tu sais ?

Ginni se mordille la lèvre inférieure.

— Eh bien, le bruit court que le Général Taylor prépare une nouvelle opération.

— J'en ai également entendu parler, fait Xona en se redressant. Tyryn m'a autorisée à emprunter des armes d'entraînement. Dès que le gymnase est libre, j'en profite pour m'exercer.

Joignant le geste à la parole, elle dégaine deux pistolets reluisants de leur étui.

— Ne t'attends pas à ce qu'il te permette de sortir des munitions du gymnase, lui rappelle Ginni.

— Il se peut que quelques balles soient tombées par hasard dans mon sac de sport, dans le local où est entreposé le matériel…

— Xona ! s'écrie Ginni, révulsée.

— Eh bien quoi ? Je suis la seule à ne pas avoir de pouvoir dans l'équipe. Sur le terrain, je ne pourrais pas m'en tirer avec un abracadabra ! J'ai besoin du renfort de ces beautés, dit-elle en tapotant affectueusement les armes. Revenons-en à cette histoire de mission. Impossible de soutirer la moindre information à Tyryn, il a les lèvres scellées. Crache le morceau, Ginni !

— J'ai cru entendre dire que le Général avait l'intention de nous envoyer affronter l'escouade de glitchers de la Chancelière.

Xona émet un faible sifflement.

— Je me demande quels types de pouvoirs ils possèdent, s'interroge ensuite Ginni. Qu'en penses-tu, Zoe ?

Elle se tourne vers moi et j'ai l'impression de rétrécir sur mon siège. Le Général est probablement au courant de mes maigres résultats. Sophia se sera fait un plaisir de les lui rapporter. Du coup, si jamais elle est en train de planifier une mission, je n'en ferai sûrement pas partie.

— Je ne sais pas.

Réflexion faite, une pensée m'effleure. Au cas où nous affronterions effectivement les glitchers de la Chancelière, combien de chances y a-t-il que Max fasse partie du lot ? Soudain, une idée me vient à l'esprit. Comment n'y ai-je pas pensé plus tôt ?

— Ginni, tu peux localiser les gens n'importe où dans le monde, n'est-ce pas ?

Elle lève la tête, surprise.

— En effet.

Je lui prends la main.

— Tu pourrais situer mon ami Max ?

— Navrée, Zoe. Molla m'as déjà posé la question. Son don de métamorphe le rend invisible à mon pouvoir. Il est capable de tromper tout le monde en se faisant passer pour n'importe qui, et mon pouvoir s'y laisse prendre aussi.

— Ah.

Un mélange de soulagement et de déception m'envahit. J'essaie de l'imaginer échappant à Bright, s'enfuyant seul de la Communauté dans la peau d'un Supérieur, pour aller mener, quelque part à l'abri, cette vie de luxe dont il a toujours rêvé. Mais, c'est peu vraisemblable. À cette heure, il est sans doute retourné auprès de la Chancelière. Depuis qu'il a trahi sa confiance, elle ne doit pas relâcher sa vigilance une seule seconde, et s'arrange sûrement pour le garder sous son influence en permanence.

— Je ne comprends vraiment pas pourquoi vous cherchez à savoir, Molla et toi. Il a choisi le camp ennemi !

— C'est plus compliqué que cela, protesté-je. Il a pris des décisions regrettables. La Chancelière lui a mis la main dessus alors qu'il commençait tout juste à glitcher. Il a cru qu'en travaillant pour elle, il nous protégerait tous les deux. Il ignorait tout de son plan diabolique…

— Peut-être bien, rétorque Xona avec dédain, mais lorsqu'il a eu l'occasion de s'enfuir avec vous, il a préféré rester derrière. Même après avoir découvert le monstre qu'elle est.

J'ouvre la bouche et me ravise aussitôt. Dans le fond, elle n'a pas tort. Max a commis des actes répréhensibles. Mais je reste persuadée que, au départ, il était animé de bonnes intentions. Sans oublier que je ne suis pas complètement innocente moi-même. Si on m'a accordé la rédemption à moi, qui ai causé la mort de mon frère aîné, Max n'a-t-il pas droit à une nouvelle chance ? Après tout, personne n'est *mort* par sa faute !

En outre, s'il est resté avec la Chancelière, c'est parce que l'idée de me suivre lui était insupportable. Je suis sûre que Max aurait été une bien meilleure personne en d'autres circonstances. En dépit de tout ce qu'il a fait, je le considère toujours comme un frère. Je ne saurais expliquer pourquoi.

— Je préfère croire qu'il a toujours une part de bonté en lui.

Xona esquisse un sourire en coin.

— Je le savais ! Tu voudrais sauver le monde entier ! Écoute, tu as toujours vécu à l'abri du monde extérieur. Tu ignores à quoi ça ressemble, dehors, dans la vraie vie. Moi pas. Crois-moi, tôt ou tard, tu finiras par comprendre que certaines personnes ne valent pas la peine qu'on les sauve.

Les joues me brûlent.

— Et qui es-tu pour décider de ceux qui méritent ou non qu'on les sauve ?

— Dans le fond, je m'en fiche pas mal. Qui on sauve, qui on ne sauve pas. Je veux juste éliminer un max de Régulateurs, et avec un peu de chance, quelques Supérieurs au passage. Je veux leur faire payer.

Elle fait tournoyer ses pistolets avant de les rengainer.

Jusque-là concentrée sur son ouvrage, Ginni se met soudain debout et fait voleter le tissu de manière théâtrale.

— Voilà, c'est fini ! Ça s'appelle une jupe !

Ladite jupe consiste en un assemblage de tissus disparates. Des chutes récupérées sur d'anciens uniformes de la Communauté, sur les costumes bleus des Régulateurs et marron des agents de service. Même les blouses rouge terne des chirurgiens y sont passées.

— Elle est belle, hein ?

Xona palpe l'étoffe d'un air dubitatif.

— Ça n'a pas l'air pratique pour courir…

— Enfin, ce n’est pas fait pour la course à pied ! C’est pour être jolie.

Elle lui reprend la jupe des mains.

— Et pour qui tu essaies de te faire jolie ? l’interroge Xona.

Ginni se tourne vers nous, la bouche entrouverte, comme si elle était sur le point de nous révéler un nom. Mais après un instant d’hésitation, elle fronce les sourcils.

— Je ne m’en souviens plus !

13.

— Bonjour, mesdemoiselles ! s'exclame Jilia en s'asseyant sur un coussin face à nous. Elle dépose un sachet par terre. Xona se penche en avant et l'ouvre. Il contient un amas de petites boules translucides.

— Qu'est-ce que c'est ?

— Des billes, répond Xona. J'y jouais dans mon enfance.

— Aujourd'hui, j'ai envie de tenter une nouvelle approche, explique Jilia. Je veux que Zoe puisse se concentrer sur un objet solide pendant que nous méditons. Mais cet exercice vaut aussi pour toi, Xona. Il peut t'être utile.

— D'accord…

Je ne suis pas très convaincue. Il faut dire que jusque-là rien n'a marché.

— Pour commencer, Zoe, j'aimerais que tu penses à un souvenir qui éveille en toi des émotions fortes.

Je regarde Xona puis rive les yeux au sol.

— Ce n'est pas un peu… risqué ?

— Ça va aller, me rassure Jilia d'une voix sereine. Tu ne nous feras pas de mal. N'hésite pas à te connecter au Lien en cas de dérapage. Le problème, c'est que tu as tellement peur de ne pas te maîtriser que tu ne te donnes pas assez de marge de manœuvre pour accéder à ton don. Ton long confinement au labo n'a rien arrangé. Au moment où tu aurais eu le plus besoin d'explorer ton pouvoir, tu as dû le contenir. Il va falloir combattre cette tendance. Sois rassurée, tu n'as rien à craindre ici. Rappelle-toi seulement de te connecter si jamais la situation t'échappe. Considère le Lien comme un interrupteur de sécurité.

Sceptique, je hoche la tête. Son discours a du sens, mais je redoute mon pouvoir depuis si longtemps…

— Ferme les yeux et pense à un moment particulièrement riche en émotions. Dès que tu sens la télékinésie monter, tu me le dis.

Je ferme les yeux et passe en revue mes souvenirs. En général, il me suffit de songer à la mère d'Adrien pour sortir de mes gonds. Je repense à notre séance d'hier, à ses paroles blessantes. Elle ne cesse de me répéter que je vais passer le restant de mes jours à décevoir mes proches. À cette pensée, un faible bourdonnement s'élève dans ma tête. Je m'empresse de chasser l'image. Pas la peine d'invoquer des émotions négatives.

À la place, je sélectionne un souvenir agréable : Adrien et moi, seuls dans ma zone personnelle, du temps de la Communauté. Le jour où il m'a expliqué ce qu'est l'amour – un sentiment qui, d'après lui, tiendrait du miracle dans un monde aussi empli de haine et de douleur que le nôtre.

Je me rappelle encore le ton de sa voix et l'intensité de son regard. *L'amour ne devrait pas exister,* m'a-t-il dit. *C'est la plus grande anomalie, certains diront le plus grand défaut, du genre humain. Mais c'est surtout sa plus grande beauté. Et je sacrifierais tout pour toi. Parce que je t'aime.*

À mon tour, je le lui ai avoué, et nous nous sommes embrassés jusqu'à ce que je me sente transportée en dehors de mon corps. Tant de choses se sont produites depuis… Mais au milieu de cet ouragan, mon amour pour lui reste mon point d'ancrage. Rien que d'y penser aujourd'hui, une chaleur m'inonde et un léger ronron résonne à mes oreilles.

Brusquement, je passe à la séance du baiser dans la salle de bains, juste avant l'explosion du miroir. Un baiser passionné. Éperdu. Ce souvenir ravive d'autres sentiments moins agréables, notamment la peur liée au comportement anormal d'Adrien, l'inquiétude suscitée par son refus de me raconter sa vision, une vision qui semblait à la fois le bouleverser et l'effrayer. Je revois son regard soucieux, tourmenté. Le ronron se change en rugissement et ma main est prise de palpitations.

Les tremblements s'amplifient. Mon premier réflexe serait de me connecter au Lien pour neutraliser le flux d'émotions. Au lieu de quoi je me vautre dans le souvenir de notre baiser. J'aurais préféré me rappeler un moment sans le moindre nuage, mais peut-être nos émotions les plus fortes sont-elles toujours un méli-mélo complexe de bon et de mauvais. Je me rejoue la scène dans ma tête – les mains d'Adrien explorant mon corps tandis qu'il m'attire contre lui et se jette sur moi comme un homme affamé. Je laisse ce mélange de désir et de désespoir résonner à travers mon corps. Un son strident me déchire alors les oreilles.

— Ça y est, je le sens.

— Très bien, murmure Jilia. À présent, je veux que tu essaies de te focaliser sur le sac de billes. Projette-toi à l'intérieur de l'une d'elles. Concentre toute ton énergie dessus, ne pense à rien d'autre. Pense juste : je suis ça. Répète cette phrase en inspirant puis en expirant.

— Je vais essayer, murmuré-je en fermant les yeux.

Ma main tremble de plus belle. Je suis tentée de me connecter au Lien pour éviter la catastrophe.

Mais j'ai tôt fait de chasser cette solution qui n'en est pas une. Pas question de baisser les bras avant même d'avoir essayé. Si mes séances d'entraînement avec Sophia m'ont appris une chose, c'est qu'il me reste encore un petit délai avant de perdre totalement le contrôle. Je choisirai le Lien en tout dernier recours.

« Je suis ça », répété-je en mon for intérieur.

— Seul le présent compte, fait Jilia. Peu importe ce qui se passe après. Nous sommes ici, maintenant. Tu es connectée à tout ce qui t'entoure. Tu es la bille.

Le pouvoir bouillonne en moi. Ce coup-ci, je n'ai pas peur. Dans mon esprit s'affiche le sac de billes. Je pénètre à l'intérieur et perçois une pyramide au sommet de laquelle repose une bille en particulier. Je suis *ça*.

Le petit corps sphérique se met à vibrer contre les autres dans un léger cliquetis. Je l'effleure avec mon esprit pour en sentir la texture. C'est une surface incroyablement lisse. Mais à mesure que je zoome sur l'objet, je finis par distinguer des imperfections microscopiques, des marques quasi indiscernables et des bulles d'air dans le verre.

— Bien, murmure Jilia. Maintenant, soulève la bille.

L'extrémité de mes doigts picote, comme si mon pouvoir était près de déborder. La peur reprend un instant le dessus, mais je la chasse. Je me concentre de nouveau sur l'énergie qui s'échappe par tous les pores de ma peau pour aller envelopper la bille.

Je suis ça.

La bille s'élève légèrement du sac entrouvert. Puis, une à une, les autres se joignent à la première jusqu'à ce qu'elles finissent par former ensemble une couronne planant à cinquante centimètres du sol, avant de s'élever encore.

Enfin, je rouvre les yeux pour contempler mon œuvre. Xona observe la scène avec fascination.

Je fais tournoyer la couronne comme si c'était une grande roue. À chaque rotation, la lumière se reflète dans le verre. J'accélère le mouvement rotatif jusqu'à ce qu'on n'aperçoive plus que de brefs éclairs. Pour la première fois de ma vie, je me sens en symbiose avec mon environnement.

Soudain, Cole surgit dans la pièce en rugissant, un couteau tendu devant lui. Xona lève aussitôt la tête et dégaine deux armes : une de sa cheville et l'autre de sa taille.

Jilia leur hurle d'arrêter.

Je regarde d'un air presque détaché les pièces d'un drame se mettre en place sous mes yeux. Les bras levés, j'engloutis la pièce avec mon pouvoir. Tout le monde se retrouve dans le cube de projection de mon esprit. Je peux les manipuler à ma guise, comme les billes. Je n'ai pas peur.

— Stop, dis-je dans un murmure.

Et tout s'arrête. Cole se fige en plein bond à un mètre du sol, le couteau à bout de bras. Je le maintiens dans cette posture à l'aide de mon pouvoir. En même temps, je paralyse la main de Xona.

— Laisse-moi lui faire la peau, Zoe !

Je l'ignore. Autour de moi, la couronne de billes s'est aussi arrêtée de tourner. Tout est parfaitement immobile.

Une inspiration plus tard, j'ôte leurs armes à Cole et à Xona pour les déposer le long du mur avec délicatesse. Je fais léviter Cole jusqu'au plafond avant de le diriger vers la porte, à l'opposé de Xona.

Sophia émerge à cet instant de l'ombre du couloir et s'avance dans la pièce.

— Tu as réussi le test. Tu es prête.

Perturbée par son intervention, je m'empresse de faire redescendre Cole avant de perdre totalement le contrôle. Les billes tombent par terre et rebondissent sur le plancher dans une série de claquements.

La sérénité qui m'habitait laisse aussitôt place à la colère. Je la foudroie du regard.

— Tout ça, c'était un test ? Et si j'avais échoué ? Xona aurait pu tuer Cole !

Sophia se renfrogne.

— Ses armes ne sont pas chargées.

Dégoûtée, Xona donne un coup de pied dans son coussin et quitte la salle en bousculant Sophia. Celle-ci me lance un regard dur.

— Suis-moi. Le Général nous attend.

14.

Réunion extraordinaire au réfectoire. Toute notre unité est convoquée, à l'exception de Xona. Dans le couloir, un peu plus tôt, je l'ai surprise à défendre sa cause auprès de Tyryn. Mais vu qu'il est venu sans elle, je suppose que ses arguments ne l'ont pas convaincu…

À l'avant du réfectoire, le Général Taylor arpente le rectangle de long en large en attendant que tout le monde prenne place.

— Si je vous ai réunis aujourd'hui, c'est pour vous parler d'une mission d'une importance cruciale. Une mission que seule votre unité opérationnelle peut accomplir, maintenant que vous êtes tous prêts…

Elle me lance un regard appuyé et je sens aussitôt mes joues s'empourprer. A-t-elle attendu que je dompte mon pouvoir pour donner le feu vert à l'opération ?

City a l'air ravi. Elle adresse un grand sourire à Rand.

— En raison de son statut, Bright effectue des déplacements sur l'ensemble du Secteur, poursuit Taylor. Nous avons pu retracer son itinéraire grâce à Ginni.

Flattée, celle-ci baisse les yeux en rougissant.

— La plupart des lieux qu'elle visite sont liés à ses obligations de Vice-Chancelière. Sauf un. Un immeuble inconnu des services, un immeuble qui n'apparaît sur aucune base de données officielle. Je crois pour ma part que c'est l'endroit où Bright cache ses glitchers. Autrement dit, l'équivalent de notre propre Fondation. D'après nos renseignements, dix individus y résident de manière permanente. Certains appartiennent à la liste de glitchers que nous avions prévu d'extraire de la Communauté, si Bright ne nous avait pas devancés.

Je frémis en imaginant à quoi ressemblerait ma vie aujourd'hui si la Chancelière m'avait mis la main dessus avant qu'Adrien ne vienne me sauver.

— Depuis quelque temps, Bright démasque nos espions et les corrompt à l'aide de son don. C'est ainsi qu'elle a pu démanteler une demi-douzaine de cellules du Réseau. En bref, conclut-elle en appuyant les mains sur la table, Bright a une longueur d'avance sur nous. Mais aujourd'hui, l'heure est venue de contre-attaquer.

Sourire aux lèvres, Rand se tourne vers Eli pour lui toper dans la main. Mais l'ex-Régulateur fait mine de ne pas le voir. Taylor s'interrompt et toise Rand jusqu'à ce qu'il se rasseye.

— Attendez, intervient City. Si Ginni peut localiser Bright, pourquoi ne pas l'éliminer directement en faisant exploser sa navette ? On a l'armement nécessaire, non ?

— Nous avons déjà essayé à deux reprises. Chaque fois, les missiles se sont déclenchés avant d'atteindre leur objectif, et ce malgré le dispositif de camouflage mis au point par Henk. Nous ignorons comment. Des véhicules de transport beaucoup plus gros employant le même dispositif n'ont jamais été détectés. Nous soupçonnons un glitcher d'être à l'origine de ces échecs. C'est pourquoi nous devons opter pour la discrétion et frapper en l'absence de la Chancelière. L'opération comporte deux objectifs. Extraire les glitchers, et récupérer un objet.

Son regard perçant se pose sur moi.

— Zoe, tu neutraliseras les Régulateurs pendant qu'Adrien piratera le système de sécurité.

— Pardonnez-moi, Général Taylor. Par neutraliser, que voulez-vous dire… ?

Taylor me fixe un instant. Elle n'a pas l'habitude qu'on l'interrompe.

— Ils sont une menace. Tu les désactiveras.

— Mais… je ne peux pas les tuer comme ça !

Je pense aux ex-Régulateurs de notre équipe. Et si c'était eux à la place des gardes de la Chancelière ? On ne leur a pas laissé le choix !

Taylor affiche un air dur.

— Crois-moi, je préférerais envoyer mes propres soldats sur le terrain. Mais contrairement à vous, ils n'ont pas le pouvoir de traverser les murs et de jeter des éclairs. En outre, nous ne savons pas de quoi sont capables les glitchers de la Chancelière. C'est en partie pour ça que j'ai attendu que tu sois prête pour lancer l'opération.

Voilà qui répond à la question.

— Mais je…

Taylor gonfle les narines.

— Faut-il te rappeler que nous sommes en guerre ? Chacun d'entre nous a un rôle à jouer. Regarde autour de toi : l'installation la plus accomplie, la plus onéreuse du Réseau. Et nous avons dû nous battre bec et ongles pour l'obtenir. En temps de guerre, c'est eux ou nous. C'est aussi simple que ça !

Tous les yeux sont braqués sur moi.

— Rose, ce ne sont que des gamins, intervient le Professeur.

— Ce sont des soldats !

Elle prend une longue inspiration pour tâcher de se calmer.

— Passons maintenant au reste d'entre vous.

Le Général s'écarte et invite le Professeur à la rejoindre. Le sourcil toujours froncé, il s'avance et clique sur un cube de projection au centre de notre table. Un bâtiment trapu pivote sur lui-même dans le carré lumineux. Le Professeur tapote sur le sommet de l'image pour l'agrandir.

— Nous entrerons par là.

D'un clic, Taylor oriente le schéma rotatif de manière à afficher en gros plan la zone de chargement située à l'arrière du bâtiment.

— Rand, City et un détachement de soldats vont extraire les glitchers incarcérés dans cette partie.

De nouveau, elle clique sur l'image 3D afin de faire apparaître l'artère principale du bâtiment, un couloir en forme de T qui démarre au niveau de la zone de déchargement. Elle pose l'index sur l'embranchement de gauche. Le modèle s'anime, comme si une caméra remontait le long corridor en travelling pour déboucher finalement sur une grande salle circulaire au plafond en forme de coupole.

— Rand se chargera de la porte.

Il s'en frotte déjà les mains.

— Dès qu'il aura pratiqué une ouverture, mes soldats administreront un tranquillisant aux glitchers. Même si la Chancelière n'est pas là pour les influencer, il se peut que certains travaillent pour elle de leur plein gré. C'est là que tu entres en jeu, Filicity.

Elle se redresse dans son siège, tout excitée, les paumes parcourues de filaments électriques bleus.

— Mieux vaut parer à toute éventualité. D'où l'importance de les mettre K-O avant qu'ils ne puissent se retourner contre nous. Filicity nous servira de plan B au cas où les tranquillisants ne suffiraient pas. D'après Sophia, tu es désormais capable de régler l'ampérage de tes décharges de manière à assommer sans tuer, c'est exact ?

City fait signe que oui.

— Bien. Nous préférons capturer les glitchers vivants pour faire d'une pierre deux coups : non seulement la Chancelière sera privée de ses armes, mais nous en récupérerons l'usage !

Je n'aime pas la façon qu'a le Général Taylor de faire référence aux glitchers. Ne sommes-nous rien de plus que des armes à ses yeux ?

Le Général clique sur l'image et la caméra effectue un zoom arrière.

— Deuxième objectif de la mission : récupérer un objet. Adrien, Zoe et moi nous dirigerons dans cette direction.

Ce coup-ci, la caméra bifurque à droite au bout du corridor principal avant de descendre de cinq étages via une cage d'ascenseur.

— En bas, trois portes blindées nous séparent de l'objet. Zoe, ta seconde tâche consistera à les ouvrir. Le déverrouillage de la première porte déclenchera une alarme. Sachant que les Régulateurs sur place auront été neutralisés, il faudra seize minutes aux renforts pour débarquer sur les lieux.

Ce qui nous laisse amplement le temps d'effectuer l'opération et de filer avant leur arrivée. La réussite de cette mission repose sur notre rapidité. Nous devons entrer, agir, et ressortir en quinze minutes chrono. Compris ?

Nous acquiesçons tous en silence.

— L'opération a été minutieusement planifiée. Vous serez prêts. À l'heure qu'il est, des schémas et des instructions détaillées sont en train d'être téléchargés sur votre interface personnelle. Apprenez-les par cœur. Ginni, il est impératif que tu suives les moindres déplacements de la Chancelière d'ici à l'opération. Lorsque je jugerai tout le monde prêt à accomplir sa part de la mission, nous n'aurons plus qu'à attendre que Bright quitte le site. Et là, nous passerons à l'attaque.

Pendant deux semaines, nous nous entraînons d'arrache-pied. Au fil des jours, j'arrive à invoquer mon pouvoir de plus en plus rapidement. Et plus je l'exerce, plus mon contrôle s'affirme. Dans les couloirs et à la cantine, on me regarde désormais avec une pointe de respect, et toute trace d'hostilité s'est envolée. Je sens flotter dans l'air un regain d'enthousiasme.

— Maintenant, trouve les quatre ex-Regs, m'ordonne Jilia.

Les yeux fermés, j'attends que le bourdonnement s'installe en moi. J'étends alors ma perception au-delà de la pièce, bien au-delà, jusqu'à ce que l'ensemble de la Fondation se matérialise dans mon esprit. Une curieuse sensation s'empare de moi. Des picotements me parcourent le cuir chevelu et l'arrière des yeux, comme si une fourmilière s'affairait dans ma boîte crânienne. J'essaie de rester concentrée sur mon but. Dans ma projection mentale, je perçois les corps en mouvement. Ça y est, je repère la silhouette d'un ex-Reg devant la clinique. Et d'un ! Je marque une pause avant de reprendre mon incursion. Tiens, en voilà un deuxième, dans un coin du réfectoire. Et le troisième, juste à côté du poste de décontamination, devant la sortie principale. Quant au quatrième… où se cache-t-il, celui-là ?

L'un après l'autre, je passe les corps en revue – trop mince, trop petit… sans succès. Aucune trace du quatrième. Avec une profonde inspiration, j'élargis mon champ de vision, et remonte la cage d'ascenseur jusqu'à l'aire de chargement de la Fondation. Je m'aventure rarement aussi loin, et la projection vacille et clignote, menaçant de s'interrompre à tout instant. Je fais une pause sur l'image et respire en profondeur jusqu'à ce qu'elle se stabilise. Je devine deux formes sur l'aire de chargement, dont l'une largement plus carrée que l'autre. Je parie que c'est un ex-Reg ! Debout près d'un gros véhicule de marchandises.

Je redouble de concentration. Cette fois, je focalise mon esprit sur les quatre colosses uniquement, faisant abstraction des lieux. Ils sont mes cibles. Je traverse leur peau, m'insinue sous leurs muscles et leurs prothèses en métal, me frayant un chemin jusqu'à leur colonne. Je compte les vertèbres cervicales une à une en partant du haut, cherchant l'axis, la deuxième. Jilia m'a assuré que la restructuration vertébrale est une opération facile. Je suis heureuse d'être parvenue à un compromis avec Taylor, même si c'est à contrecœur qu'elle m'a donné son consentement pour briser la colonne des Régulateurs au lieu de les tuer.

Je m'attarde un instant sur leur axis, l'entoure et le serre mentalement avant de ressortir des corps. Chacun d'entre eux porte un pilier en béton. Je focalise mon énergie sur l'objet et force soudain les Régulateurs à lâcher prise. Au même instant, les quatre piliers tombent par terre dans un fracas. J'éloigne alors mon esprit de la scène en soufflant.

Avec le temps, j'ai appris à calmer ma télékinésie en douceur afin d'éviter les malaises et les vertiges. Je réintègre lentement mon corps et cligne des paupières.

Taylor me dévisage avec ses petits yeux plissés.

— C'est fait.

— Très bien. On va voir si tu as assez d'endurance. Tu te sens la force d'enchaîner ?

À vrai dire, Je suis éreintée. Mais pas question de l'avouer au Général.

— Parle franchement, Zoe, intervient Jilia d'une voix douce. Ça n'aidera personne si tu ne peux pas remplir ta mission une fois sur le terrain.

— Je suis tout à fait capable de continuer.

— Tant mieux, rétorque Taylor. Enfile ta combinaison. Rendez-vous sur l'aire de chargement.

Après ces mots, elle pivote sur ses talons et quitte la pièce.

Je m'exécute puis prends l'ascenseur vers le toit. La zone de chargement consiste en une sorte de vaste entrepôt au plafond et aux murs étayés d'un lacis de poutrelles en acier. À un bout du hangar, un croissant de lumière me signale l'absence de toiture. La luminosité est telle que je suis contrainte de détourner le regard. Je tire nerveusement sur mon gant tout en jetant un coup d'œil furtif à la Surface. Malgré ma combinaison, un frisson me parcourt les membres.

Le Général Taylor, Rand et un ex-Reg se tiennent à un angle. Face à Rand, une montagne de métal fondu encore rougeoyant par endroits. L'ex-Reg (Eli, je crois) approche une cuve de liquide de refroidissement du tas incandescent. Il en ôte le couvercle et déverse la substance sur les scories en fusion. Des volutes de vapeur s'élèvent dans les airs en tourbillonnant, ce qui n'affecte pas l'ex-Reg, dont les mains sont renforcées de métal.

Je m'avance, désormais habituée à l'exercice Puisque nous n'avons pas de porte blindée sous la main, le Général a eu l'idée de nous entraîner sur les débris d'acier qu'il reste de la construction de la Fondation. Chaque jour, Rand en fait fondre davantage pour me tester plus avant. Sous l'effet du liquide de refroidissement, la fumée a cessé et la surface se couvre d'une fine pellicule verglacée.

— Soulève le bloc.

L'ordre de Taylor n'est pas nécessaire, plutôt redondant à vrai dire, car cela fait une semaine que je répète le même exercice. Je connais la procédure sur le bout des doigts. Les yeux fermés, je laisse alors ma télékinésie enfler en moi. L'entrepôt se matérialise presque aussitôt dans mon esprit.

Le métal a fondu dans le sol rocheux. Peu m'importe, je répands mon énergie tout autour telle une araignée tissant sa toile. Le poids n'a plus d'importance, la gravité non plus. C'est un simple objet dans l'espace ; or je peux déplacer n'importe quel objet. Il me suffit de le vouloir. J'en ressentirai le contrecoup plus tard, mais pour le moment, grisée par mon don, j'éprouve une joie extatique. Et dire qu'avant j'avais peur que mon corps n'en supporte pas la puissance ! Maintenant que je le dompte, j'y prends mes aises. Je concentre mon énergie sur ma cible. Je m'imagine ne plus former qu'un avec la roche.

Je suis ça.

Et hop ! je soulève le bloc d'une demi-tonne, le repose et recommence, à trois reprises. Quand je rouvre les yeux, Rand et Taylor me dévisagent, impressionnés.

— Ouah ! s'exclame Rand.

Je me sens à la fois soulagée et soucieuse. Soulagée d'avoir réussi le test. Soucieuse de ne pas m'avérer à la hauteur, le moment venu. Et si je me plantais, une fois sur le terrain ?

Sans perdre une seconde, Taylor nous reconduit jusqu'à l'ascenseur. À l'ouverture des portes, j'ai l'agréable surprise de voir Adrien en sortir.

— Adrien ! Qu'est-ce que tu fais là ?

Ces dernières semaines, nous avons été tellement pris par nos emplois du temps respectifs que nous nous sommes à peine croisés.

Il me répond par un séduisant sourire.

— J'espérais bien te croiser. Puisque tu portes ta combinaison, j'ai songé que je pourrais en profiter pour te montrer quelque chose.

Puis il pose les yeux sur Taylor, et son sourire s'évanouit.

— Général, la salue-t-il d'un léger hochement de la tête.

Raide comme un piquet, Taylor se contente de lui renvoyer son salut avant de pénétrer dans l'ascenseur. Les portes se referment sur son expression sévère.

— J'ai parfois l'impression que le Général n'aime pas trop les glitchers.

— Possible, répond Adrien. Mais elle sait qu'elle a besoin de nous. Viens, il faut y aller maintenant, sinon on va le rater, dit-il en consultant la montre de son interface.

Sourire aux lèvres, il me prend par la main et m'entraîne vers le croissant de lumière. Les rayons du soleil sont si éclatants qu'ils me brûlent la rétine. En dépit de ma combinaison, une fois de plus je ressens d'instinct une pointe d'appréhension à l'approche de la Surface.

Vers la sortie, une nette démarcation marque le passage de l'ombre du bâtiment à la lumière du jour. Je m'arrête juste avant la ligne.

Adrien s'est avancé à l'air libre sans la moindre hésitation. Il me tend une main que je finis par accepter sans bouger pour autant. Nous demeurons dans cette position un long moment, l'un dans la lumière, l'autre à l'ombre, jusqu'à ce que je me laisse glisser vers lui.

— Super, murmure-t-il en embrassant le paysage du regard. Nous arrivons juste à temps pour le coucher de soleil !

Effarée, je me rends compte que nous sommes au bord d'une falaise. Tout autour de nous, la vallée, et les montagnes au loin.

— Étonnant, hein ? me souffle Adrien. Je me suis dit que ça te ferait plaisir d'emporter avec toi une belle image. Tu vois, tout ça devant nous, c'est la liberté. La beauté. La vie. Ces choses pour lesquelles nous luttons.

Des chaînes de montagnes se succèdent en cascade à l'horizon. Leurs sommets pointés vers les nuages défilent les uns après les autres, donnant à l'ensemble de la scène un effet de perspective extraordinaire. Quant au ciel, il se décline dans une nuance de couleurs telles que je n'en ai jamais vu. Une gamme de rouges, de bleus, de roses en passant par toutes les couleurs intermédiaires.

Jamais je n'avais pensé à la Surface en termes de beauté. Pour moi, c'était avant tout un endroit dangereux. Mais le décor qui s'offre à ma vue est à couper le souffle.

— C'est incroyable.

Je me tourne vers Adrien. Le soleil couchant illumine ses yeux aigue-marine, ce vert-bleu quasiment diaphane qui ressort contre le noir de jais de ses pupilles. Il a l'air beaucoup plus insouciant qu'à notre dernier tête-à-tête. Plus léger, moins abattu. Ses cernes sont moins marqués.

— Nous avons vécu dans un endroit comme celui-ci avec maman pendant six mois. Une grotte à flanc de montagne. Tous les matins, je me rendais auprès d'un petit ruisseau à quelques centaines de mètres en contrebas de notre refuge. La nature y était luxuriante. Maman était toujours crispée ; elle vivait dans la crainte permanente d'un survol de contrôle. Moi, je me délectais du paysage.

Une étincelle brille dans ses yeux.

— Je demeurais assis des heures durant sous les arbres séculaires près de l'entrée de la grotte. Au bout d'un certain temps, toutes sortes d'animaux m'approchaient. Si je restais parfaitement immobile, les écureuils trottinaient sur mes jambes, les confondant avec les racines de l'arbre. J'avais alors la sensation de faire partie intégrante de la nature. L'appel de la vie !

Il baisse les yeux, le sourire légèrement voilé.

— Et puis, j'ai rejoint le Réseau ; il y a eu la phase d'entraînement intensif pour devenir agent, et j'ai oublié l'essentiel. Mais tu m'as aidé à m'en souvenir. À ton contact, j'ai éprouvé de nouveau ces sensations.

— Comment ça ?

— Quand tu m'es apparue en vision. Puis lorsque je t'ai rencontrée en chair et en os. Là, la sensation s'est décuplée. J'ai songé : voilà une âme qui me touche.

Ses paroles m'emplissent d'un bonheur grisant. Il se glisse derrière moi et enroule ses bras autour de ma taille. Le torse plaqué contre mon dos, il enfouit son nez dans mon cou et nous contemplons ensemble la vue. Au fil des minutes, les couleurs évoluent et se démultiplient tandis que des rais de lumière transpercent peu à peu le ciel pour venir éclairer la terre de nouvelles nuances, ajoutant à la beauté de la scène. Je suis bouleversée par ce ballet chromatique, heureuse de partager la magie de l'instant avec Adrien. C'est surnaturel. Des rayons mordorés caressent les sommets à l'horizon, à l'instant où le soleil disparaît derrière les montagnes.

J'hésite à poser la question qui me chatouille pourtant les lèvres, de peur de gâcher ce précieux moment. Je me jette finalement à l'eau.

— Qu'est-ce qui a changé ? Tu as l'air différent. Tu as eu une nouvelle vision ? Un truc positif ?

— En effet, j'ai eu quelques visions, répond-il lentement. Elles n'ont pas toujours de sens. Parfois, elles se contredisent.

Il porte le regard au loin.

— Certaines de mes visions doivent arriver coûte que coûte, si nous voulons avoir une chance de nous en sortir, aussi tristes soient-elles. Avant, j'étais tout le temps inquiet. J'ai passé des nuits entières à tâcher d'y voir clair, à essayer de reconstituer le puzzle, à me demander quelles visions changer ou non. À m'en rendre malade… Depuis, j'ai longuement parlé avec le Professeur, qui m'a aidé à prendre conscience de certaines choses essentielles.

— Comme quoi, par exemple ?

— Une chose, notamment : que le monde est très vaste, et que je suis tout petit.

Son visage se perd dans l'ombre du crépuscule, j'arrive à peine à distinguer ses pommettes saillantes.

— J'arrive enfin à accepter l'idée que ma prescience ne me rend pas responsable de tous les malheurs du monde. Je vais continuer d'agir à ma mesure. J'ai compris qu'à force de me soucier de l'avenir je ne profitais plus du moment présent.

Il pose les yeux sur moi et poursuit d'une voix douce :

— Le temps nous est compté. Or je tiens à partager chaque moment avec les gens que j'aime. Avec toi.

Il m'attire dans ses bras et enfouit son visage au creux de mon cou.

— C'est toi que je veux, et personne d'autre, murmure-t-il.

Son corps est chaud, à croire qu'il a engrangé toute la chaleur du soleil pour me la retransmettre ensuite.

Puis il me répète les mêmes mots d'une voix rauque.

La nuit nous enveloppe peu à peu. Subitement, la pression de ses bras ne me suffit plus. Je veux pouvoir sentir sa peau contre la mienne.

Comme s'il avait lu dans mes pensées, il s'écarte et entrelace ses doigts aux miens. Puis il me raccompagne à l'intérieur et nous reprenons l'ascenseur vers le niveau inférieur. Dans la cabine, nous restons muets, même si ses paroles continuent de résonner dans ma tête. Un frisson me picote la nuque. Je lève la tête et le surprend à me dévorer du regard. L'air est devenu dense. Le contact de sa main me galvanise à travers l'étoffe du gant.

L'ascenseur s'arrête dans un soubresaut et les portes se rouvrent sur la Fondation. Adrien m'indique d'un geste le poste de décontamination.

— À toi l'honneur.

Quelques minutes plus tard, je ressors propre comme un sou neuf et me dépêche d'enfiler un peignoir frais dans le vestiaire. Je m'essore les cheveux avec une serviette-éponge et les laisse retomber en cascade dans mon dos.

À l'instant où j'émerge du vestiaire, Adrien surgit de la douche, une serviette nouée à la taille. Sa poitrine est couverte d'une fine toison.

Il s'arrête et me dévisage.

J'ai l'impression que la température a subitement augmenté d'une dizaine de degrés. En quelques enjambées, Adrien m'a rejointe et il scelle ses lèvres aux miennes. Prenant mon visage au creux de ses paumes, il me serre contre lui.

Entre nous, il n'y a plus qu'un peu de tissu de rien du tout. Je l'embrasse de plus belle et le bourdonnement éclate dans ma tête, mais je parviens à le modérer. Une nouvelle bouffée de chaleur m'assaille quand je prends conscience de ce que ça signifie : mon pouvoir n'est plus un obstacle à notre intimité ! Nous allons enfin pouvoir nous rapprocher pour de vrai.

J'ôte le peignoir en toute hâte. Je ne porte plus qu'un léger caraco, qui semble faire son effet puisque Adrien se fige un instant pour me contempler, yeux écarquillés. Puis il me ramène contre lui et je l'embrasse avec frénésie.

Les sensations me chavirent le ventre comme une lame de fond. Plus le baiser se prolonge, et plus le désir s'intensifie. Ses mains glissent tout en douceur de mes épaules à mes hanches. Je presse ma poitrine contre son torse en laissant échapper un petit gémissement tandis qu'il dépose une guirlande de baisers le long de mon décolleté. Puis j'attrape son visage à deux mains et plaque mes lèvres sur les siennes.

Le désir bouillonne dans mes veines… quand soudain, nos interfaces se mettent à biper à l'unisson. Adrien s'écarte de moi, le souffle saccadé, et je consulte mon poignet.

La gorge nouée, je lis le message sur l'écran. Le monde cesse un instant de tourner.

Ginni nous confirme que la Chancelière Bright a quitté le site. La voie est libre. Lancement de l'opération dans une heure.

15.

Une poignée d'heures plus tard, nous arrivons au QG des glitchers de la Chancelière. Nous avons dû prendre un vaisseau avant d'être transférés dans un camion de ravitaillement détourné par le Réseau. Après tant d'attente, difficile de croire que tout se déroule aussi vite.

Taylor nous demande d'observer le silence pendant toute la durée de l'opération afin de nous concentrer sur nos rôles respectifs. Je me tortille d'inconfort sur mon siège à l'arrière du camion. Si le transport aérien s'est déroulé sans accroc, ce véhicule à roues a cahoté pendant tout le trajet. La circulation de l'air dans mon masque produit un grésillement désagréable.

Au brusque arrêt du véhicule, je suis projetée contre l'épaule de City, qui ne m'accorde même pas un regard. Elle a l'air aussi tendue que moi. Personne ne pipe mot mais le stress est palpable.

Nous bondissons un à un sur le parking. Adrien se rue vers la porte du bâtiment et fixe un boîtier au lecteur d'accès. Un petit écran se matérialise dans les airs et Adrien se met à pianoter un code compliqué.

— Zoe ! m'interpelle le Général en touchant son oreillette. Ginni m'indique la présence de cinq Régulateurs de l'autre côté de ce mur, et de cinq autres éparpillés dans le bâtiment. Tu peux les localiser ?

Je respire lentement, comme pendant l'entraînement, et j'attends que le bourdonnement s'élève en moi en cadence avec mes pulsations cardiaques. Je sens l'énergie se répandre à l'extérieur de mon être et traverser les murs. Les Régulateurs sont effectivement positionnés à intervalles réguliers dans le couloir. Sans doute informés de l'arrivée du fourgon de ravitaillement, deux d'entre eux commencent à se diriger vers nous.

Une angoisse soudaine me tétanise. Et si je n'y arrive pas ? Je repense à Milton et aux mains bioniques qui lui ont broyé le crâne.

Il faut que je fasse le vide dans mon esprit pour ne pas laisser ce genre de sinistres pensées saper mon assurance. Je me concentre sur mon souffle et ma télékinésie se manifeste de nouveau. Les Régulateurs se rapprochent peu à peu. Les yeux fermés, je les localise tous. Ils sont dix, dispersés à travers le bâtiment. Je les enveloppe de mon énergie et fixe mon attention sur leurs vertèbres cervicales. Je brise la deuxième en partant du haut – l'axis.

Les Régulateurs s'écroulent comme des masses.

Je donne alors le feu vert à Adrien qui a réussi à infiltrer le système de sécurité. À mon signal, il entre une ultime combinaison de chiffres dans le lecteur et la porte coulisse en crissant.

Le Général nous fait signe d'entrer. Nous franchissons le seuil et nous entassons dans le local de stockage des marchandises. Les yeux plissés, éblouis par l'éclairage des néons, nous attendons qu'Adrien débloque la porte suivante.

City ne tient pas en place. Les poings crispés, elle arpente un petit espace circulaire où sont empilés des cageots. Elle qui s'est si souvent vantée de son expérience du terrain ! Quelque chose me dit que ses missions passées n'étaient rien en comparaison de cette opération. Ce n'est pas tous les jours qu'on s'attaque à un bâtiment de ComCorp !

Je passe notre équipe en revue. Une demi-douzaine de soldats du Réseau se sont joints à nous au moment du transfert du jet au camion. Ils se tiennent immobiles à côté des ex-Regs. Rand se frotte les mains d'avance. Un mince filet de fumée s'échappe de ses paumes.

— Tâche de te retenir jusqu'à ce que ce soit à ton tour, aboie Taylor à son intention.

— Désolé, s'excuse Rand en cachant ses mains.

— Ça y est !

Adrien nous fait signe d'approcher. La porte s'ouvre sur un hall qui se divise en deux couloirs opposés. Les murs sont coquille d'œuf et le carrelage noir. Deux Régulateurs gisent une dizaine de mètres plus loin sur la droite.

— Vous vous souvenez des consignes ? demande Taylor. Faites exactement comme convenu lors du débriefing. Détachement A, à gauche, allez libérer les glitchers ! Détachement B, suivez-moi !

Adrien et moi avançons dans son sillage, suivis de près par la moitié des soldats du Réseau et trois ex-Regs. Je jette un œil par-dessus mon épaule pour voir l'autre équipe disparaître dans la direction opposée.

Bon. J'ai déjà accompli cinquante pour cent de ma mission. J'essaie de booster ma confiance malgré les battements frénétiques de mon cœur.

Lorsque nous enjambons les deux Régulateurs, je ne peux m'empêcher de glisser un regard par terre. Leurs yeux sont alertes mais leur corps est complètement paralysé. Je m'imagine brièvement à leur place. Ce doit être un véritable supplice pour eux. Leur cerveau continuant de recevoir des ordres que leur corps est incapable d'exécuter ! Je reporte les yeux droit devant et passe mon chemin. Au moins, ils sont en vie.

Le couloir débouche sur un ascenseur. Adrien attrape son sac à dos. Il en sort une carte électromagnétique qu'il passe devant le lecteur. Les portes s'ouvrent. Taylor se tourne alors vers les soldats.

— La moitié reste ici pour monter la garde avec Tavid, ordonne-t-elle en faisant référence à l'ex-Reg. Les autres, avec moi !

Nous entrons dans la cabine et nous serrons les uns contre les autres. Il faut dire que Taylor a mis les moyens ! L'objet doit être sacrément précieux pour qu'elle ait mis autant d'hommes sur le coup.

L'ascenseur se rouvre bientôt sur un vestibule étroit donnant sur une porte blindée. La première sur ma liste. Deux autres Régulateurs sont étendus par terre. Je risque un regard vers eux, m'attendant à les voir remuer les yeux, mais il n'y en a qu'un qui cligne frénétiquement des paupières. L'autre a le visage inanimé. Sa bouche est entrouverte et un filet de bave lui coule le long du menton. Je m'accroupis auprès de lui et pose la paume sur son cœur. Pas de pouls.

Il est mort.

J'ai soudain l'impression de manquer d'air. Mes yeux restent bloqués sur lui. J'ai tué quelqu'un ! Il était encore vivant il y a quelques minutes, et maintenant il est mort. Par ma faute. Je suis prise de nausées.

Mais, sans me laisser le temps de larmoyer, Taylor me force à me relever.

— Concentre-toi sur ta mission. Ouvre-moi cette porte !

Comme je tarde à réagir, elle m'empoigne par les épaules et me plaque contre le mur.

— Reprends-toi, tu n'as pas le choix.

— Arrêtez ! s'écrie Adrien en attrapant le bras du Général.

Mais Taylor ne se laisse pas faire. Elle se dégage et l'envoie promener.

— Le sort du Réseau dépend de l'objet qui se trouve derrière ce mur. Les problèmes de conscience, les craintes, les remords et compagnie n'ont pas leur place ici. Tu attendras la fin de l'opération pour ça. Compris ?

Je hoche la tête en signe d'acquiescement et ferme les yeux. Dans un premier temps, je n'arrive pas à rassembler mon énergie. Mon pouvoir me boude, mes pensées sont éparpillées. J'entends Taylor piaffer d'impatience et Adrien faire les cent pas derrière moi. C'est sûr, il est remonté contre le Général. Moi pas. Je ne vais pas lui reprocher de me demander de faire mon job. Quant aux autres, ils attendent en silence.

Je respire longuement. Concentre-toi. Tu peux le faire. Tu *vas* le faire. Je rouvre les yeux et fixe la porte blindée. J'ai déjà soulevé l'équivalent les doigts dans le nez lors de l'entraînement. Ne laisse pas la peur t'envahir car elle risque de te faire perdre le contrôle !

Adrien vient se poster près de moi et me prend la main. Il est le soutien dont j'ai besoin. Je cesse alors de réfléchir, et une rumeur emplit aussitôt mes oreilles, suivie du bourdonnement familier. Ça y est ! Ma télékinésie est revenue, prête à entrer en action.

Je libère mon énergie avec une formidable sensation de puissance. L'ensemble de la pièce se projette dans mon esprit. J'entoure la porte d'un lasso mental et tire dessus de toutes mes forces. Elle sort progressivement de ses gonds dans un atroce grincement.

Je commence à m'attaquer à la seconde porte blindée, lorsque Adrien se fige près de moi. Il est en train d'avoir une vision, mais je n'ai pas le temps d'attendre qu'il ait fini. Taylor nous a prévenus qu'une alarme se déclencherait sitôt la première porte enfoncée. Il faut que je finisse le travail de manière à ce qu'on déguerpisse au plus vite. Je lance mon énergie sur la seconde porte.

À cet instant, Adrien pousse un hurlement.

— Merde, c'est un piège !

16.

Je sens aussitôt les lasers. Leurs canons, planqués au-dessus de la porte blindée, s'orientent vers nous.

Je pousse un cri de terreur et mon énergie se déchaîne immédiatement, incontrôlable. Mon pouvoir pulvérise les canons. D'instinct, Adrien me pousse derrière un ex-Reg.

— Il faut évacuer tout le monde ! crie-t-il en m'aidant à me lever.

Des éclats de canon se sont logés dans la poitrine de l'ex-Reg qui nous a servi de bouclier, mais il ne semble pas s'en soucier.

Mon regard se pose sur la deuxième porte. Taylor nous a bien dit qu'il fallait récupérer l'objet coûte que coûte. Il y va de la survie du Réseau !

— Mais nous sommes si prêts du but… Nous devrions au moins essayer !

Je pivote vers le Général dans l'attente d'instructions de sa part, mais elle s'écroule brusquement par terre.

Une tache rouge s'épanouit sur son ventre. Un bout de métal acéré de la taille d'une main s'est fiché sur la gauche, juste au-dessous de sa cage thoracique. En voyant cela, elle pousse un petit cri d'horreur. C'est ma faute, je n'ai pas pu détourner tous les éclats de canon à temps.

— Aujourd'hui ? demande-t-elle à Adrien dans un murmure avant de perdre connaissance.

Elle s'effondre sur le flanc.

— Adrien !

Je tombe à genoux, prête à extirper le bout de métal de son corps, mais Adrien m'en empêche.

— Non ! Si jamais tu l'enlèves, elle fera une hémorragie.

Je clique sur mon interface d'un geste fébrile.

— Détachement A, vous me recevez ? Taylor est touchée. Mission interrompue. Repli immédiat !

J'attends quelques secondes, mais c'est le silence radio. Rien sauf des bruits parasites occasionnels. Je ne sais pas quoi faire. Adrien prend alors les devants.

— Cole, tu t'occupes de Taylor !

Le mastodonte soulève le Général pendant qu'Adrien passe la carte devant le lecteur magnétique de l'ascenseur.

Pas de réponse.

— Oh non ! s'exclame-t-il en écrasant le poing contre le mur. Le courant qui alimente l'ascenseur a dû être coupé.

Un frisson d'adrénaline me parcourt les veines. Je pivote vers l'ascenseur et force l'ouverture des portes, en procédant comme avec les portes blindées.

— Montez !

Taylor dans les bras, l'ex-Reg s'engouffre dans la cabine suivi des autres soldats. Adrien et moi fermons la marche. Je risque un dernier coup d'œil en arrière.

— La Chancelière était au courant de notre venue, me fait remarquer Adrien en suivant mon regard. Elle aura pris soin de déplacer l'objet. Partons, Zoe !

Les yeux fermés, je devine les contours de la cage d'ascenseur et visualise notre cabine, tout en bas. Puis je chasse la peur qui m'étreint en secouant la tête. La gravité n'existe plus, me dis-je en mon for intérieur.

En un éclair, l'ascenseur s'élève dans les airs. Un faisceau d'étincelles s'échappe des portes que j'ai forcées. Je ralentis l'ascenseur vers la fin. La cabine se balance dans le vide et j'essaie de la stabiliser, le temps que tout le monde descende. Mon pouvoir commence sérieusement à vaciller.

Je sors la dernière. Je fais un pas dans le couloir et dérape par terre.

Le sol est couvert d'une substance visqueuse. Du sang… Pendant que nous étions en bas, les soldats ont été trucidés, mis en pièces par les lasers. Je frissonne d'horreur en découvrant la scène !

— Oh mon Dieu ! s'exclame Adrien.

Tavid est mort lui aussi. En voyant sa dépouille, Cole étrangle un cri et confie Taylor à un soldat qui nous escorte.

Au plafond, les lasers s'enclenchent de nouveau, sans doute équipés d'un capteur de mouvements. Déjà que j'ai eu du mal à retenir l'ascenseur, je ne sais pas s'il me reste assez de forces pour les désactiver. Sans même me laisser le temps de rallier mon énergie, Cole se propulse dans les airs à l'aide de ses jambes hydrauliques et arrache les canons.

Impossible de détourner les yeux des cadavres. J'ai du mal à respirer. Nous nageons en plein cauchemar. Comment une simple opération d'extraction a-t-elle pu tourner si mal ? Personne n'aurait dû y laisser la vie.

Un soldat du Réseau surgit devant nous.

— Quelqu'un tente de pirater notre fourgon à distance. On a besoin de l'informaticien sur-le-champ !

— Vas-y, dis-je en poussant Adrien. On se charge de récupérer les autres.

Il hésite un instant.

— Le temps presse, Adrien ! Si jamais ils piratent le véhicule, nous sommes tous foutus.

Mon argument finit par le convaincre. Il s'élance vers la sortie derrière le soldat.

De mon côté, j'ai beau cliquer sur mon interface, je n'obtiens toujours pas de réponse de l'autre groupe.

— Qu'est-ce qu'ils fichent ? Pourquoi ils ne répondent pas ?

Je n'ose exprimer ma crainte à voix haute : et s'ils étaient morts, eux aussi ?

— Emportez Taylor au camion, dis-je aux soldats qui nous accompagnent avant de m'adresser aux ex-Regs. Vous deux, suivez-moi. On va devoir secourir l'autre équipe.

Nous enfilons le couloir à toute vitesse. À l'autre bout, pas le moindre bruit. Ni lasers, ni cris. Qu'est-ce que ça veut dire ? Mes efforts m'ont crevée mais mes jambes continuent de me porter. C'est la première fois que je déplace une chose aussi lourde qu'un ascenseur pendant si longtemps, et l'expérience a mobilisé toutes mes ressources.

Tout à coup, le silence se fait total. Je ne distingue même plus mon propre souffle. C'est comme si nous venions de franchir une barrière invisible, une barrière derrière laquelle tous les sons sont étouffés. Je jette un regard perplexe aux ex-Regs.

— Bon sang, qu'est-ce qui se passe ?

J'ai beau m'égosiller, aucun son ne sort de ma bouche. C'est à peine si mes deux gardes du corps marquent une pause d'ailleurs. Sans ralentir, ils communiquent entre eux grâce à une sorte de langue des signes militaire. Le plan des lieux me revient à l'esprit : un couloir en épingle à cheveux, puis un dernier tronçon qui débouche sur la salle circulaire. La cellule des glitchers. Je m'apprête à tourner à l'angle lorsque Cole me rattrape par le bras.

Il articule des paroles incompréhensibles. Eli jette un coup d'œil furtif au coin puis nous indique d'un geste que la voie est libre. Nous reprenons notre course. Devant moi, Eli et Cole me bouchent la vue tout en me protégeant du danger. J'ai l'impression que le couloir n'en finit pas ! Des faisceaux lumineux fusent par-dessus leurs têtes. On dirait qu'on est en train de se battre. J'essaie de me frayer un chemin entre les deux colosses, mais ils forment un bloc indivisible.

Jusqu'à ce que, finalement, ils soient projetés en arrière. Eli s'écroule sur moi en m'écrasant la cuisse. Mon crâne heurte le carrelage et une onde de lumière bleue nous absorbe. Le bâtiment s'ébranle. Les ex-Regs se remettent vite debout. Cole me tire par la main mais, en voulant m'appuyer sur mon pied gauche, je pousse un cri de douleur. Ma cheville me fait un mal de chien ! Au moins, ma combinaison a tenu le coup. Pas une seule déchirure. Je me sers du mur comme béquille.

Une fille nimbée d'une immense sphère bleue phosphorescente se tient sur le seuil de la salle – la fameuse cellule. Pas de doute, c'est une glitcher.

Derrière l'écran de lumière, j'aperçois entre autres Rand et City. Ouf, ils sont en vie !

La fille nous tourne le dos. Fait-elle partie des glitchers que nous sommes venus libérer ? S'est-elle jointe à notre camp ? À cet instant, City projette un éclair contre la bulle géante. La foudre rebondit contre le globe sans l'entamer. Loin d'être notre alliée, cette fille garde mes amis prisonniers à l'intérieur de la salle !

Cole et Eli déchargent leurs lasers sur le bouclier lumineux mais les faisceaux ricochent à sa surface. La fille pivote alors vers nous. En me voyant, elle semble me reconnaître et son visage s'illumine d'une étrange expression. D'un léger mouvement des bras, elle crée à l'intérieur de la bulle un champ magnétique qu'elle projette contre nous.

J'aimerais pouvoir stopper l'onde, mais mon pouvoir s'est calfeutré dans un mutisme absolu. Non seulement il ne me répond plus, mais je n'entends plus le bourdonnement dans ma tête. En bref, j'ai épuisé toutes mes ressources. Une seconde plus tard, la vague bleue nous frappe de plein fouet avant d'aller se dissoudre dans le mur derrière nous, qui se met à trembler.

Eli me recueille dans ses bras et se rue sur la fille, qui ne m'a pas quittée des yeux. Je tente désespérément de réunir un soupçon de télékinésie. Si seulement je pouvais la garrotter, lui briser une vertèbre, voire lui bloquer le cœur – n'importe quoi pourvu que je m'en débarrasse et libère mes amis avant l'arrivée des renforts, pire, de la Chancelière en personne !

Quand elle répète son attaque, une bouffée d'adrénaline me saisit. L'autre ex-Reg est projeté en arrière, mais Eli reçoit l'onde en pleine poitrine sans ciller et poursuit sa course. C'est ma télékinésie qui le protège ! Ça veut dire qu'elle fonctionne en partie. Voyant qu'elle nous a manqués, la fille décoche une troisième onde.

J'essaie de la figer mais mon pouvoir ne veut rien entendre. C'est à peine si j'arrive à visualiser la salle dans mon esprit, mon cube de projection mental s'affichant par intermittence. Affaiblie par le champ magnétique bleu, j'ignore combien de temps encore je vais pouvoir tenir. L'onde suivante déstabilise Eli, qui trébuche en arrière en me laissant tomber.

Subitement, la fille s'écroule par terre sous nos yeux. Je redresse le buste en toute hâte et parcourt les lieux du regard.

Tyryn ! Debout derrière elle, il brandit encore un pistolet tranquillisant. Il a dû attendre le moment propice pour presser la détente – la seconde où, ayant lâché une nouvelle onde d'énergie, elle s'est retrouvée le plus vulnérable. Concentrée qu'elle était sur moi, elle a négligé de surveiller ses arrières. Trois seringues sont plantées dans sa nuque.

Je me relève en serrant les dents. Ma cheville me fait souffrir et c'est en clopinant que je pénètre dans la vaste cellule. Nous sommes arrivés après la bataille. Rand, City et Tyryn sont sains et saufs. Quant à Wytt, il se relève lentement. La plaque en métal de son torse est en partie calcinée.

Le sol est couvert de cadavres baignant dans leur sang. Certains portent l'uniforme gris des soldats du Réseau. D'autres me sont inconnus, mais ce sont des adolescents, probablement des glitchers. L'air est saturé d'une épaisse fumée. Au plafond, des rangées de canons fondus, encore rougeoyants. Quelques gouttelettes d'acier en fusion sont éparpillées sur le sol. La signature de Rand ! Le mur de gauche, en partie déchiqueté par les rafales de lasers, révèle sa structure sous-jacente.

— Il faut partir !

Je hurle à pleins poumons, mais c'est peine perdue, ma voix ne produit aucun son. La fille au halo bleu ne contrôlait-elle pas le silence ? Maintenant qu'elle et ses amis glitchers sont tous neutralisés, le charme devrait pourtant être rompu. À moins que… Mon pouls s'accélère. D'après Ginni, nous aurions dû trouver dix glitchers dans cette salle. Or je n'en vois que trois à terre. Où sont passés les autres ?

Pendant que City et Rand aident un soldat à se lever, je ferme les yeux et tâche de me concentrer. Entre la fatigue et le silence qui assourdit le bourdonnement me servant d'habitude de repère, j'ai bien du mal à invoquer mon don. Lorsque la connexion s'établit enfin, l'ensemble de la salle se matérialise dans ma tête et je parviens à me projeter au-delà des murs.

Derrière une fausse cloison, je détecte des corps. Des silhouettes fluettes, recroquevillées dans de minuscules cellules, pas plus grandes que ma cachette au labo. Il y a fort à parier que ce sont les glitchers de la Chancelière !

J'hésite. La fille au champ magnétique bleu s'est sans doute ralliée à Bright de son plein gré. Or si ces glitchers-là représentaient aussi un danger, ne seraient-ils pas déjà passés à l'attaque ? Je m'arme de courage. Peut-être que nous pouvons remplir l'un des objectifs de la mission, afin que ça ne soit pas un échec total. Il faut au moins tenter le coup.

Adrien surgit de nulle part. Il nous intime de le suivre en gesticulant dans tous les sens. Tant mieux, ça veut dire qu'il a réussi à réparer le fourgon. Autrement, il ne serait pas revenu nous chercher.

Je brandis la paume pour lui faire signe de m'accorder quelques secondes. Mais, au lieu de m'écouter, il me tire par le bras. Je le force alors à me relâcher, bien que j'aie du mal à tenir debout avec ma cheville gauche en compote.

Autour de nous, c'est la débandade. Tout le monde se précipite vers la sortie, City et Rand soutenant un soldat ayant perdu connaissance, Cole

portant une jeune fille qui boîte dont je n'arrive pas à voir le visage. Je ferme les yeux et tente de me concentrer au milieu de ce chaos.

Eli me recueille dans ses bras. Sur ma peau, je sens la chaleur du métal, celui de son laser triple canon qui a récemment fait feu. Il m'emporte en dehors de la salle, à l'opposé de mon but. Inutile de gaspiller mon énergie en protestations. La salle réapparaît dans mon esprit. Profitant de cette brève connexion, j'arrache le mur derrière lequel se dissimulent les cellules des glitchers.

Eli franchit le seuil. Je rouvre les yeux. Dans les minuscules box, des adolescents se redressent lentement. Parmi eux, un garçon chétif qui fait un pas vers nous en me regardant. Je lui indique de nous suivre en agitant les bras, désespérée. Par chance, d'autres glitchers m'ont aperçue et nous rejoignent en courant. Dans le box du bout, un jeune homme blond est étendu à même le sol, inanimé, les jambes ligotées. Dans les bras d'Eli, ballottée de haut en bas, j'ai du mal à fixer mon regard. Je plisse les yeux.

Et mon cœur cesse de battre.

Cette crinière blonde ébouriffée, ce nez… Je les connais par cœur.

Max !

Je hurle son prénom, en vain. Les sons sont étouffés.

Eli continue sur sa lancée. Je me débats comme une forcenée et laboure son torse de coups de poings. Le molosse finit par s'arrêter pour me consulter du regard, le visage inexpressif.

Brusquement, une détonation retentit et le bâtiment se met à trembler. Derrière nous, le dôme de la salle circulaire s'effondre à moitié tandis que les murs volent en éclats. Dans le couloir, Eli et moi sommes projetés contre un mur latéral mais, je ne sais par quel miracle, il réussit à rester debout.

Le son est brusquement rétabli. Nous nous retrouvons pris au beau milieu d'une cacophonie de hurlements et de grincements. Au plafond, les poutres en acier sont en train de céder. Un nuage de poussière et de débris envahit l'air.

Abasourdie, je cligne des yeux. Je ne comprends rien à ce qui nous arrive. Un sifflement me transperce les tympans comme un larsen. Une jeune glitcher gît par terre, près de moi, le corps ensanglanté.

— J'ai vu Max ! Je dois retourner le chercher !

Je jette un regard par-dessus l'épaule d'Eli. La plupart des box ont été détruits dans l'explosion. Le glitcher responsable du silence figure sans doute parmi les victimes de l'écroulement.

Et Max ? Où est Max ? J'essuie ma visière et j'ai tout juste le temps de l'apercevoir, étendu dans son coin, avant qu'Adrien ne s'interpose.

— Emmène-la à l'abri !

Aussitôt, Eli me soulève et se remet à courir. Il abandonne Max derrière nous ! Je pousse un cri perçant.

— Non !

— Ne la lâche pas ! lui ordonne Adrien. Les consignes du Général sont claires : il faut la mettre en sûreté. Ramène-la au fourgon, sans perdre un instant !

Eli obéit sans broncher, les mains serrées autour de ma taille comme un étau. Une poignée de glitchers nous suivent.

— Ne l'écoute pas ! Repose-moi tout de suite ! Il faut que j'y retourne !

Brusquement, l'un des murs du couloir se déforme avec un couinement, auquel succèdent des crissements menaçants. Le bâtiment entier est en train de s'affaisser.

À son tour, le plafond se fissure et les éboulis menacent de nous engloutir. Je laisse échapper un cri strident, le bras levé. Un énorme fragment de béton se suspend alors à moins d'un mètre de nous, figé dans les airs par la force de mon esprit.

Les murs s'effritent et les panneaux de plâtre se détachent un à un. Le couloir censé nous conduire jusqu'à la sortie ploie sous la pression. Les murs se lézardent au fil de nos pas. Le reste du plafond ne va pas tarder à céder… Je tente de l'étayer à l'aide de mon pouvoir. Cette opération nécessite toute mon attention. Entre-temps, Max est prisonnier des décombres, à l'autre bout du couloir.

Non ! Cette scène me paraît trop familière ! Je n'arrive pas à croire qu'elle se produise une nouvelle fois ! Un ex-Reg m'emportant dans ses bras et Max qui reste derrière. Ce coup-ci, il faut que je le sauve, coûte que coûte. Il est dans notre camp aujourd'hui ! Autrement, cette espèce de monstre de Bright ne l'aurait pas ligoté et laissé croupir dans une cage !

Je détourne mes forces vers lui.

À cet instant, le plafond s'écroule entièrement derrière nous. Je n'ai plus assez d'énergie pour soutenir la structure du bâtiment. Le glitcher qui nous suivait est écrabouillé sous mes yeux.

Un mélange de colère et de chagrin me submerge et je hurle ma douleur. Puisant au plus profond de mon être, j'invoque ma toute dernière goutte de pouvoir afin de nous dégager la voie. Alors, mon rêve me revient – celui où j'explose en un million de particules bleues. Cet ultime effort risque de me briser, mais je m'en fiche. Il faut que je tienne encore un peu. Juste un peu.

Une poignée de secondes plus tard, nous sommes enfin à l'air libre. La nuit nous enveloppe. Mon pouvoir se volatilise aussi sec. Épuisée, je laisse ma tête retomber contre l'épaule d'Eli. Derrière nous, le bâtiment tremble affreusement avant de s'écrouler dans un fracas assourdissant. L'effondrement engendre un nuage de poussière apocalyptique.

La mission est un échec cuisant. Anéantie, je me tourne vers Adrien. Il a l'air bouleversé mais, dans ses yeux, je ne lis pas le traumatisme pourtant si visible sur les visages ensanglantés du reste de notre équipe. Une douleur indicible me transperce.

— Tu savais ce qui allait arriver ?

Il détourne le regard.

— TU SAVAIS ?

Ma voix s'éteint et tout se met à tourner autour de moi. Juste avant de m'évanouir, je parviens à murmurer un nom que personne d'autre que moi n'entend : « Max… »

17.

Je passe toute une semaine au lit. Jilia a guéri ma méchante entorse à la cheville, mais j'ai tellement sollicité mon pouvoir que mon corps en subit le contrecoup. Je suis si fatiguée que j'ai à peine la force de lever la tête. C'est Ginni qui m'aide à aller aux toilettes et m'apporte mes repas au lit trois fois par jour.

Je reste connectée au Lien le plus clair de mon temps, de peur qu'un flot d'émotions ne ressurgisse à la seconde où je me déconnecterais. Même si je doute d'avoir suffisamment d'énergie pour causer le moindre dommage, en l'état actuel des choses.

Au bout de quelques jours, j'ose enfin rompre la connexion pendant une poignée d'heures. Alors, je me rends compte que je suis presque aussi engourdie sans le Lien. Seule dans la chambre, je fixe longuement mes dessins au mur. Max me dévisage d'un air accusateur. Moi qui m'étais juré de ne plus jamais laisser tomber les gens que j'aime. Quoi qu'il m'en coûte.

J'ai échoué… Nous nous sommes tous plantés en beauté. Ginni m'a raconté qu'après sa guérison le Général était si furieuse qu'elle a failli mettre la clinique à sac. Les yeux fermés, je me repasse le film du drame en boucle des heures durant. L'explosion. Le sol s'ébranlant sous nos pieds, le plafond s'écroulant sur nos têtes. Je revois Max étendu par terre, ligoté. Puis les gravats l'ensevelissent – et plus rien.

J'y repense encore et encore. C'est un vrai supplice. J'imagine à chaque fois comment j'aurais pu éviter la catastrophe. Je ne me reconnecte pas au Lien avant la nuit afin de ressentir la douleur. C'est tout ce que je mérite.

Le sixième jour, Adrien tire mon rideau et s'assied sur ma couchette.

Je détourne la tête et enfouit mon visage dans l'oreiller. Je sais que je ne devrais pas lui reprocher notre échec. Ses visions ne sont que des images en vrac, les images entrecoupées d'un avenir qu'il n'a jamais pu changer jusque-là. Pourtant, je ne peux pas m'empêcher de lui en vouloir. Il aurait dû nous prévenir du danger. Ça nous aurait évité tout ce gâchis.

Il pose les mains sur mes épaules.

— Jilia pense que tu devrais essayer de te lever aujourd'hui.

Je ferme les paupières.

Il me lâche en dodelinant de la tête, dépité.

— Nous avons fait tout ce qui était en notre pouvoir. Je sais que tu aimerais sauver tout le monde, mais la vie, c'est comme ça. On n'y peut rien.

Une pointe de colère m'anime et je me redresse brusquement.

— Comment tu peux dire ça ? Max n'était pas n'importe qui. C'était mon ami. Je l'aimais, à ma façon.

Prise d'un léger tournis, j'appuie la tête dans mes paumes avant de poursuivre.

— S'il est resté avec Bright, c'est seulement parce que l'idée de me suivre lui était insupportable. J'étais persuadée qu'un jour, nous aurions l'occasion de repartir sur de nouvelles bases…

— Ce que tu ressens, ça s'appelle de la culpabilité, lâche Adrien de but en blanc. Pas de l'amour.

Je le dévisage, bouche bée.

— Pourquoi tu es aussi cruel ?

Il se penche sur moi, le visage assombri.

— Parce que ça ne sert à rien d'être triste. C'est la colère qui te donnera la force de continuer. La colère qui t'aidera à quitter ton lit.

Même si ses paroles me surprennent, il n'a pas tort. C'est la première fois en une semaine que je suis assise et non allongée. Et curieusement, je ne me sens pas trop fatiguée. J'entends un léger grésillement dans mon oreille, plus faible qu'à l'accoutumée, certes, mais c'est le signe que mon pouvoir est revenu.

— Tu as raison. Si c'est de colère dont j'ai besoin, eh bien sache que j'en ai à revendre ! Je suis furieuse contre moi-même. Et même si c'est injuste, je le suis également contre toi.

Adrien baisse la tête.

— Crois-moi, je m'en veux déjà suffisamment. Toute cette opération n'était qu'un traquenard. La Chancelière était au courant de notre venue. Et qui lui a vendu la mèche, à ton avis ?

Je me contente de le fixer, perplexe.

— Moi. C'est moi qui le lui ai dit.

Je laisse échapper un petit cri de surprise.

— Je n'ai pas eu de vision de la mission, et ça m'a paru louche, rétrospectivement. Car d'habitude, quand une catastrophe de cette envergure se produit, mes visions m'en informent longtemps à l'avance. Pourtant, je n'ai rien vu venir. Maintenant, je sais pourquoi.

Il me considère d'un regard chagriné et les paroles jaillissent à flots :

— En réalité, ces visions, je les ai eues il y a très longtemps. Avant que nous nous enfuyions de la Communauté, quand la Chancelière m'a soutiré des informations. Elle m'a forcé à les lui raconter avant d'en effacer le souvenir de ma mémoire. En bref, elle était au courant de notre attaque depuis des lustres. Le pire, c'est que j'ai dû lui fournir toutes les données pour nous tendre le piège. Si nous sommes encore en vie, c'est parce que les explosifs ne se sont pas déclenchés dans la seconde partie du bâtiment.

Ça y est, j'ai enfin la réponse à ma question, celle qui a dû hanter mes nuits depuis : Adrien *ne savait pas* que l'opération serait un désastre. Il n'a pas pu prévoir ce qui est arrivé.

Néanmoins, il se sent coupable. Et moi, j'ai enfoncé le clou en le tenant à l'écart. L'expression de son visage me déchire le cœur.

— Je suis désolée. J'ai été vraiment stupide ! (Je recueille son visage dans mes mains et appuie mon front contre le sien.) Ce n'est pas ta faute ! Jamais je n'aurais dû t'accuser.

Je dépose un baiser sur ses lèvres, mais elles restent rigides. Il s'écarte.

— C'est l'heure d'aller à l'entraînement… Tu viens en cours aujourd'hui ? Essaie au moins de nous rejoindre pour la pause-déjeuner. Tout le monde a hâte de te revoir.

La gorge nouée, j'acquiesce lentement de la tête. Il s'est montré si distant, subitement. Je ne pense pas qu'il m'ait encore pardonné ma récente attitude. Et comment lui en vouloir ? Moi qui l'ai accusé à tort sans même lui laisser l'occasion de se justifier… Je ne mérite pas son pardon. En revanche, il a raison : je dois absolument me secouer les puces. Sortir de mon lit. Aller de l'avant, d'une manière ou d'une autre, en dépit de tout ce qui s'est passé.

À mon arrivée à la cantine, les conversations cessent et toutes les têtes se tournent vers moi. Certains soldats affichent un visage dur. D'autres m'observent avec des yeux ronds. Sont-ils impressionnés ou déçus ? Nous avons perdu quatre agents et un ex-Reg au cours de l'opération, sans compter les glitchers de la Chancelière. Ne suis-je pas censée sauver des vies ? Un soldat repose sa cuiller et me fusille du regard au moment où je passe devant sa table. Ils sont déçus.

Tête basse, je me dirige vers la file d'attente du self-service. Bien que mes jambes soient encore un peu raides, mon corps fonctionne bien. J'essaie de faire comme si de rien n'était, malgré toutes les paires d'yeux braquées sur moi, occupées à décortiquer mes moindres gestes. Je me sers une louche de bouillie et vais m'asseoir entre Adrien et Xona. Rand se trémousse sur son siège.

— … les canons se sont orientés vers nous, et *boum* ! Je leur ai montré de quel bois Rand se chauffe ! Ils n'ont même pas eu le temps de s'enclencher.

Face à lui, Xona se masse les tempes.

— Bordel, ça fait une semaine ! Tu n'en as pas marre de nous rabâcher tout le temps la même histoire ?

J'en profite pour intervenir.

— Attends. Moi, j'aimerais bien l'entendre, cette histoire. Je ne sais toujours pas ce qui vous est arrivé pendant que nous étions au sous-sol.

Rand affiche un sourire d'une oreille à l'autre en se renversant dans sa chaise.

— On approche de la salle au bout du couloir quand, tout à coup, plus un son ! Personne n'entend plus rien. Et là, je vois les canons nous ajuster.

Il lève les bras d'un geste théâtral comme s'il rejouait la scène.

— D'accord, je me suis entraîné à fondre les métaux à quelques centimètres de distance. Mais ces canons-là étaient à plus de trois mètres de haut ! En même temps, je savais que si je ne les neutralisais pas, nous allions tous mourir.

À la table voisine, City pivote vers Rand pour le remettre à sa place.

— Ben voyons ! Si tu n'avais pas été là, j'aurais cramé ces fichus lasers les doigts dans le nez.

Rand balaie ses paroles d'un geste dédaigneux.

— Ce n'est pas franchement l'impression que tu m'as donnée.

Elle se met debout, les mains sur les hanches.

— Peut-être parce que j'étais déjà occupée à régler leur compte aux autres attaquants. D'ailleurs, je ne me rappelle pas t'avoir vu lever le petit doigt pour les repousser.

— Combien étaient-ils ? dis-je.

— Il y en a cinq qui ont déboulé par la porte, répond City en s'installant à notre table. Peut-être des glitchers, je n'en sais rien. Certains d'entre eux étaient armés. Ils ont réussi à tirer quelques coups avant que je les neutralise. Et s'ils ont pu, c'est seulement parce qu'il y avait ce glitcher qui inflige la douleur.

Rand acquiesce, la mine presque grave.

— J'avais l'impression qu'on m'enfonçait une pointe dans la cervelle. Toute notre équipe était à terre. J'avais beau hurler, je n'entendais même pas ma propre voix à cause du champ de silence.

— Et ensuite, qu'est-ce qui s'est passé ?

Un sourire satisfait aux lèvres, City remue l'index.

— Je l'ai électrocuté.

— Tu l'as tué ? s'étrangle Ginni, la bouche pleine.

— Bah oui ! Il était quand même en train de nous torturer !

— En tout cas, c'est dommage, fait remarquer Rand. Le Général le voulait vivant. Heureusement qu'on a mis la main sur la fille à la sphère bleue. Le pouvoir de City, c'est de la gnognote à côté du sien…

— Je n'arrive pas à croire que vous l'ayez ramenée ici, lance City, dégoûtée.

— Tu l'as mauvaise parce que tu n'as pas réussi à la dégommer, rétorque Rand.

— Peut-être qu'une nouvelle occasion se présentera bientôt, fulmine City. Quoi qu'il en soit, il n'y a pas moyen qu'elle partage ma chambre !

Je m'étonne :

— Cette fille est ici ?

— Ne me regarde pas comme ça, réplique Rand. On l'a seulement ramenée parce qu'Adrien a eu une vision. Apparemment, il fallait la sauver à tout prix.

Je glisse un regard vers Adrien. Ses yeux sont grands ouverts.

— Tu leur as raconté tes visions ? dis-je avec un pincement au cœur.

Après son petit laïus sur les dangers des prophéties !

— Nan, c'est le Général Taylor qui a craché le morceau, précise Rand. City lui reprochait d'avoir ramené la fille. Alors Taylor a pris ses grands airs. (Il raidit le dos, imitant le Général.) « C'était l'un des objectifs de notre opération. » City a dû se résigner.

Je me tourne vers Adrien.

— C'est vrai ?

Je savais qu'il avait raconté certaines visions à Taylor, mais j'avais cru qu'il avait cessé après l'arrivée des blessés à la Fondation.

Il se contente de hausser les épaules, mal à l'aise.

— Je n'ai pas franchement envie d'en parler.

— Et maintenant, elle est où ? demande Rand d'un ton nonchalant. Elle est plutôt mignonne dans son genre.

— Sérieux ? s'exclame City. T'es vraiment obligé de te taper toutes les nanas de la base, y compris nos ennemies jurées ?

Pour toute réponse, Rand lui décoche un sourire provocateur.

— Tout d'abord, elle a un prénom, fait Ginni. Elle s'appelle Saminsa. Et pour l'instant, on la garde en observation à la clinique. Doc l'a mise sous sédatif le temps de bien lui faire entrer dans le crâne que c'est la Chancelière la méchante et nous les gentils...

— Et elle a fini par comprendre ? poursuis-je, incrédule.

— Oui. Une fois que Doc lui a démontré que l'explosion a été provoquée par des bombes disposées à l'intérieur du bâtiment. Autrement dit, la Chancelière était prête à sacrifier ses propres recrues pour liquider Zoe.

— Moi ?

— Oui, toi, poursuit Ginni. La Chancelière leur a ordonné de cliquer sur leur interface s'ils t'apercevaient. Ce qu'ils ignoraient, c'est que ça déclencherait une bombe...

— C'est atroce, soufflé-je dans un murmure. La Chancelière est vraiment prête à tout pour se débarrasser de moi.

Le cœur au bord des lèvres, je repousse mon bol. Finalement, je mérite peut-être les regards assassins qu'on me lance. Je suis une cible ambulante, dangereuse pour mes proches.

— Lorsque Saminsa a pris conscience de la monstruosité de la chose, elle s'est emmurée dans le silence, reprend Ginni. Elle n'a pas prononcé un seul mot depuis. En revanche, elle n'a tenté de tuer personne, ce qui est plutôt bon signe.

City se penche en avant.

— Bon signe ? Tu n'as pas vu de quoi elle est capable. Sa première vague d'énergie a débité les agents du Réseau en tranches.

Cette image me fait grimacer. J'ai beau avoir aperçu les cadavres par terre, je ne les ai pas regardés de trop près. Eli et moi aurions pu subir le même sort si Tyryn n'avait pas anesthésié la fille à temps.

— Ce n'est pas sa faute.

J'ai l'impression de passer mon temps à répéter cette phrase, en ce moment. C'est pourtant vrai. Nous sommes tous des marionnettes dans cette histoire.

— La Chancelière n'était pas là, rétorque City. La fille nous a attaqués de son plein gré. Imaginez qu'elle attende juste le moment propice pour recommencer ?

Je ne suis pas d'accord.

— La Chancelière l'a enlevée à la Communauté, à sa propre famille et lui a fourré tout un tas de mensonges dans le crâne. À sa connaissance, nous étions les ennemis. Nous aurions fait pareil à sa place.

Ginni pose sa main sur la mienne, compatissante.

— On raconte que ton ami s'est retrouvé coincé dans le bâtiment au moment de l'effondrement. Je suis vraiment désolée. Ça n'a pas dû être facile.

Ma gorge se serre. Je ne suis pas encore prête à parler de Max. Je lui adresse tout de même un sourire reconnaissant pour lui montrer que ses paroles ne me laissent pas insensible.

— En tout cas, il vaut mieux qu'elle évite de croiser mon chemin. Sinon, ça risque de faire des étincelles, déclare City.

— Elle peut partager notre chambre, propose Xona. Je sens qu'elle va me plaire si elle te file la trouille.

— Elle ne me file pas la trouille ! rétorque City en se dressant comme une furie.

— Mais oui, c'est ça.

— C'est la pouilleuse qui me dit ça ? Et tu étais où pendant la mission ? Ah, oui, j'oubliais : on ne t'avait pas autorisée à nous suivre !

À son tour, Xona se lève d'un bond. Ginni appuie la main sur son bras pour l'apaiser. Xona fusille City d'un regard meurtrier pendant un instant. Après quoi elle se rassied sans un mot. Je suis étonnée. Avant, elle aurait sauté sur l'occasion pour se battre. Une fois encore, je remarque que le comportement de Xona s'est nettement amélioré.

Je hasarde une autre question, histoire de changer de sujet.

— Et les autres glitchers qu'on a ramenés ?

— Une fille et deux garçons, répond Ginni. La fille est un détecteur de mensonges humain. Génial, hein ? Quant aux garçons, ce sont des jumeaux. Ils sont télépathes, mais juste entre eux.

— Il n'y en a pas un qui nous soit utile, fait remarquer City. Ce qu'il nous faut, ce sont des glitchers offensifs. Le Général a fait la tronche.

— Tu es injuste, objecte Ginni. Ils nous ont fourni de précieux renseignements sur les autres glitchers de la Chancelière, des glitchers trop précieux pour être sacrifiés. Apparemment, il y a un rouquin capable de te provoquer des hallucinations chez les gens. Il s'amuse à terroriser les autres. Les jumeaux tremblent de peur en parlant de lui. Rien qu'à les entendre, j'en avais la chair de poule. Je déteste ces dons qui permettent aux gens de s'immiscer dans ta tête.

— La Chancelière accumule les pouvoirs, fait remarquer Xona, la mine sombre. Elle va continuer de rassembler un maximum de glitchers avant de passer à l'attaque.

Pendant un moment, ses paroles pèsent sur nos têtes comme une épée de Damoclès.

— Qu'est-ce qu'on fait maintenant ? repris-je. Le Général n'a pas réussi à mettre la main sur l'objet dont elle a tant besoin.

— Je ne crois pas que le Général elle-même sache comment riposter, réplique Xona, maussade. En une semaine, dix cellules du Réseau ont été démantelées. Nos agents doubles tombent comme des mouches. Seule la Fondation est à l'abri.

— J'ai entendu dire que le sous-niveau abrite un tas de soldats rescapés, enchérit Ginni.

— Seulement des soldats ? Et les civils dans tout ça ?

— Le Général accepte seulement d'accueillir les militaires pour éviter que nos ressources s'écoulent trop rapidement. Elle a déjà peur que nos transports de marchandises soient repérés en l'état actuel des choses. On raconte également qu'elle a un plan. (Ginni baisse la voix.) Un truc énorme.

Je me penche à mon tour.

— Quoi ?

— Je n'en connais pas les détails. Mais je l'ai surprise à se disputer avec le Professeur. Elle parlait de changer le monde…

— Changer le monde ?

Ces mots ont piqué l'intérêt d'Adrien, qui se joint à notre conversation.

— Qu'est-ce que ça signifie ?

Ginni hausse les épaules, perplexe.

— C'est tout ce qu'elle a dit – que même si ce devait être sa dernière action sur cette planète, elle allait changer la face du monde.

18.

— Les filles, je vous présente Saminsa.

Jilia pénètre dans notre chambre suivie d'une petite créature frêle avec un carré châtain et un visage en cœur.

— Bonjour ! s'exclame Ginni en s'élançant vers elle, les bras grands ouverts.

La fille se réfugie derrière Jilia.

— Tu lui fiches la trouille, lui reproche Xona en sautant de son lit superposé.

— Mince, fait Ginni qui s'arrête net en s'efforçant de réfréner son enthousiasme. Désolée ! C'est juste que je suis absolument ravie de faire ta connaissance. Regarde, il y a une couchette de libre au-dessus de la mienne. Au fait, voici Xona et Zoe, ajoute-t-elle en nous désignant. Oh, quelle idiote je suis… Tu connais déjà Zoe, je suppose.

Ce disant, Ginni pique un fard. J'imagine qu'elle vient de comprendre en quelles circonstances Saminsa et moi nous sommes rencontrées. Elle conclut les présentations en bafouillant.

— Mais… je veux dire… eh bien, maintenant c'est officiel !

Saminsa nous jauge avec méfiance. On croirait un animal pris au piège, prêt à bondir.

— Tout va bien, la rassure Doc. Tu es en sécurité ici, tu as ma parole. Personne ne te forcera plus à faire quoi que ce soit.

Sans prononcer un mot, la jeune fille risque un regard vers Jilia. Les lèvres scellées, elle nous dévisage lentement. Xona, Ginni, et puis moi. Avec mille précautions, elle s'approche des lits, tire le matelas de la couchette du dessus et va le placer près de la porte.

— Qu'est-ce qu'elle fabrique ? murmure Ginni, le front plissé.

— Elle est en territoire inconnu. Du coup, elle choisit l'endroit le plus stratégique, réplique Xona avec une étincelle approbatrice dans les yeux. À sa place, je ferais pareil. Ça ne me dirait rien d'être coincée dans une case en hauteur en territoire ennemi.

— Mais nous ne sommes pas ses ennemies ! s'écrie Ginni.

— Les filles ! dis-je dans un sifflement. Arrêtez de parler d'elle comme si elle n'était pas là !

Dos au mur, semblable à une bête sauvage acculée, elle nous toise l'une après l'autre.

— Suis-moi, fait Jilia. Je vais te montrer la salle de bains.

Je me remets à dessiner mais je n'arrive pas à chasser Saminsa de mon esprit. J'espère seulement qu'avec le temps elle apprendra à nous faire confiance. Je pose les yeux sur ma feuille de papier. Le Professeur m'a procuré des crayons de couleur et j'essaie à présent de jouer avec les nuances.

À côté de moi, Ginni a le nez plongé dans son ouvrage de couture. Et Xona quitte la pièce après avoir enfilé ses vêtements de sport. J'ai l'impression qu'elle passe son temps à s'entraîner, dernièrement. À mon avis, elle n'a pas encore digéré le fait qu'on l'ait exclue de la mission, et elle est fermement résolue à prouver à son frère qu'elle est au niveau des autres soldats du Réseau.

Mon dessin ne donne rien. Les lignes que je trace ne correspondent pas à l'image qui s'affiche dans ma tête. Je pose le crayon violet et fixe la porte par laquelle Saminsa vient de disparaître. Parviendra-t-elle à dormir cette nuit, ou préférera-t-elle monter la garde ?

Comme à son habitude, Ginni se met à papoter.

— On raconte que Tyryn sort avec une nouvelle recrue du Réseau. Une fille aux cheveux châtains avec des reflets auburn, lisses et soyeux. Je donnerais tout pour avoir les mêmes !

Elle tire sur ses boucles indisciplinées en poussant un long soupir dépité.

Je lève la tête.

— Comment ça se fait que tu sois sans cesse au courant de tout ?

— Oh, tu sais, j'ai les oreilles qui traînent...

Ginni détourne aussitôt le regard. Je fronce les sourcils avec suspicion.

— Tu ne me dis pas tout. Tu es toujours au courant des derniers scoops.

Hésitante, elle se mordille la lèvre.

— Si je te confie un secret, tu me jures de ne pas me détester ?

J'éclate de rire.

— C'est promis.

Elle contemple son ouvrage.

— Avant, j'étais Sentinelle.

J'en reste bouche bée.

— Quoi ?

— Les Officiels de mon Académie ont découvert que je glitchais à cause des incidents à répétition enregistrés dans mes paramètres. Ils m'ont alors proposé de me protéger à condition que j'espionne les autres étudiants. Et j'ai accepté.

Elle triture son tissu tout en poursuivant son récit.

Je la dévisage avec horreur. Les Sentinelles sont entraînées à l'espionnage avant d'être infiltrées dans la population. Capables de détecter le moindre dysfonctionnement de la puce A-V, ce sont elles qui dénoncent les sujets déviants. Ceux-ci sont ensuite reprogrammés, voire pire, désactivés. Un frisson me parcourt la colonne. Que Ginni ait été Sentinelle, je n'arrive pas à le croire ! Elle est trop douce, trop charitable.

— Vers la fin, ils m'ont demandé de traquer les Supérieurs de passage dans notre Académie. J'étais particulièrement douée en raison de mon pouvoir. Je savais quand une personne se trouvait là où elle n'était pas censée être. J'en profitais pour épier les conversations avant d'aller faire un rapport à mes chefs.

— Et tu as… accepté cette mission sans broncher ? Tu les as laissés capturer des glitchers, des glitchers comme nous ?

Ginni ferme les yeux un instant et je regrette aussitôt mon ton accusateur.

— Lorsque tu deviens Sentinelle, on t'implante de nouveaux dispositifs dans le cerveau. Même si je glitchais, je n'ai rien pu faire contre les ajouts électroniques.

— Oh, Ginni, je suis vraiment désolée. Je l'ignorais.

Je couvre sa main de la mienne. Une fois encore, j'ai accusé quelqu'un sans savoir.

Elle se compose un sourire résigné.

— Pas besoin de t'excuser. C'est moi qui suis navrée. Quand le Réseau m'a secourue, on a essayé de m'ôter les ajouts, sans succès. Je suis toujours encline à espionner les gens ; j'ai le besoin irrépressible de connaître leurs secrets. D'après le Professeur, je peux essayer de lutter contre, tout du moins de garder les infos pour moi. Mais j'ai beaucoup de mal.

Je lui presse la main tout en pointant le port USB à la base de ma nuque.

— Nous portons tous des marques de la Communauté et des blessures qu'elle nous a infligées.

Peu après le retour de Xona et de Saminsa, je me glisse sous la couette. Je tire le lourd rideau devant ma couchette et prononce le code de connexion au Lien, me préparant à entendre les sons apaisants de la Phase de Détente Préprogrammée.

Mais à mesure que le Lien absorbe mes pensées et paralyse mes sens, je me rends compte que je me suis connectée pile à l'heure du Bulletin.

Le nombre de cas de déviance continue d'augmenter. Les familles des sujets au comportement déviant doivent être soumises à des tests supplémentaires.

Des images du Chancelier Suprême du Secteur Six défilent dans mon champ de vision. Un petit homme aux cheveux poivre et sel. Debout sur une estrade, il s'exprime sur la situation : *Nous sommes la Sublime Lignée pour une raison précise. Nous avons éradiqué les passions destructrices qui animaient nos ancêtres. La moindre activité déviante représente une menace à la paix et à la productivité de notre société.*

On enchaîne sur une autre vidéo. Une fille hurle et se débat dans un réfectoire. Deux Régulateurs la plaquent par terre et l'immobilisent sous le regard passif d'étudiants au visage dénué de toute émotion. La fille a l'air très jeune, je lui donne environ quatorze ans. Des mèches blondes s'échappent de sa barrette et elle pousse un cri strident à l'instant où le Régulateur lui plante une seringue dans le cou. Une poignée de secondes plus tard, son corps se relâche complètement.

La régression au stade animal de certains sujets déviants continue de poser problème. Le traitement s'avère toutefois rapide et efficace. Il est donc primordial que chacun reste vigilant ! Ensemble, protégeons la Sublime Lignée de cette menace croissante. Une anomalie observée, c'est une anomalie dénoncée. Discipline d'abord, discipline toujours.

S'ensuit un communiqué sur des accords commerciaux récemment passés avec le Secteur Cinq, mais les traits déformés par la douleur de la fille se sont imprimés dans ma tête.

Je me déconnecte du Lien.

Elle a l'air si jeune ! Une peur soudaine me traverse : mon frère Markan a quatorze ans désormais, lui aussi. Je pensais avoir encore quelques années avant de redouter qu'il ne glitche à son tour et ne se fasse prendre.

Mais ce dernier Bulletin m'indique que le temps presse. Il faut que je sorte mon frère de là avant qu'il ne soit trop tard. Les familles des sujets déviants subissent des tests. Autrement dit… J'ai un haut-le-cœur. Bright va soumettre mon frère à un diagnostic, naturellement. Après tout, ne suis-je pas la glitcher la plus connue ? Quelle sotte j'ai été de croire que Markan serait plus en sécurité après mon départ !

J'ouvre violemment le rideau.

— Taylor n'est pas encore repartie, n'est-ce pas ?

Xona, qui est en train d'astiquer une arme, lève la tête.

— Non, pourquoi ?

— Merci.

Je saute de mon lit et enfile mes chaussons. J'ai déjà perdu Max. Il est encore temps de sauver Markan et quelques autres.

En chemin, je ne cesse de penser à mon petit frère, à l'époque où je m'approchais de sa zone personnelle à pas feutrés la nuit venue, pour le regarder dormir. Il y a des mois de cela. Il a dû changer depuis. Je me demande si ses joues de poupon se sont affinées et s'il a beaucoup grandi.

La porte du bureau est entrebâillée, laissant filtrer des voix.

— L'armature est quasiment achevée, mais à quoi bon avoir la carcasse si on n'a rien à mettre dedans !

— Vous croyez que je ne le sais pas, Henk ? aboie Taylor.

— Je me suis fait griller en train de monter cet engin pour vous. Vous m'avez promis qu'on pourrait les anéantir pour de bon. J'ai quand même risqué mon statut !

— Votre statut ? Ah oui, j'oubliais que les agents doubles avaient droit au caviar et au champagne.

— Vous savez très bien que je me fiche de ça, rétorque Henk en haussant le ton. Je veux faire mordre la poussière à ces enfoirés, tout comme vous.

Je m'approche afin de ne pas perdre une miette de la conversation. Henk n'a plus rien du farceur que j'ai rencontré la dernière fois.

— Trouvez-moi une autre possibilité.

— Et comment suis-je censé faire maintenant que je suis sur leur liste noire ? C'est à vous de jouer, Taylor. J'ai rempli ma part du marché. J'ai conçu l'engin et vous ai livré le prototype. Vous m'aviez dit que vous vous occuperiez du reste.

— Malheureusement, la Chancelière Bright nous devance à chaque fois, répond Taylor en laissant entendre un accent de dégoût. Il ne nous reste plus qu'à trouver une solution de rechange. Faites votre travail et laissez-moi faire le mien.

— Vous n'avez pas entendu ce que je viens de vous dire ? J'ai besoin d'avoir accès à du matériel, à des machines, à des ressources. Et tout ça s'est envolé !

— Débrouillez-vous ! Vous avez des clients en dehors de la Communauté. Vous exportiez vos produits au niveau mondial. Vous n'avez qu'à vous tourner vers eux.

— Vous voulez que j'y laisse ma peau, c'est ça ? Pour votre projet top secret, vous n'hésiteriez pas à m'envoyer au casse-pipe. Laissons donc Henk négocier des marchés avec des Supérieurs véreux et se faire trancher la gorge !

— Je donnerais volontiers ma vie pour servir notre cause. Demain s'il le fallait, riposte Taylor. Un sacrifice que n'importe lequel d'entre nous devrait être prêt à accepter, sans concession.

— Si notre mort peut servir la cause, je veux bien. Autrement, c'est du suicide pur et dur.

— Je ne vous demande pas de le voler…

— Il faut bien le trouver quelque part, non ? Or aux dernières nouvelles, le Réseau est loin de posséder les ressources nécessaires à l'achat de…

— Taisez-vous ! lui ordonne Taylor. Enfin ! Vous n'êtes même pas capable de fermer une porte ! Pas étonnant que vous vous soyez fait prendre la main dans le sac en quittant l'usine avec le prototype !

Des bruits de pas se rapprochent et la porte coulisse brusquement. Je n'ai pas eu le temps d'entendre la réponse de Henk.

Mon cœur s'emballe. Je fais quelques pas en arrière. De quoi parlent-ils ? Pas question de rebrousser chemin maintenant. Je suis venue jusqu'ici dans un but précis, et j'ai la ferme intention de m'y tenir.

Je patiente un moment de manière à ne pas éveiller les soupçons, puis je frappe à la porte chromée qui finit par s'ouvrir. Henk est en train de dévisager le Général, les traits contractés par la colère. Quant à elle, elle fait exprès de l'ignorer en consultant son écran.

— Navrée de vous interrompre.

— J'étais sur le point de partir de toute façon.

Sur ces mots, Henk attrape sa veste et sort à grands pas.

Curieuse, je parcours la salle du regard. Les murs sont entièrement recouverts de cartes. À l'exception d'un panneau où est fixé un écran géant sur lequel s'affichent de multiples notes numériques. Noyée sous ce fatras, la pièce ressemble à un repaire. Je suis surprise de découvrir autant de papier, moi qui suis habituée à ce que tout soit électronique. Rares sont ceux qui utilisent encore ce moyen ancestral de prendre des notes, de nos jours. À ma connaissance, je suis la seule, avec ma manie de dessiner.

— Qu'est-ce que tu veux ? me demande le Général sans lever la tête.

Nerveuse, je ne me laisse pourtant pas démonter.

— J'aimerais m'entretenir d'un sujet avec vous…
Elle finit par me regarder, les yeux plissés.
— Quoi donc ?
— Le Bulletin de la Communauté m'a appris que le phénomène du glitch se produit de plus en plus tôt chez les jeunes.
Le Général hoche la tête, impassible. Évidemment, elle est déjà au courant.
— Ce qui veut dire que la Chancelière en recrute davantage chaque jour. Elle est en train de créer une véritable armée. Or nous n'en avons sauvés que quelques-uns lors de notre mission.
J'hésite à poursuivre. Taylor me regarde, le visage dénué d'expression, le silence pour toute réponse.
— Autre chose ?
— On commence à raconter que le glitch est parfois héréditaire. Je voudrais mettre en place une opération d'extraction pour secourir mon frère et les familles des autres glitchers. Il faut que nous les sortions de là avant que la Chancelière ne les attrape.
Taylor m'adresse un long regard glacial avant de prendre une grande inspiration.
— Ma parole, tu es sérieuse !? Écoute-moi bien, Zoe. Bright fait surveiller l'unité-logement de ta famille jour et nuit car elle pense que tu es assez stupide pour te lancer dans une entreprise aussi risquée. D'ailleurs, toutes les familles des glitchers que nous avons sauvés sont sûrement soumises au même régime. En dépit de tous les bruits qui courent à ton

sujet, tu n'es pas encore le chef ici, et cette armée ne t'appartient pas. Si tu penses qu'une réunion de famille vaut la peine de risquer la vie de nos soldats, il te reste encore beaucoup à apprendre. Tu n'as pas encore l'envergure d'un leader.

— Mais… Markan est peut-être en danger ! Il faut tenter quelque chose ! Peut-être qu'il a commencé à glitcher…

— Ça fait beaucoup de peut-être, tu ne trouves pas ? Et sache que nous avons tous une famille.

Elle reporte son attention sur l'écran.

— C'est bien pour ça que je compte aussi sauver celles des autres. Il ne doit pas y avoir tant de monde que ça ! Si nous organisons une série d'attaques coordonnées…

— Non !

— Vous ne comprenez pas, dis-je en m'asseyant en face d'elle. J'ai trahi mon frère aîné il y a des années. Ensuite, j'ai été incapable de sauver mon ami Max. Je ne peux pas laisser tomber Markan aujourd'hui. Il faut au moins que j'essaie. Il suffirait que je neutralise les Régulateurs chargés de sa surveillance…

Le Général tourne enfin la tête vers moi, l'expression implacable.

— J'ai déjà gaspillé suffisamment de ressources dans l'espoir que tu t'avères utile à notre cause. Nous avons adapté la Fondation à tes besoins. Nous t'avons sauvé la vie.

— Mais…

— Il n'y a pas de mais qui tienne, Zoe. Il te reste encore à rembourser ta dette. Ne t'inquiète pas, je t'ai réservé une tâche bien particulière. Après cela, j'espère ne plus jamais avoir à collaborer avec des glitchers. Vous êtes des erreurs de la nature. Un sous-produit de l'ennemi que nous cherchons à détruire. Fais ton boulot et je m'acquitterai du mien.

Je suis abasourdie.

— Mon boulot ?

— Liquider la Chancelière pendant que moi, je m'occupe de détruire le Lien.

— Vous croyez pouvoir libérer les gens du Lien ?

Je mets de côté mon inquiétude pour mon frère. Anéantir la puce A-V fait partie de mes rêves les plus fous.

— Dites-moi comment ! Je suis prête à tout pour vous aider.

— Tu en es sûre ? fait Taylor en dressant les sourcils. Es-tu vraiment prête à tous les sacrifices ? À choisir qui doit vivre et qui doit mourir ? Toi qui as le toupet de vouloir risquer la vie de nombreux soldats, des gens qui ont aussi des familles, pour sauver tes proches ?

— Mais c'est *ma* famille…

— Nous en avons tous une ! La question n'est pas de savoir si tu es prête à donner ta vie, mais plutôt si tu es prête à sacrifier ceux que tu aimes le plus au monde pour le bien commun. Tu penses que tu en aurais le cran, dis-moi ?

Quelques secondes s'écoulent durant lesquelles elle me dévisage de son regard perçant.

— Non. C'est bien ce que je pensais. Contente-toi de tuer la Chancelière. Tu as un don puissant, tu es immunisée contre son pouvoir, et si tu ne le fais pas, c'est elle qui aura ta peau. On ne te demande rien de plus. Maintenant, tu peux disposer.

En quittant le bureau de Taylor, je suis à la fois furieuse et terrifiée. Impossible d'extraire Markan. Il est sous surveillance stricte par ma faute. Si jamais il se met à glitcher, la Chancelière le ralliera à sa cause. Le cas échéant, elle fera en sorte que je ne puisse pas l'approcher avant ses dix-huit ans, âge auquel on lui implantera la version adulte de la puce A-V. Et il sera l'esclave du Lien pour toujours, comme nos parents avant lui.

Non. Pas question de laisser la Chancelière me voler la seule famille qu'il me reste. Une colère noire me suffoque. La seule pensée que Markan glitche, qu'il puisse enfin éprouver des émotions pour devenir aussitôt la marionnette de la Chancelière me glace jusqu'à la moelle. Je pourrais sauver mon frère et tant d'autres en tuant cette femme.

Si tel est mon destin, tôt ou tard, il faudra bien que je l'affronte.

19.

Malgré mes efforts, je ne réussis pas à voir Adrien en tête à tête. J'aimerais lui raconter mon entrevue avec le Général, ou au moins passer quelques heures dans ses bras. Mais toutes mes tentatives se soldent par des échecs. Il arrive le dernier au réfectoire et disparaît juste après les cours. Il paraît constamment fatigué, a les traits tirés. Quand je lui ai demandé s'il allait bien, il a esquivé le sujet, prétextant travailler sur un projet top secret pour le Général. On dirait un zombie. Depuis la mission, il n'est plus le même. La paix intérieure qu'il semblait avoir atteinte juste avant s'est volatilisée.

Pendant ce temps, Tyryn nous pousse à donner le meilleur de nous-mêmes à l'entraînement. Aujourd'hui, on fait de l'endurance. Tyryn a délimité un circuit qui nous oblige à courir en boucle sur les deux niveaux en empruntant les escaliers.

— Plus vite, hurle-t-il.

Ginni et moi en sommes à notre dixième tour.

— Je retire ce que j'ai dit. Je ne le trouve plus mignon du tout, gémit-elle à bout de souffle.

Xona nous dépasse comme une flèche. Une fois de plus. C'est à croire qu'elle s'est fixé pour objectif d'égaler les ex-Regs, qui ont déjà trois tours d'avance sur nous.

Je jette un œil par-dessus mon épaule pour repérer Adrien dans la meute. Il est tellement à la traîne qu'il est sans doute encore dans les escaliers. Je fronce les sourcils. Depuis quelques jours, Adrien court plus lentement que jamais. Ce doit être le contrecoup de ses nuits blanches. Saminsa remonte le couloir en trottinant derrière nous, veillant à garder ses distances.

— Rassemblement ! crie Tyryn au tour suivant.

Je m'arrête au milieu du gymnase et me plie en deux, les mains sur les genoux. Ginni, elle, s'affale par terre. Adrien et City arrivent en dernier.

— Redressez-vous ! nous ordonne Tyryn.

City laisse échapper un long gémissement.

Xona esquisse un petit sourire en coin, sautillant sur place comme si tout ça n'avait été qu'un échauffement. City fulmine, les cheveux trempés de sueur. Mais Tyryn ne lui laisse pas le temps de décharger son fiel.

— Dans votre intérêt à tous, il est temps que vous commenciez à agir en équipe. Jusqu'à ce que nous ayons à nouveau l'occasion de nous attaquer à la Chancelière, vous allez être appelés à exécuter des missions de plus en plus périlleuses. Et votre survie dépendra des gens qui vous entourent aujourd'hui. Vous avez fait de votre mieux lors de votre première opération en groupe. Mais une fois face à la Chancelière, tout écart sera fatal.

City désigne Xona du menton.

— Qu'est-ce qu'elle fout là, elle ? Elle ne fait même pas partie de notre groupe.

Xona crispe les mâchoires sans rien dire. Elle se borne à regarder son frère.

— Maintenant si, réplique ce dernier.

— Quoi ?

— Elle a suivi le programme d'entraînement spécial et passé les tests haut-la-main. C'est officiel, Xona fait partie de votre unité depuis hier. Taylor pense qu'elle aura une influence positive sur l'équipe.

City manque de s'étrangler.

— Et comment ?

— Taylor pense qu'il est essentiel de mêler les glitchers aux autres soldats. Xona correspond parfaitement au profil vu qu'elle vit et s'entraîne parmi vous. Le sujet est clos.

Mains sur les hanches, City lève les yeux au ciel.

— Tiens-toi droite ! lui crie Tyryn. Je reprends : il faut vous comporter en équipe. Chacun d'entre vous possède un don unique, certes, mais il va falloir unir vos forces. Dans ce but, au lieu de passer directement au cours de tir nous allons d'abord faire un petit exercice de confiance.

Nous le dévisageons tous sans rien dire.

— Pour commencer, attrapez une barre !

Il désigne une pile de perches métalliques munies d'une poignée en caoutchouc. C'est la première fois que nous nous entraînons avec ce type d'accessoire.

— Chacun à tour de rôle, vous tiendrez la barre à la verticale pour que Filicity y projette un éclair. Ayez confiance en elle, c'est la barre qu'elle vise. Quant à toi, Filicity, modère l'ampérage, juste au cas où.

Elle acquiesce d'un hochement de tête. Maintenant qu'elle est au centre de l'attention, elle arbore un grand sourire et se frotte joyeusement les mains. Des filaments électriques jaillissent du bout de ses doigts. Rand se dévoue pour passer en premier et je lui emboîte le pas. J'ai beau ne pas affectionner City, je dois bien admettre qu'elle n'a jamais manqué sa cible.

Ginni tend une barre à Saminsa, qui examine l'objet puis City avec méfiance. Elle croise les bras et s'en va s'asseoir contre un mur. Tyryn ferme les yeux sur l'incident. Je suppose qu'on bénéficie d'une période de grâce lorsqu'on passe d'un camp à l'autre de manière aussi brutale.

Nous attendons en file indienne. Mon tour venu, je vois arriver la spirale bleue dans la crainte de me prendre un électrochoc. Mais à part une légère vibration dans le manche, je ne sens rien.

— Très bien, lance Tyryn à la fin de l'exercice. Maintenant, ce sont Cole et Zoe qui vont mener la danse. (Il se tourne vers l'ex-Reg.) Tu vas soulever tes camarades un à un par la taille et les propulser en l'air. Zoe, tu vas ensuite les rattraper avec ton pouvoir pour les reposer par terre en douceur. Des volontaires ?

— Moi ! s'exclame Rand en s'approchant de Cole. Vas-y mollo, l'ami !

— Zoe, c'est quand tu veux, me fait Tyryn.

Je ferme les yeux et le bourdonnement démarre aussitôt dans mon crâne. Je m'imagine reliée à tout ce qui m'entoure. Les personnes devant moi ne sont qu'une continuité du sol qui n'est qu'une extension de ma propre personne. À force de méditation, ces connexions me viennent de façon de plus en plus naturelle. Après un bref instant d'hésitation, la salle se matérialise dans mon esprit et je me concentre sur la silhouette de Rand.

— Je suis prête !

Cole soulève Rand comme une plume malgré ses quatre-vingt-dix kilos. Il le catapulte et je le capture en plein vol en me servant de mon pouvoir comme d'un lasso. Puis je le repose par terre tout en douceur.

— C'était génial ! s'écrie Rand en brandissant un poing victorieux. Mais, tu aurais pu me laisser tomber plus vite. Tu ne sais pas te marrer, Zoe !

L'un après l'autre, tous les membres de l'équipe y passent. Adrien est plus lourd et plus corpulent que je ne m'y attendais, mais tant mieux, ça signifie qu'il prend du poids. Finalement, il ne reste plus que Xona. Les dents serrées, elle se dirige vers Cole. L'ex-Régulateur la domine d'une trentaine de centimètres. Elle lève la tête vers lui, le souffle saccadé. Je remarque que ses bras tremblent légèrement en voyant approcher les mains bioniques de Cole, mais elle demeure immobile. Il hésite un instant avant de la prendre par la taille. Xona en profite pour se dérober.

— Je ne peux pas !

— Xona, fait Tyryn.

— Je ne peux pas, répète-t-elle avant de quitter le gymnase en courant.

Un silence gênant s'abat sur la salle. Ginni m'attrape alors par la main et m'attire dans le couloir. Nous apercevons Xona accroupie un peu plus loin, le visage enfoui dans les mains.

Ginni s'accroupit à côté d'elle et repousse les mèches de son visage tout en lui caressant le dos de l'autre main. Je me baisse à mon tour.

— Parle-nous, l'implore-t-elle. Dis-nous ce qui ne va pas.

Xona finit par lever la tête. Son visage est ravagé par les larmes. Je n'en reviens pas de la voir dans cet état. Hormis ses mouvements de colère, je ne l'ai jamais vue exprimer la moindre émotion.

— Ma mère et moi, nous dormions quand ils ont débarqué, murmure Xona d'une voix sortie des profondeurs. Il y a eu une énorme détonation, et puis le mur s'est écroulé sur nous. Une poutre nous est tombée dessus. J'ai réussi à me faufiler en dessous, mais maman est restée coincée. C'est là que les Régulateurs sont entrés. On aurait dit des bêtes sauvages. Papa a essayé de nous défendre, mais ses tirs de laser ont ricoché contre leur torse en métal. Et l'un d'eux l'a saisi par le cou. Sa colonne a craqué si fort… (Elle tressaille.) Jamais je n'oublierai ce bruit.

Une autre larme perle au coin de son œil et dégouline sur sa joue avant qu'elle ne l'essuie d'un geste furieux.

— Oh, ma pauvre chérie.

Je pose le bras sur son épaule mais elle me repousse et continue son récit en regardant fixement le mur comme si elle y voyait défiler les souvenirs.

— J'aurais dû forcer Tyryn à aider maman, à la sauver elle, au lieu de moi. Mais je l'ai laissé faire. (Une autre larme coule.) Il m'a prise dans ses bras et s'est enfui. Par-dessus son épaule, j'ai vu un Régulateur lui écraser le thorax. Il ne s'y serait pas pris autrement pour écrabouiller un insecte !

Elle nous dévisage.

— Je sais ce que tout le monde pense. On me prend pour une abrutie parce que je ne supporte pas les ex-Regs et que je les traite comme des robots. Mais quel homme serait capable de commettre pareille abomination ? Et comment est-ce que je pourrais un jour les considérer autrement que comme des monstres ?

Xona se cache le visage et éclate en sanglots. Cette fois-ci, elle se laisse consoler. Nous la prenons dans nos bras d'un geste protecteur.

Derrière elle, j'aperçois Cole. Debout sur le seuil du gymnase, il observe la scène d'un air affligé. Je ne sais pas ce qu'il a entendu au juste, mais il a visiblement compris l'essentiel. Il me regarde en haussant les sourcils d'un air interrogateur. Je lui fais signe que non. Non, je ne pense pas qu'il doive venir lui parler.

Cole pousse un soupir peiné. Puis, les épaules basses, il fait demi-tour et disparaît. Ses jambes produisent un cliquetis métallique à chacun de ses pas.

20.

Le nez dans mon bol de bouillie, j'observe Adrien à la dérobée. Hier, j'ai enfin réussi à le coincer pour lui demander franchement ce qui cloche.

— Rien, m'a-t-il répondu en détournant le regard.

Mais quand je lui ai ensuite touché le bras, il l'a retiré avec un tressaillement. D'abord, j'ai cru qu'il était toujours en colère contre moi, blessé par mes reproches infondés. Et comment lui en vouloir ? Déjà qu'il a l'impression qu'à cause de ses visions il provoque des malheurs, et moi j'en rajoute une couche en le blâmant !

En même temps, plus d'un mois s'est écoulé depuis le désastre. Je me demande si ce n'est pas autre chose qui le turlupine. Je suis en proie à toutes sortes de doutes. Et s'il ne voulait tout bonnement plus être avec moi ? Notre histoire a certes débuté par un coup de foudre, mais maintenant qu'il m'a sous la main, maintenant que nous vivons sous le même toit, peut-être qu'il se rend compte que je ne corresponds pas du tout à l'idée qu'il s'était faite de moi – ce chef incroyable qu'il a fantasmé dans sa tête.

Aujourd'hui, Adrien est attablé à l'autre bout du réfectoire avec un type mystérieux. Ce n'est pas un soldat du Réseau. Je plisse les yeux dans leur direction et donne un petit coup de coude à Ginni en pointant l'inconnu du menton.

— C'est qui ?

— Oh, répond Ginni avec un sourire adorable. C'est… c'est… hum, attends une seconde. Je jurerais pourtant connaître son prénom !

Tout à coup, Adrien lève la tête et me surprend à le dévisager. Je m'empresse de regarder ailleurs pour ne pas avoir l'air stupide, au cas où il chercherait à m'éviter. Par chance, Saminsa passe dans mon champ de vision juste à cet instant, et je fais mine de l'observer à la place. Elle débarrasse son plateau-repas et sort.

Adrien se lève subitement. Il s'avance vers nous, suivi de son copain.

— Salut tout le monde, lance-t-il à la cantonade. Je vous présente Simin.

— Bonjour, fait Ginni en se levant pour lui serrer la main. Enchantée, Simin.

Il désigne la tablette qu'elle a posée près de son assiette.

— Tu lis encore ce livre ? Je croyais que ça te faisait pleurer à chaque fois…

— Comment tu le sais ? s'écrie Ginni avec étonnement. Tu es télépathe ?

Simin pousse un soupir las.

— Non. On s'est déjà vus une dizaine de fois. Je t'avais bien dit que c'était une idée stupide, Adrien.

— Mais non, insiste Adrien en le forçant à s'asseoir avec nous. Plus ils te verront, plus il y a de chances qu'ils se souviennent de toi.

Je pousse un petit cri étonné.

— Se souvenir de lui ?

— Simin est un glitcher. C'est grâce à son pouvoir que la Fondation est à l'abri. Tous ceux qui le croisent l'oublient aussitôt. Taylor le présente à tous ceux de passage à la Fondation pour effacer de leur mémoire les coordonnées de notre position.

— Pourquoi moi non plus je ne me souviens plus de lui ? s'étonne Ginni. Je vis ici !

— Mon don brouille la mémoire de tout le monde sans exception, réplique le garçon, contrarié, en baissant les yeux.

— Houlà ! s'exclame Rand en le jaugeant avec méfiance. Dis-moi, tu ne… tu ne partages pas notre dortoir quand même ?

— Non, j'habite dans la salle de contrôle, grommelle Simin.

Il jette un coup d'œil furtif à Ginni.

La salle de contrôle. Je me rappelle y avoir retrouvé Adrien un soir, mais je ne sais plus s'il y avait quelqu'un avec lui. Mes souvenirs sont confus.

— La salle de contrôle se situe au sous-niveau, reprend Adrien. Simin est informaticien lui aussi. C'est lui qui gère tout le réseau de communication de la Fondation.

— Comment est-ce que tu fais pour ne pas l'oublier, toi ?

Adrien croise mon regard.

— J'ai accroché au chevet de mon lit un mémento que je lis tous les matins au réveil. J'ai songé qu'un peu de compagnie ne lui ferait pas de mal.

Mon cœur se serre. En dépit des lourdes responsabilités qui pèsent sur ses épaules, Adrien trouve toujours le moyen de penser aux autres.

— Je peux m'asseoir ? me demande-t-il en désignant le siège près du mien. Désolé, j'ai été très pris ces derniers temps, me glisse-t-il à l'oreille. J'effectue des recherches avec Simin pour le Général. Mais tu me manques, tu sais.

Son souffle chaud me chatouille le cou et des picotements me parcourent les bras. C'est notre premier rapprochement depuis ce qui me semble une éternité. Ouf ! Je me suis vraiment pris la tête pour pas grand-chose ! Il ne m'a pas rejetée. C'est juste qu'il est très occupé en ce moment. Je lui prends la main.

— Toi aussi tu m'as manqué.

Au contact de sa peau, une chaleur réconfortante m'envahit. Je le tire vers moi et il s'assied, un sourire timide aux lèvres. Nous entrelaçons nos doigts. Nos mains s'emboîtent parfaitement.

Presque au même instant, le visage d'Adrien se crispe. Il fixe le mur derrière moi d'un regard complètement vide. J'ai beau être habituée à ses visions, j'ai toujours du mal à m'y faire.

Puis il clignote des yeux en revenant à lui, l'air horrifié.

— Qu'est-ce que tu as vu ?

— À plat ventre ! hurle-t-il.

Un violent *boum* retentit à travers la cuisine et une immense flamme jaillit dans la salle.

Tout le monde plonge par terre en se protégeant le visage, à l'exception des ex-Regs. Quant à moi, je suis bloquée. Ma chaise est rivée au sol ! Je lance un regard éperdu par-dessus mon épaule. Adrien s'est abrité sous une table, et j'ai l'impression de l'entendre hurler mon prénom au milieu des cris de détresse. Un feu aveuglant se répand le long du mur de la cuisine, emplissant la salle d'un épais nuage de fumée.

La scène paraît irréelle. Assis contre le mur, Eli est immobile comme une statue. La moitié supérieure de son visage est en proie aux flammes ;

l'autre, carbonisée par endroits, révèle la structure métallique de son maxillaire.

Étrange, que les diffuseurs automatiques ne se soient pas déclenchés… Tyryn a saisi un extincteur mais, à lui seul, il ne fait pas le poids contre un mur de flammes. Les soldats du Réseau se sont rués dans le couloir pour chercher du secours. Depuis, l'incendie s'est propagé, nous barrant les issues. Nous sommes pris au piège.

J'arrive enfin à écarter ma chaise de la table et je me redresse. Les autres se sont réfugiés à l'autre bout de la salle, le plus loin possible des flammes. À travers l'épaisse fumée, je distingue à peine leurs silhouettes.

Je ne vais pas rester les bras croisés ! Une rumeur s'est élevée dans ma tête, éclipsant le chaos ambiant. Je libère aussitôt mon pouvoir afin de circonscrire le feu. Le problème, c'est que je brasse du vide. Il faut dire que j'ai l'habitude de m'exercer sur des objets solides. Là, c'est différent. J'ai beau modeler mon énergie à l'infini, les flammes sont insaisissables.

Je change de tactique. Par la force de mon esprit, je réunis les brocs abandonnés sur les tables et les projette sur le feu. Mais au lieu de l'étouffer, l'eau l'attise.

Le bourdonnement s'intensifie dans mon crâne, pourtant je suis impuissante. Les flammes continuent de consumer Eli et se rapprochent de moi.

Elles lèchent à présent la table voisine. Je tire sur la nappe d'un coup sec et me sers de l'étoffe pour éteindre le feu. En vain, car il poursuit sa progression. Bientôt la nappe s'enflamme à son tour et je fais quelques pas en arrière en trébuchant.

Je tiens à peine debout. La fumée et la chaleur me donnent le tournis. Au bord de l'asphyxie, j'applique ma manche sur mon nez. Mon cerveau tourne à toute allure. Vite, il faut trouver une autre solution !

Subitement, je songe à Saminsa – Saminsa et son bouclier magnétique. L'idée fait son chemin dans ma tête et je cesse de m'escrimer en vain contre les flammes. À la place, je m'imagine enveloppée d'une bulle sans oxygène. L'air se modifie tout autour de moi.

Je sens les molécules d'oxygène, aussi infinitésimales soient-elles. Elles sont agglutinées en nuage. Enfin une surface à laquelle me raccrocher ! Les flammes ne sont plus qu'à quelques centimètres de moi. Je prends une profonde inspiration et chasse les molécules qui m'entourent. Privé d'oxygène, le rideau de flammes est stoppé net, comme s'il s'était heurté à un mur invisible.

Je continue de vider l'air de son oxygène en étendant le volume de ma bulle. Les flammes consumant la nappe vacillent puis meurent. J'en profite pour voler au secours d'Eli. Je m'accroupis auprès de lui et j'étouffe le feu qui lui dévore à la fois la peau et les vêtements. Puis je m'approche de la cuisine et m'attaque à la cloison.

Je ne sais pas très bien comment mon pouvoir fonctionne. En tout cas, c'est efficace. Tel un extincteur ultrapuissant, il neutralise les flammes une à une sur son passage. À force de retenir ma respiration, je commence à avoir le vertige, mais je m'en moque. Je poursuis mon combat, partant de l'extérieur pour progresser jusqu'au centre du brasier. Je grignote peu à peu du terrain sur lui jusqu'à ce qu'il soit réduit à une poignée de flammes dans la cuisine. Elles sont réunies autour de l'unité de cuisson. Je les éteins avec mes pieds.

Obnubilée par l'incendie, je me rends compte un peu trop tard que je n'ai plus la moindre molécule d'oxygène autour de moi. Et je perds connaissance.

— Eli s'est assis sans réagir. Pourquoi il n'a pas eu le réflexe de fuir les flammes ?

C'est Cole qui parle à voix basse, je reconnais sa voix. Je suis allongée dans un lit à la clinique. Le tube à oxygène dans mon nez limite mes mouvements. Je parviens quand même à changer de position et je l'aperçois, debout au chevet de son ami. Semblable à une momie, Eli est emmailloté dans des compresses imbibées de pommade et de sérum de reconstruction des tissus. Jilia a dû soigner les brûlures superficielles, mais elle n'a pas pu recréer sa peau à partir de rien.

Elle s'adresse à Cole avec douceur.

— Le centre nerveux de sa sensibilité ne s'est pas remis à fonctionner aussi naturellement que le tien.

— Mais il est humain, objecte Cole. Il ressent la douleur. Il est juste un peu désorienté sans ses ajouts électroniques de Régulateur !

Constatant que je suis réveillée, Jilia vient m'examiner vite fait avant de me renvoyer dans ma chambre. Dans le couloir, le bruit de mes pas résonne lourdement. J'aimerais enfouir ces mauvais souvenirs dans un coin de ma tête. Tous, sans exception – Eli en feu, l'incendie, mon pouvoir et la façon dont je l'ai utilisé. Évidemment, lorsque j'entre dans le dortoir, Ginni ne semble pas du même avis.

— Zoe, tu as été absolument incroyable aujourd'hui ! Xona, tu as vu comment elle a stoppé l'incendie ? Tu as épaté tout le monde !

Xona reste muette, se contentant de frotter la lame de son couteau sur la pierre à aiguiser. *Scratch. Scraaatch.*

— Tu n'as pas trouvé ça génial, Xona ? insiste Ginni.

Celle-ci lève brièvement la tête vers moi.

— Magnifique.

Puis elle ramène les jambes sur sa couchette et tire son rideau.

Étonnée, j'interroge Ginni du regard, mais celle-ci hausse les épaules, dubitative.

— Au fait, tu sais comment le feu a démarré ?

— Un court-circuit dans l'unité de cuisson, m'explique Ginni. Une bouteille d'huile se trouvait juste à côté. Elle a giclé partout en s'enflammant. Ah là là ! On se ronge les sangs pour des missions et voilà qu'un stupide incident domestique tourne au drame juste sous notre toit !… La vie est vraiment bizarre.

Je hoche la tête. Je n'aurais pas mieux parlé.

Les raclements de couteau s'interrompent.

— Ce n'est pas seulement bizarre, intervient Xona qui saute de son lit. C'est également suspect, si vous voulez mon avis !

Je cligne les yeux, surprise à la fois par son changement d'attitude et ses insinuations.

— Suspect ? Qu'est-ce que tu veux dire par là ?

— Le court-circuit s'est produit pendant notre pause-déjeuner, au moment où tout le monde est au réfectoire, et une bouteille d'huile s'est trouvée juste à côté… Comme par hasard !

Ginni étouffe un cri de stupeur.

— Un coup monté !

— En temps normal, je parierais sur un ex-Reg. Mais ils sont plutôt du genre à y aller comme des brutes.

Je réfrène son élan.

— Pas la peine de tirer des conclusions hâtives.

— Tu sais, maintenant que j'y pense, Saminsa est sortie du réfectoire juste avant l'explosion, fait remarquer Ginni.

Xona hoche la tête d'un air entendu.

— Tout se recoupe ! Saminsa travaillait pour la Chancelière. Elle prétend qu'elle déteste Bright depuis qu'elle a essayé de les faire sauter elle et ses petits copains… Imaginez que tout ça ne soit qu'un vilain mensonge pour nous duper ?

Je repense à mon arrivée à la Fondation. Je m'étais sentie comme une étrangère. C'est encore pire pour Saminsa qui passe d'un milieu hostile à un autre – ou que du moins elle considère comme tel. Ça ne fait pas d'elle une menace pour autant. En même temps, après tout ce qu'elle a traversé, peut-être a-t-elle voulu se venger de nous à sa manière ?

La porte s'ouvre et nous sursautons, comme prises en flagrant délit de conspiration.

— Salut, Saminsa ! dis-je d'une voix trop aiguë.

Les yeux étrécis, elle nous dévisage toutes les trois d'un regard méfiant. Effrayée, Ginni s'empresse de lui tourner le dos. Quant à Xona, elle hausse les sourcils tout en désignant d'une œillade appuyée l'arme sanglée à sa cheville. Puis elle grimpe dans son lit.

Saminsa s'assied sur sa couchette sans un mot.

Je l'observe longuement, un peu trop peut-être. Xona aurait-elle raison ? Saminsa nous déteste-t-elle en cachette ? A-t-elle l'intention de nous faire du mal ? Je refuse de le croire. Puis, le visage fondu d'Eli me revient à l'esprit. Il va falloir la tenir à l'œil dorénavant ! Je secoue la tête. Non. Pas question d'accuser quelqu'un sans preuve concrète. Xona a une fâcheuse tendance à imaginer des ennemis partout. Il n'y a qu'à voir comment elle s'en prend aux ex-Régulateurs.

21.

Au cours de dessin suivant, le Professeur nous propose un nouveau choix de matériel. Des petits pots remplis de couleurs vives ainsi que des pinceaux. J'en prends un et l'examine d'un œil prudent. Je glisse la pointe sur ma main et ça chatouille.

Ça n'a pas l'air pratique du tout pour dessiner. Comment rester précis avec une touffe de petits poils mous ? Les crayons à pointe dure que j'ai l'habitude d'utiliser me semblent beaucoup plus adaptés à la tâche.

Je m'installe devant l'un des chevalets que le Professeur a dispersés un peu partout dans la salle. Après nous avoir donné de brèves consignes, il place un saladier de légumes en évidence tout en nous permettant de peindre un autre sujet, si l'on préfère. City chahute avec Rand qui a tôt fait de transformer sa toile en un pâté immonde. De son côté, Cole se met à l'œuvre en silence dans un coin, jetant des coups d'œil furtifs dans la salle de temps à autre. Adrien n'est pas venu en cours. Une fois de plus.

Nerveuse, je plonge la pointe de mon pinceau dans le rouge, mais je fige ma main à quelques millimètres de la toile. La peinture s'est agglutinée sur les poils. Je n'ai pas bien dosé la quantité. Je ne sais pas comment m'y prendre. J'essaie de racler le pinceau sur le rebord du pot, pourtant j'ai toujours l'impression qu'il y en a trop. Si je peins avec ça, ça risque de faire un gros paquet. Prise d'embarras, je revisse les couvercles sur les pots. Ne suis-je pas censée être une artiste ?

En même temps, je suis censée être tout un tas de choses…

Je plonge la brosse dans un solvant et écarte ma chaise du chevalet. Puis j'attrape un crayon et une feuille de papier. C'est mieux ! Je me mets en devoir de représenter la salle et ses occupants. City et Rand sont agités comme des puces, ce qui ne me facilite pas le travail. Si seulement ils pouvaient se tenir tranquilles deux minutes ! J'essaie de reproduire les proportions de manière aussi fidèle que possible. J'en viens presque à regretter de ne pas être connectée au Lien afin que la structure de la salle se matérialise dans mon champ de vision. Je pourrais alors donner une réplique exacte du décor.

À la fin du cours, le Professeur Henry me demande de rester. De nouveau, une bouffée de chaleur me remonte par le cou.

— Puis-je ? me demande-t-il en indiquant mon dessin.

Je le lui tends et observe sa réaction. Il l'examine d'un œil critique.

— C'est très… précis.

— Et c'est bien ? dis-je d'une petite voix.

Le Professeur rit de bon cœur.

— Zoe, l'art, ce n'est ni bien ni mal, m'explique-t-il en me rendant ma feuille. Il s'agit de se laisser aller à exprimer ses émotions. Tiens, je vais te montrer quelque chose.

Il se dirige vers le chevalet du fond, où Cole était installé. La toile est tournée vers le mur. Après l'avoir contournée, je découvre enfin le fruit de son travail.

Des larmes me piquent les yeux.

— C'est beau !

Le dessin ne représente rien de particulier. C'est abstrait. Une myriade de couleurs, du rouge vermeil au bleu électrique avec, ici et là, une touche de blanc et de jaune.

La contemplation de sa toile éveille en moi un sentiment de joie intense.

— Mais c'est un ex-Régulateur, dis-je, perplexe, en me tournant vers le Professeur.

— Et c'est plus dur pour lui que pour les glitchers, réplique-t-il. Cependant, Cole est la preuve vivante que la technologie ne peut pas venir à bout de notre humanité, peu importe la quantité de matériel qu'on nous implante. Cole doit faire plus d'efforts, c'est tout.

Je pense au soulagement que j'éprouve tous les soirs, juste avant ma connexion au Lien. C'est une échappatoire pour moi. Pendant quelques heures, je n'ai plus besoin de gérer mes sensations ; il me suffit de les laisser s'estomper jusqu'à ce que tout m'apparaisse d'un gris monochrome. Et Cole, lui, se raccroche à ses émotions de toutes ses forces, de peur de les perdre.

— Pourquoi ? Pourquoi fait-il autant d'efforts ?

— Oh, Zoe, répond le Professeur avec un sourire énigmatique. Regarde sa peinture. Tu ne vois vraiment pas pourquoi ?

J'enfile le couloir désert sans cesser de penser à la toile de Cole. Comme lui, je veux peindre des choses éclatantes ! J'en ai plus que marre des sentiments négatifs et des drames ! Je veux de la couleur dans ma vie. Les émotions que Cole a su saisir dans sa peinture, je les ai déjà éprouvées – la beauté, la joie… C'est Adrien qui me les a fait découvrir.

Mon interface se met à vibrer. J'ai reçu un message : *Je t'attends dans ta chambre.*

Adrien a-t-il lu dans mes pensées ? Une douce chaleur s'empare de moi et un sourire s'épanouit sur mes lèvres. Je me dépêche de regagner le dortoir. Il est posté devant la porte, l'air ténébreux.

— Désolé, fait-il en me voyant approcher.

Il me prend dans ses bras et susurre des mots dans mon cou.

— J'ai été stupide. J'ai laissé le projet sur lequel je travaille me détourner de mes priorités. Du coup, ce soir…

Il s'écarte et porte ma main à ses lèvres afin de baiser mes doigts.

— Ce soir, nous avons un rencard.

— Qu'est-ce que ça veut dire ?

Mon cœur bat la chamade.

— C'est le mot qu'on employait dans l'Ancien Monde, répond-il avec un grand sourire. Deux personnes qui dînent ensemble tout simplement. Et pas au réfectoire !

Je fais une moue dubitative.

— Pourquoi pas ? On a réparé la plupart des dommages occasionnés par l'incendie. Ça fait une semaine que tout le monde y retourne.

— Justement ! Le but, c'est que nous ne soyons que tous les deux, réplique-t-il en riant avant de me déposer un baiser sur le nez. En tête-à-tête.

Il prononce ces derniers mots sur un ton qui fait courir un frisson dans mon dos.

Adrien a été si distant ces dernières semaines... Mais j'ai l'impression de le retrouver à nouveau. Il arbore un sourire charmant, comme si tous nos soucis s'étaient envolés d'un coup.

Je balaie mes doutes d'un geste de la tête et lui renvoie son sourire. Une soirée en sa compagnie, une soirée où tout le reste cesse d'exister. Ça me semble idyllique !

— Un rencard... Ça veut dire que je vais manger ma bouillie visqueuse dans un bol en argent ?

— C'est une surprise. Je sais d'avance que tu vas adorer.

Je sursaute.

— Attends. Ne me dis pas que tu as eu une vision de la soirée ! Ce n'est pas juste !

Il me décoche un clin d'œil.

— Disons simplement que j'ai un très bon feeling. Rendez-vous ici à dix-neuf heures. Je t'emmène dîner.

— C'est trop romantique ! glapit Ginni.

Curieusement, Xona ne prend pas un air excédé.

Ginni m'a attirée devant le miroir et cela fait une demi-heure qu'elle s'évertue à discipliner ma chevelure. Elle a commencé par me faire des boucles avant de se lancer dans un chignon très étudié.

— J'aimerais tellement qu'un garçon me propose un rencard ! Nous parlerions de mes livres favoris et il s'en ficherait que je sois si bavarde. En fait, ce serait le trait de ma personnalité qu'il préférerait. Nous bavarderions pendant des heures et des heures et…

Voyant qu'elle hésite, je l'interroge du regard dans la glace. Elle fronce les sourcils d'un air étrangement confus.

— Quoi ?

— Oh, pouffe-t-elle de rire en secouant la tête. Je viens d'avoir une drôle d'impression. Comme si j'avais rencontré quelqu'un. Mais c'est impossible, je m'en souviendrais !

— Ma pauvre, commente Xona. Tous tes bouquins à l'eau de rose te filent des hallucinations. Je me disais bien qu'à force de lire ça finirait par te ronger le cerveau…

Ginni attrape une chute de tissu près de la machine à coudre et s'en sert pour la taper gentiment. Tout à coup, on frappe à la porte.

Je m'empresse d'aller ouvrir. Adrien porte une tenue que je n'ai jamais vue sur lui avant. Une chemise noire ajustée qu'il a rentrée dans un pantalon légèrement taille basse. Il a même été jusqu'à dompter ses boucles rebelles. Mon estomac fait un petit couic.

Il me déshabille du regard, la bouche entrouverte.

— Tu es magnifique !

Je suis soudain très reconnaissante à Ginni de m'avoir forcée à porter sa jupe.

— Je t'ai apporté un petit cadeau, dit-il en me tendant un écrin.

J'ouvre la boîte et je laisse échapper un cri de surprise. Elle renferme une fine chaîne en argent ornée d'une pierre bleue de forme ronde. J'effleure le pendentif du bout des doigts. Les minuscules facettes étincellent lorsque je les présente à la lumière. C'est la première fois que je vois un bijou aussi magnifique.

— C'est un collier, me précise Adrien d'une voix un tantinet plus aiguë que d'habitude. Henk m'a aidé à le dénicher. Si tu me permets…

Il ôte la chaîne de son écrin, se glisse derrière moi et me la passe autour du cou. La petite pierre pendille à ma gorge comme une gouttelette d'eau. Je sens ses doigts frémir lorsqu'il soulève ma chevelure pour agrafer le fermoir. Puis il se penche à mon oreille.

— Garde-le tout le temps, même la nuit. Comme ça, c'est un peu comme si une partie de moi ne te quittait jamais.

— Comme c'est joli ! couine Ginni.

Je porte la main à mon décolleté et promène les doigts sur la chaîne jusqu'au pendentif, niché dans l'échancrure de mon haut. Avant cela, je n'avais jamais rien possédé de personnel. Je pivote vers

Adrien. Il s'est écarté de quelques pas et me tend le bras.

— On y va ?

Je jette un coup d'œil par-dessus mon épaule : Ginni est au bord de l'évanouissement. J'accepte en riant le bras qu'Adrien m'offre.

— Allons-y.

Dans le corridor, je me sens un peu ridicule avec ma jupe. Elle s'enroule autour de mes jambes d'une manière dont je n'ai pas l'habitude. En plus, j'ai les mollets à l'air. Ça me fait très bizarre.

En passant devant le réfectoire, Adrien m'adresse un sourire énigmatique. Nous nous arrêtons finalement à l'entrée du gymnase.

— Tu nous as prévu une petite séance d'haltérophilie ? Ou alors tu as l'intention de me faire pratiquer mon pouvoir ?

— Ni l'un ni l'autre, réplique-t-il, l'air espiègle.

Il m'ouvre la porte et m'invite à passer devant lui.

La lumière est tamisée comme pendant les séances de méditation. À un angle de la salle est dressée une petite table. À côté, le mur blanc est drapé d'un tissu magenta. En m'approchant, je remarque qu'on y a aussi accroché certains de mes dessins les plus récents. Le portrait de mon frère, de mes parents, et même celui de Max.

— J'ai songé que ça te ferait plaisir d'être entourée de tous tes proches, ce soir.

Les larmes aux yeux, je me tourne vers lui et le serre dans mes bras.

— C'est parfait.

— Tu n'as encore rien vu !

La table est couverte d'une nappe blanche. Au centre, un cube de projection lumineux dans lequel une rose pivote sur son axe.

Adrien fait sauter le bouchon d'une bouteille et remplit deux verres d'un liquide pétillant.

— Qu'est-ce que c'est ?

— Le ravitaillement en provenance de la Communauté a fini par arriver. J'ai demandé à Henk de me mettre du champagne de côté.

— Je ne risque pas d'y être allergique ?

— Non. Tout ce que tu vas manger ce soir a été testé au préalable. C'est issu des serres souterraines de la Communauté, avec zéro pour cent d'allergènes de la Surface.

— Attends une seconde, dis-je en tentant de m'imprégner de la nouvelle. Tu veux dire que je vais enfin pouvoir manger de la vraie nourriture ?

Il acquiesce d'un hochement de tête, le visage fendu d'un sourire désarmant.

— Surprise !

Je laisse échapper une sorte de glapissement niais tout en frappant des mains à l'instar de Ginni.

— Mademoiselle, fait-il en écartant une chaise à mon intention. Ce soir je te propose de savourer un délicieux bœuf bourguignon.

Sur ces mots, il clique sur son interface tactile. Jilia surgit dans le gymnase et vient déposer devant nous deux assiettes copieuses.

— Merci.

Elle me répond par un sourire avant de quitter la salle.

Je bois une goulée de champagne et manque de m'étouffer, surprise par l'effet des bulles qui me picotent le nez.

— Vas-y lentement, me conseille Adrien en me tapotant le dos pour calmer ma toux. Commence par de petites gorgées.

— Ça pique ! m'écrié-je, les yeux humides.

Adrien explose de rire.

— En effet, il faut un peu de temps pour s'y habituer. Mais dépêche-toi de goûter la viande avant qu'elle ne refroidisse.

Je ne me le fais pas dire deux fois. Les yeux fermés, je me concentre sur mon palais. Le bœuf est tellement tendre et juteux qu'il fond dans ma bouche. Jamais je n'ai goûté pareil mets. Quand Adrien a mentionné les rations de la Communauté, je me suis attendue à ce qu'on me serve le pain dur et le pâté protéiné que j'ai mangés tous les matins de ma vie pendant plus de quinze ans. Un faible gémissement de plaisir franchit mes lèvres.

Je relève ensuite la tête. Occupé à me contempler, Adrien n'a pas encore touché à son assiette. Mes joues rosissent et je baisse les yeux, gênée.

Nous mangeons sans un mot pendant un moment, préférant déguster en silence le plat exquis. Enfournant ma dernière bouchée de viande, je reprends enfin la parole.

— Tu te rappelles lorsque tu m'expliquais les termes liés aux émotions ?

Il me fait signe que oui.

— Depuis le temps, j'ai l'impression d'arriver à mettre des mots sur la plupart des sentiments qui m'animent. Pourtant, de temps en temps, certaines émotions me surprennent encore.

— Par exemple ? demande-t-il avec un sourire.

— En ce moment même, dis-je en posant la paume sur ma poitrine. Je ressens une douce chaleur et je suis heureuse. Mais c'est plus que ça. Je n'arrive pas à trouver le mot adéquat. Comment ça s'appelle ?

Adrien prend un air songeur. Il sirote son champagne.

— Je crois… je crois que c'est du contentement. C'est lorsque tu as tout ce que tu désires à la fois. C'est une sensation plus calme que l'enthousiasme, mais dans un sens c'est peut-être mieux.

Je teste le mot sur ma langue.

— Contentement…

— Je ne l'ai pas beaucoup expérimenté dans ma vie, ajoute-t-il. C'est nouveau pour moi aussi.

— À quand remonte la dernière fois où tu t'es senti aussi contenté que là ?

Son visage se voile.

— Peu importe. Mon passé ne définit pas qui je suis aujourd'hui, fait-il d'un ton étonnamment ferme. Ce qui compte, c'est la personne que je suis maintenant. La personne que je suis avec toi.

Je me lève, contourne la table et me penche vers lui pour m'emparer de ses lèvres. D'abord surpris, il entrouvre bientôt la bouche et recueille mon visage au creux de ses paumes.

Je me laisse tomber sur ses genoux, sentant le plaisir s'épanouir en moi comme une fleur. Il caresse le bas de mon visage et m'attire plus près. Une rumeur sourde s'élève dans ma tête, et mon pouvoir s'éveille. Je le laisse bourdonner dans ma poitrine, parcourir ma colonne tel un courant électrique. Chaque once de mon être s'anime et s'enflamme.

Je quitte ses lèvres à contrecœur pour balayer la salle du regard. Nous sommes seuls, mais n'importe qui pourrait surgir et nous surprendre. Je le tire par la main.

— Suis-moi.

Une dizaine de pas nous séparent du local du matériel, que nous gagnons l'un derrière l'autre, sans même nous effleurer. Une onde de plaisir anticipé m'envahit. J'appuie sur le bouton d'ouverture et entraîne Adrien dans un coin de la pièce tout en attrapant au passage un tapis de sol sur une étagère.

Je le déroule par terre. Sitôt la porte refermée, j'ôte mon haut en toute hâte puis fais face à Adrien.

J'agrippe le bas de sa chemise sans rien dire, profitant de l'occasion pour lui caresser la peau au niveau de la ceinture. Puis je me hisse sur la pointe des pieds afin de lui passer son vêtement par-dessus la tête.

Adrien me dévisage d'un regard ardent. Pourtant, un léger rictus sur ses lèvres trahit son hésitation.

— Zoe, attends…

Je lui fais signe de se taire. Et malgré sa réticence, il lève les bras pour m'aider à lui retirer sa chemise. Je marque une pause, le souffle court. Son torse hâlé est crispé par la tension. Il a beau être très sec, ses épaules sont larges et puissantes. Je dessine des doigts sa clavicule saillante puis je creuse le sillon jusqu'à son nombril. Son corps frémit sous mes caresses.

Un bras enroulé autour de ma taille, il engouffre son autre main dans ma chevelure avant de la placer sur ma nuque, plongeant alors ses yeux dans les miens.

— Tu me rends dingue. J'ai juste envie que le temps se suspende pour qu'on puisse être seuls tous les deux. Mais je ne sais pas si c'est bien…

Je connais l'expression de son visage. Je la surprends de plus en plus souvent ces derniers temps. C'est comme s'il luttait contre lui-même, en proie à un conflit intérieur. Je retiens mon souffle, priant pour qu'une fois, juste une fois, il arrive à mettre de côté les histoires de destin, d'avenir et tout le reste. Ses yeux aigue-marine sont éclatants. Il les ferme une poignée de secondes avant de tirer la ceinture de ma jupe pour me ramener contre lui, ou plutôt m'écraser contre lui, dans un baiser fougueux.

Cet élan passionné me submerge et m'illumine. J'entrouvre les lèvres pour permettre à sa langue veloutée de s'introduire dans ma bouche. Avec douceur d'abord, puis de manière plus brutale, plus vorace. Il s'écarte brusquement et se fige. Puis il s'empare de mes lèvres avec une telle ardeur qu'une décharge de plaisir va se ficher tout au fond de mon estomac.

Je suis frappée par l'intensité de son étreinte. Nous nous sommes déjà embrassés, mais jamais de la sorte.

Il me pousse contre le mur et glisse les mains le long de mes hanches. Un faible gémissement m'échappe.

— Chut, il ne faut pas faire de bruit, chuchote-t-il dans mon oreille en riant avant de déposer une rafale de baisers de mon cou jusqu'à mon épaule, faisant glisser la bretelle de mon soutien-gorge.

Lentement, il me guide vers le tapis où nous nous allongeons l'un près de l'autre. Un tourbillon de chaleur se déchaîne en moi, amplifié par le bourdonnement de mon pouvoir. J'ai des fourmillements dans tout le corps. Il me bouscule gentiment sur le dos et s'agenouille au-dessus de moi. Puis il plonge le nez dans mon cou et l'aspire. Ivre de désir, je me sens sur le point d'éclater.

Alors, il s'arrête. Malgré l'obscurité, je distingue encore ses yeux, où se reflètent les rais de lumière provenant du gymnase.

Je plaque la main sur sa nuque et l'attire près, très près de moi, à quelques millimètres de mon visage.

— Je t'aime, Adrien. Adrien, Adrien, soufflé-je d'une voix langoureuse, grisée par la répétition de son nom.

Il se raidit brutalement dans mes bras. Avec un sourire, j'essaie de le rapprocher de moi, mais il ne bouge pas d'un iota.

— Adrien ?

Dans la pénombre de la pièce, je ne saurais dire s'il a eu une nouvelle vision ou si, soudain, le poids du monde pèse de nouveau sur ses épaules.

Il peste en se levant d'un bond.

— Désolé. Je ne peux pas.

Je redresse le buste et toutes les sensations merveilleuses se dissipent d'un seul coup, comme si on venait de me jeter un seau d'eau glacée sur la tête. Je me couvre de mon corsage, mal à l'aise.

— Qu'est-ce que…

— Il faut que j'y aille.

— Attends !

Je me mets debout avec maladresse. Trop tard, il a déjà filé ! Sans plus de cérémonie. La porte se referme sur lui et je me rassieds, blessée dans mon amour-propre et décontenancée, les bras serrés autour de ma poitrine palpitante.

22.

Le lendemain matin, Adrien n'assiste pas à l'entraînement. Rand m'apprend qu'il passe la matinée à la salle de contrôle. Tant mieux ! Je n'aurais probablement pas la force de le regarder en face. Je me sens à la fois stupide, perplexe et, surtout, très fâchée. J'en ai assez qu'il refuse de se confier à moi. Une relation, c'est censé marcher dans les deux sens, non ?

Au cours suivant, je l'aperçois en entrant dans la salle. Les yeux fermés, il est assis en tailleur sur un tapis de sol. Une pointe de colère monte en moi. Je me dirige à l'opposé de lui et le foudroie du regard tout en espérant qu'il perçoive mes ondes négatives.

Ça n'a pas l'air d'être la grande forme. Il a des cernes bleuâtres autour des yeux. Son torse se gonfle et se dégonfle au rythme de son souffle, et ses mains reposent sur ses genoux. Une douleur me tord la poitrine malgré moi. Je n'y peux rien s'il me fait cet effet-là. Mais, attention, je n'ai pas encore digéré le coup d'hier. Il m'a quand même rejetée sans aucune explication !

Je m'installe par terre et tente de calmer les pensées qui parasitent mon esprit. J'avoue que j'ai quand même du mal à me concentrer.

La porte s'ouvre tout à coup et le Général Taylor entre en trombe suivie des ex-Régulateurs et de la moitié d'un escadron. Je la fixe avec des yeux ronds.

— Qu'est-ce qui se passe ? s'enquiert City.

Nous nous mettons tous debout.

— Attrape-là ! aboie Taylor, implacable.

Ses yeux sont rivés sur moi.

— Que…

Mais elle passe devant moi sans ralentir.

Je pivote sur mes talons et, stupéfaite, je découvre que la cible de sa colère n'est autre que Saminsa.

Wytt s'apprête à l'empoigner par l'épaule.

— Non ! s'écrie-t-elle en s'enveloppant immédiatement d'une sphère luminescente bleue.

Wytt s'écarte en titubant puis observe sa main, visiblement désorienté. Je suis son regard et mon estomac fait un bond. Quatre de ses doigts sont restés prisonniers de la bulle. Sectionnés net. Sa main ballante dégouline de sang.

— N'approchez pas ! hurle Saminsa.

C'est la première fois que j'entends le son de sa voix. Je l'avoue, cette remarque me vient un peu comme un cheveu sur la soupe.

Le Général Taylor avance de quelques pas.

— Tu es cernée ! Toutes les issues sont bloquées. Tu croyais vraiment pouvoir te faufiler dans la salle de contrôle sans te faire prendre ? Tu voulais envoyer les coordonnées de notre base à la Chancelière, n'est-ce pas ? Eh bien, sache qu'Adrien et l'autre technicien informatique ont intercepté ton message à temps.

Taylor me lance un regard avant de revenir à Saminsa.

— Très rusée toutefois, l'idée d'exploiter le signal généré par Zoe quand elle se connecte au Lien la nuit.

Je suis consternée. C'est déjà embarrassant de ne pas pouvoir maîtriser mon don pendant mon sommeil. Mais je ne m'attendais pas à ce qu'en plus quelqu'un cherche à tirer parti de ma faiblesse !

— Je savais que ce jour viendrait ! profère Saminsa, la voix posée et le regard furibond. Malgré toutes vos bonnes paroles, vous n'aviez pas l'intention de m'aider. Vous m'avez menti !

Alors là, non. Je ne peux pas laisser passer ça.

— Tu te trompes !

Rand et City échangent un clin d'œil complice, s'apprêtant à intervenir.

Je les fusille du regard. Saminsa a raison. Nous n'avons pas franchement fait l'effort de l'intégrer à notre équipe, de partager avec elle les idées que nous défendons. En même temps, ça n'aurait peut-être pas changé grand-chose puisqu'elle travaillait pour la Chancelière depuis le début. Si elle avait réussi à transmettre son message, tous mes proches seraient à présent en danger. Je suis tiraillée entre la compassion et la colère.

La paume levée, Saminsa soutient le regard du Général. Le volume de la sphère augmente progressivement.

— Vous allez me laisser partir sans poser de problème.

— Pour que tu ailles faire ton rapport à la Chancelière ? réplique Taylor, impassible. Tu te fourres le doigt dans l'œil.

— Dans ce cas, attendez-vous à voir couler du sang. Personne n'en réchappera, croyez-moi. Y compris votre petite mutante favorite.

Sur ces paroles, Saminsa lève l'autre main et la bulle double de diamètre. Tout le monde se replie contre les murs. City manque de se faire couper en deux par le champ magnétique bleu. Le coussin sur lequel elle était assise se désintègre sous nos yeux.

Un grognement hargneux franchit ses lèvres. Elle lance aussitôt un éclair qui percute la sphère dans un grésillement sans causer le moindre impact.

— Arrête, City ! Ça n'a pas marché avant, et ça ne marchera pas plus aujourd'hui, lui crié-je avant de me tourner vers Taylor. On ne peut pas la laisser s'en aller ? De toute façon, la Fondation est protégée, non ? Elle en oubliera la localisation.

— Ne sois pas stupide ! Si jamais elle s'échappe, qu'est-ce qui l'empêchera d'envoyer un message depuis la ville voisine ? Ensuite, la Chancelière saura dans quelle zone concentrer ses recherches.

Une détonation retentit dans la pièce. L'onde de choc libérée par la sphère m'éjecte en arrière. Je m'écroule lourdement sur le dos, le souffle coupé. J'essaie de me redresser, haletante. La plupart des autres sont aussi affalés contre le mur, certains sont même en sang.

Saminsa a disparu !

Quelques instants plus tard, le Général Taylor se met debout, porte son interface à sa bouche et aboie un ordre.

— Jilia, activation !

— Activation de quoi ? dis-je dans un souffle.

Une nouvelle secousse ébranle le sol. Le plafond se lézarde, mais à part ça, nous ne sommes pas directement affectés. Taylor se relève à l'aide du mur.

— Jilia, rapport ! jappe-t-elle dans l'interface.

Pas de réponse. Je réussis à me mettre debout.

— Jilia, rapport !

Un nouveau silence s'installe. Enfin, la voix de Doc résonne au poignet de Taylor.

— Système activé. C'est fait. Élément neutralisé. Accès corridor nord.

Je vais m'élancer dans cette direction lorsque Taylor me retient par le bras.

— Pas de glitchers. Xona et Cole, suivez-moi.

— Mais je ne peux pas laisser Wytt comme ça ! s'insurge Cole en désignant l'ex-Régulateur qui tient sa main blessée en la secouant.

— Rand et City vont le conduire à la clinique. Quant à toi, Zoe, tu ferais mieux d'aller enfiler ta combinaison au cas où le système de filtration serait touché, me préconise le Général en indiquant le plafond. Cole, viens avec nous. C'est un ordre !

Ce dernier s'exécute sur-le-champ. Je les suis du regard, choquée par le ton du Général et la réaction de Cole. Il lui obéit sans broncher, comme un petit soldat. Qu'ont-ils fait à Saminsa ? Jilia a dit qu'elle était « neutralisée ». Est-ce que ça veut dire qu'elle est morte ? J'en ai la chair de poule.

Je m'empresse de regagner notre chambre pour revêtir une combinaison neuve.

Xona et Ginni ne tardent pas à m'y rejoindre. À leur arrivée, je suis en train de mettre mon masque et mon costume est déjà zippé.

— C'était rapide, m'étonné-je. Qu'est-ce qui est arrivé à Saminsa ? Elle est… ?

Je ne peux pas me résoudre à prononcer le mot.

Xona s'avachit sur un siège autour de la table.

— Quand on a atteint le corridor nord, elle était étendue par terre, inanimée. Ils ont lâché une sorte de gaz par les ventilateurs.

— Taylor vous a fourni des masques ?

— Non. Les vapeurs se sont dissipées en grande partie. Et Taylor nous a dit que la substance agit seulement sur les glitchers.

Subitement, j'ai la bouche très sèche. Taylor aurait donc créé un produit nocif aux glitchers. Aux glitchers uniquement ? Je sais déjà qu'elle ne nous porte pas dans son cœur… mais de là à piéger notre propre résidence…

— Donc Saminsa est toujours en vie ?

Xona me fait signe que oui.

— Cole l'a transportée à la clinique. Doc va la mettre sous sédatif pour le moment.

— Et après ? Ils ne vont pas la garder dans les vapes *ad vitam æternam* ?

Xona se contente de hausser les épaules, mystérieuse.

Le lendemain, impossible de focaliser mon attention. L'idée que Taylor ait inventé une arme chimique contre les glitchers me perturbe. D'un côté, je me dis qu'elle a installé le dispositif afin de s'en servir contre nous comme bon lui semble. D'un autre, je ne peux m'empêcher d'y voir de l'espoir. Car ça signifie que nous avons enfin une chance de vaincre la Chancelière ! Je ne comprends pas ce que Taylor attend. Pourquoi n'a-t-on pas encore lancé une opération ? Il suffirait que je m'approche assez de Bright pour lui administrer le gaz. Ensuite, le reste de mon équipe pourrait intervenir en toute sécurité.

Au lieu d'aller déjeuner avec les autres, je décide d'aller en toucher un mot à Taylor. De toute façon, jusqu'à réparation de la fuite dans les conduits d'aération, je suis condamnée à porter ma combinaison, et je ne me sens pas du tout d'humeur à aspirer de la bouillie par une paille.

Quand je frappe au bureau du Général, je n'obtiens pas de réponse. J'attends une minute, m'impatiente et me dirige ensuite vers la clinique. Après tout, Jilia est sûrement au courant de ce qui se trame.

Mais parvenue devant le centre médical, je surprends des bruits de voix à l'intérieur et ralentis le pas.

— Henk, tu sais que c'est mal. Son projet est insensé et toi tu lui construis tout de même l'engin ! s'emporte Jilia.

Je m'avance encore un peu plus près de l'entrebâillement.

— Je ne suis pas tout à fait d'accord avec toi. La révolution est la seule réponse possible. Après, on pourra tous repartir sur de nouvelles bases. Nous avons enfin la technologie pour rendre la chose possible. L'opération *Kill Switch* est notre seule chance, fait Henk d'un ton chargé d'espoir. Et peut-être que nous pourrons en profiter pour recommencer à zéro, toi et moi.

J'entends Jilia arpenter la salle.

— Mais à quel prix ?

— Tu préfères rester les bras croisés à regarder une nouvelle génération se faire réduire en esclavage ? Tu ne penses pas que tous ces pantins de la Communauté sont déjà morts, dans un sens ? L'insertion de la version adulte de la puce A-V équivaut à une condamnation à mort. Le gouvernement s'arrange juste pour faire travailler ces automates quelques années de plus avant qu'ils ne claquent.

Le silence retombe, suivi de bruits de pas. Henk reprend la parole, un ton plus bas. J'arrive à peine à distinguer ses propos.

— C'est la meilleure chance que nous ayons de remporter la guerre et de sauver des millions de vies. Taylor a enfin retrouvé la trace du composant manquant. Elle est en train de le récupérer, à l'heure qu'il est. Je vais achever de lui monter le dispositif. Ensuite nous pourrons partir, toi et moi. Tu poursuivras tes recherches sans être obligée d'assister à l'hécatombe. Nous trouverons une cachette, le temps que tout se calme.

— Je suis médecin, Henk. Si jamais Taylor met son projet à exécution, on aura besoin de moi plus que jamais.

— Promets-moi que tu vas quand même y réfléchir, insiste Henk d'une voix grave.

La réponse de Jilia m'échappe. En revanche, j'entends Henk s'approcher de la porte, et je pirouette sur mes talons à la hâte. Aïe ! Mes semelles crissent sur le carrelage. Il apparaît alors dans le couloir et je fais mine d'arriver. Pourvu qu'il n'y voie que du feu. Je me compose un sourire et fait comme si de rien n'était.

— Salut Henk !

— Salut, me répond-il sans ralentir.

Je pénètre dans la clinique sans trop savoir quoi dire après avoir surpris cette étrange conversation. De toute évidence, Taylor est en train de monter une opération d'envergure, et puisque l'objectif est de faire tomber la Chancelière, je ne comprends pas pourquoi mon équipe n'a pas été briefée sur le sujet.

— Je peux t'aider, Zoe ? me demande Jilia, décoiffée.

— Comment va-t-elle ?

Je m'approche du lit de Saminsa. Le visage anormalement pâle, les lèvres presque blanches, elle a l'air très faible.

— Elle est sous sédatif.

— Qu'est-ce que Taylor a utilisé pour l'arrêter ? Xona m'a parlé d'un genre de produit toxique…

Des mèches s'échappent du chignon défait de Jilia. Elle en glisse quelques-unes derrière ses oreilles.

— Nous avons bloqué le corridor menant à l'ascenseur et avons lâché un gaz. Un mélange d'antipsychotiques et de calmants.

— Des antipsychotiques ?

Elle se gratte le front, mal à l'aise.

— Nous sommes en train de développer un sérum visant à neutraliser les pouvoirs des glitchers. Ça faisait partie des exigences de Taylor au moment de la création de la Fondation.

Voilà qui confirme mes soupçons.

— Neutraliser nos pouvoirs ? Tu veux dire les éradiquer ?

— Non, non. Pas les nôtres ! Juste ceux du camp adverse. C'est stratégique…

Elle laisse sa phrase en suspens.

— Pourtant, vous l'avez fait installer ici. Afin de l'employer contre nous. Est-ce que son don a totalement disparu ?

Je me tourne vers Saminsa.

Les épaules affaissées, Jilia s'assied sur un siège.

— C'est seulement temporaire. L'antipsychotique paralyse la neurotransmission adrénergique et semble perturber le phénomène responsable du glitch. Tout ça est très empirique. Tout ce que nous savons, c'est que le sérum a marché sur les sujets testés.

— Vous avez utilisé des cobayes ? Effectué des tests sur des glitchers ?

— Tu ne comprends pas. Il nous fallait un autre moyen de combattre le don de la Chancelière. Tout du moins, un autre moyen de nous défendre contre son armée de glitchers sans avoir à verser du sang. Réfléchis un peu, Zoe. Sans ce produit, nous aurions peut-être été obligés d'éliminer Saminsa. On est parfois contraints de faire des choses ingrates dans la vie. À partir du moment où l'objectif final en vaut la peine.

Je la dévisage avec réserve. Dans le fond, c'est ce que je veux moi aussi, non ? Un moyen de neutraliser le don de la Chancelière. D'ailleurs, c'est de ça que j'étais venue parler au Général.

— Puisque vous avez ce sérum – ou ce gaz –, comment se fait-il que vous n'ayez pas encore organisé une opération contre la Chancelière ?

Jilia détourne le regard, gênée.

— Taylor doit d'abord achever une autre mission.

— Laquelle ?

— Je ne peux pas t'en parler.

La fameuse mission dont il était question lors de son tête-à-tête avec Henk ! Il est clair que je ne réussirai pas à lui tirer les vers du nez.

— Vous auriez au moins pu parler du sérum à notre unité spéciale. Sans avoir à en informer tout le monde. Nous sommes dans le même camp, vous savez !

Elle se contente de fixer ses pieds.

Ma poitrine se serre. Inutile que Jilia en dise plus. Je mets enfin le doigt sur le fond du problème : Taylor ne voit pas les glitchers comme des alliés. Elle a besoin de nous pour parvenir à ses fins, certes, mais elle nous considère comme des ennemis.

— Le Général cherche à rendre l'effet du sérum permanent, c'est ça ? Comment pouvez-vous la soutenir dans son projet ? Tu es l'une des nôtres !

— Au début, j'étais contre, répond Jilia d'un air sincère. Je ne voulais pas en entendre parler. Mais c'était ça ou le recours à la violence. Et nous ne l'utiliserons jamais sur vous, seulement sur l'ennemi. Tu n'as pas la moindre idée de ce qui se passe dehors. La situation est critique. Tout le monde redoute le pire.

Ses paroles ramènent à mon souvenir l'expression désemparée d'Adrien, dans la salle de bains. Les yeux cerclés de noir, il fixait le miroir en se maudissant d'avoir révélé à Taylor une de ses visions. Une vision qui avait changé Taylor. Une vision qui l'avait rendue prête à tout.

À cet instant, l'interface de Jilia se met à vibrer. Elle la consulte et se tourne ensuite vers moi, un sourire faussement enjoué aux lèvres.

— La filtration est enfin réparée ! Tu peux retirer ta combinaison en toute sécurité. En te dépêchant, tu auras même le temps de rejoindre tes camarades au réfectoire.

Je ne réponds rien mais les pensées tournent à toute allure dans ma tête. Ce n'est pas seulement le Général et cette histoire de sérum qui me troublent. Henk n'a-t-il pas évoqué une hécatombe, une révolution ? Mue par le désespoir, jusqu'où Taylor sera-t-elle prête à aller pour atteindre son but ?

Je l'ignore, mais je compte bien le découvrir.

23.

Via notre interface, je donne rendez-vous à Xona et Ginni dans le local du matériel. Ce sont les deux seules en qui je place ma confiance. Une partie de moi hésite à contacter Adrien aussi, mais j'ignore où il se positionne dans toute cette histoire. Si jamais il a eu une vision du Général dans le futur, il restera muet comme une tombe. Et peut-être que c'est mesquin, mais je n'ai toujours pas digéré le coup qu'il m'a fait l'autre soir. J'ai besoin de me concentrer, chose dont je suis incapable en sa présence. En outre, moins on sera nombreux à être dans le secret, plus on aura de chances de s'en tirer.

— Qu'est-ce qui t'arrive ? me demande Xona en entrant dans la petite pièce. On ne pouvait pas parler dans notre chambre, tout bêtement ?

— Non. Imagine que quelqu'un entre sans frapper… Je ne veux prendre aucun risque.

— Un risque ? réplique Xona qui caresse son ceinturon en jetant des coups d'œil inquiets tout autour d'elle. Ne me dis pas que ce sont encore ces salauds d'ex-Regs qui nous espionnent ?

— Non, tu fais fausse route, réponds-je en m'armant de courage. J'ai l'intention de m'introduire dans le bureau de Taylor. Pour cela, j'ai besoin de votre aide.

— Quoi ? s'exclame Ginni en ouvrant de grands yeux. On ne peut pas faire ça !

Xona en revanche est tout ouïe. Comme si je venais enfin de prononcer une chose digne d'intérêt.

— Qu'est-ce qu'on cherche ?

— J'ai entendu Henk et Jilia discuter d'une opération intitulée *Kill Switch*. Apparemment, Henk est en train de monter un engin pour Taylor. Ginni, tu n'en aurais pas entendu parler, par hasard ?

Elle fait non de la tête.

J'arpente le local exigu.

— Écoutez, Je sais bien que Taylor est la chef du Réseau. Mais imaginons qu'elle prenne des décisions regrettables ? J'ai appris aujourd'hui qu'elle a chargé Jilia de mener des tests top secret sur les glitchers. Pour trouver un moyen de nous ôter nos pouvoirs.

— Comment ça ? s'écrie Ginni, stupéfaite. Non, tu te trompes !

Xona semble beaucoup moins choquée qu'elle.

— Ça pourrait s'avérer utile pour combattre la Chancelière et ses sous-fifres.

— Précisément, dis-je en hochant la tête. C'est d'ailleurs leur excuse. Je ne sais pas, ajouté-je d'un geste impuissant, peut-être qu'elles ont raison… Ce qui m'ennuie, c'est que tout ça se soit passé dans le plus strict secret. Nous sommes censés former un seul et même clan, et voilà qu'elle fait installer un gaz toxique à la Fondation afin de s'en servir contre nous. Elle m'a demandé il n'y a pas longtemps si j'étais prête à tous les sacrifices pour le bien commun. C'est un bel idéal en soi, mais je ne suis pas sûre qu'elle ait prévu de nous laisser le choix. (Je cesse de faire les cent pas et les dévisage.) Il faut qu'on découvre ce qu'elle mijote.

— Qu'est-ce qu'en pense Adrien ? s'enquiert Ginni en se mordillant nerveusement la lèvre. Il le saurait, si elle préparait un coup tordu, non ? Il aurait une vision.

— Je crois qu'il l'a déjà eue, confié-je en baissant la tête. Seulement, il refuse catégoriquement de m'en parler. Et je ne suis pas sûre qu'il soit d'accord pour nous filer un coup de main. Il faut qu'on entre dans ce bureau quoi qu'il en coûte. Je le ferais volontiers toute seule, mais j'ai peur que, en arrachant les verrous avec mon pouvoir, l'alarme ne se déclenche...

— Raison pour laquelle tu as besoin de moi, réplique Xona avec un grand sourire en faisant craquer ses doigts. Je ne suis pas aussi douée en informatique qu'Adrien ou l'autre mec de la salle de contrôle, mais j'ai passé ma vie à entrer par effraction dans des lieux. Il suffit que je dégote l'encodage du jour pour le verrouillage des portes du centre.

— Non, déclare une voix grave dans l'encadrement de la porte.

Nous nous figeons sur place.

Tyryn s'avance dans la lumière et nous rejoint rapidement dans le coin où nous tenons conciliabule. Il brandit un petit dispositif d'écoute. Visiblement, il n'a pas perdu une miette de notre conversation.

Ginni le regarde avec effarement.

— Tu vas nous balancer ? fait Xona, hargneuse.

— Petite sœur, je te connais suffisamment. Dès qu'il y a un plan louche, tu sautes dedans à pieds joints. Je ne suis pas venu te stopper. Il se prépare un truc énorme dont on nous tient à l'écart. Et vu les risques pris par Taylor ces derniers temps... Je suis là pour vous aider.

— Tu peux mettre la main sur la clé d'encodage ? demande Xona.

Sourire aux lèvres, Tyryn sort alors un petit lecteur de sa poche.

— Quoi, tu veux parler de ça ?

Après avoir localisé le Général, Ginni nous confirme que la voie est libre. Taylor est en déplacement. De son côté, Tyryn a accepté de descendre au sous-niveau pour faire le guet. Si jamais une alarme se déclenche, les soldats seront les premiers avertis. Ginni reste également en arrière, tout en nous promettant de surveiller la zone grâce à son radar.

Une fois tout le monde endormi, Xona et moi nous coulons jusqu'au bureau de Taylor. Xona agite la clé nouvellement encodée devant le lecteur d'accès et la porte se met à coulisser. Le crissement résonne dans le couloir vide. Je tressaille, mais Xona reste de marbre. D'un geste sec, elle me fait signe d'entrer. Je pénètre dans la pièce à sa suite puis elle referme la porte derrière nous.

Je suis extrêmement tendue. Aucune erreur ne nous est permise. Heureusement que Xona est d'un sang-froid à toute épreuve. Elle se comporte en véritable pro.

Les lumières s'allument automatiquement. Je sursaute, surprise.

— Ce n'est rien, murmure Xona avec un sourire moqueur. Juste les capteurs de mouvement. Détends-toi un peu, ma petite.

Elle contourne le bureau et se met à examiner les papiers fixés au mur tout autour de l'écran géant.

— Je te parie que si elle nous voyait, ça lui ferait passer son obsession du papier, fait-elle remarquer.

— Tu m'étonnes !

— D'après Ginni, Taylor préfère le papier parce qu'elle trouve ça plus sûr, impossible à hacker, contrairement aux ordinateurs.

Xona essaie d'ouvrir un tiroir du bureau.

— Fermé à clé, dit-elle en haussant un sourcil. C'est plutôt bon signe. Quand c'est fermé, c'est qu'il y a des choses intéressantes à l'intérieur…

Je m'approche d'un classeur vertical situé contre le mur de gauche. Muni d'un vieux système d'ouverture, il n'oppose aucune résistance et son rideau se rétracte aisément vers le bas.

— Dans ce cas, j'imagine que ça, c'est très très bon signe ! m'exclamé-je.

Xona lève la tête de derrière le bureau et laisse échapper un sifflement.

— Un coffre-fort ! s'écrie-t-elle en se précipitant vers moi. Y a pas à dire, le Général a un penchant pour les antiquités !

Je m'accroupis pour examiner le coffre de plus près. Il fait environ cinquante centimètres cubes et occupe la quasi-totalité du bas du meuble. Concentrée, j'éveille mon pouvoir. Quoique le stress ralentisse la procédure, le bourdonnement finit par résonner dans mes tympans. Je visualise le coffre.

— Comment ça s'ouvre ?

Xona m'indique une sorte de trou sur le devant de la boîte.

— C'est un vieux machin. Personne ne s'embête plus à apprendre comment marche ce type de verrou. On aurait dû emmener Rand. Il l'aurait fait fondre.

— Avec tout son contenu, ajouté-je d'un ton sarcastique.

Je finis d'examiner la surface avec ma télékinésie.

— Si c'est une antiquité, pourquoi y a-t-il un fil à l'arrière ?

Je sens qu'il relie l'intérieur du coffre au mur, dans lequel il s'encastre.

Xona pousse un juron. Elle se met debout et inspecte rapidement le cadre du meuble de haut en bas. Sa main s'arrête à mi-chemin.

— J'aurais dû m'en douter.

— Quoi ?

— L'ouverture du meuble est reliée à une alarme.

J'esquisse un mouvement de recul. Accroupie, Xona continue de pester.

— C'est une ruse ! Elle planque l'alarme dans un vieux meuble pourri. C'est le dernier endroit où on s'attend à trouver un système de détection. Et hop ! On tombe dans le piège comme des débutantes.

La rumeur qui fait rage dans mon crâne éclipse la voix de Xona. Quoi qu'on fasse, à présent, Taylor va savoir que quelqu'un s'est introduit dans son bureau. Ce serait dommage d'avoir fait tous ces efforts pour rien. Il est encore temps d'en tirer parti.

Je projette mon esprit à l'intérieur du coffre où je devine les contours d'une pile de feuilles. Du papier, encore du papier ! Une fiole trône sur le tas. Des vibrations s'en échappent, une sorte de tic-tac qui s'arrête net. C'était probablement un compte à rebours. La fiole se fendille.

— Non !

Je plaque les mains de part et d'autre du coffre pour ancrer mon esprit à l'intérieur. Puis j'emprisonne la fiole à la seconde où la première gouttelette perle à la surface.

Contrairement aux flammes, le liquide est assez consistant pour que je puisse m'y raccrocher mentalement et l'empêcher de s'écouler.

— Recule ! dis-je, les dents serrées.

De toute façon, Taylor saura qu'elle a eu de la visite. Inutile de couvrir nos traces. Xona s'écarte. Lorsque mon pouvoir bourdonne de nouveau, j'arrache la porte du coffre. À présent, je vois ce que la fiole contient : de l'acide. Si jamais j'avais touché le liquide avec autre chose que mon esprit, j'aurais une vilaine brûlure à l'heure qu'il est.

— Prends les papiers !

Mon cœur martèle mes côtes. Xona engouffre les mains dans le coffre béant avec mille précautions avant d'en sortir la pile de feuilles. Je ramasse ensuite la porte blindée à l'aide de mon pouvoir et la repose sur ses gonds aussi proprement que possible. Xona écarquille les yeux en voyant l'objet flotter sous son nez. J'oublie parfois à quel point mon don la trouble.

Elle me passe les papiers.

— Filons !

Je feuillète les premières pages. Elles sont couvertes de diagrammes et de plans cryptiques. Xona se dirige vers la sortie, lorsque je constate que mon interface clignote à mon poignet.

— Attends. Ginni m'a envoyé un message…

Trop tard, la porte coulisse déjà. Les trois ex-Régulateurs nous attendent dans le couloir, leurs pistolets tranquillisants braqués sur nous.

24.

Xona glisse lentement sa main vers la lame de vingt-cinq centimètres coincée à sa ceinture. Face à elle, l'ex-Reg est prêt à appuyer sur la détente. Tout cela va mal se terminer.

Je m'adresse à Cole, celui qui me semble le plus sensible des trois.

— Ne fais pas ça.

Il se tait. Je poursuis d'une voix basse et menaçante.

— Tu sais très bien qu'avec mon pouvoir, vos armes, je les détruis en un clin d'œil.

— Nous avons reçu l'ordre d'interpeller quiconque déclenche cette alarme.

— Cole, tu nous connais. Nous faisons partie de la même équipe. Tu te doutes que nous ne sommes pas des espionnes de la Chancelière ! Tu n'es pas curieux de savoir ce qu'on a découvert ?

Je brandis la pile de papiers. Quoi qu'ils dissimulent, les plans présents sur ces pages sont d'une importance capitale.

Cole est tiraillé, je le vois bien. Depuis leur plus tendre enfance, les Régulateurs sont programmés pour obéir. C'est ancré dans leur cerveau. Or Taylor représente désormais le chef absolu. C'est à elle seule qu'ils rendent des comptes dorénavant. Seulement, c'est moi qui les ai libérés de la puce. Ils me font confiance, je le sais. En plus, Cole n'arrête pas de jeter des coups d'œil en direction de Xona... À présent, envers qui va sa loyauté ?

— On ne veut rien savoir, rétorque Eli d'une voix inexpressive. Nous avons des consignes strictes.

Eli n'est pas comme Cole. Avec lui, impossible de négocier. Sentant son doigt presser la détente, je libère alors mon pouvoir et lui arrache l'arme des mains. Il s'y cramponne si fermement que son corps est projeté en avant.

Xona en profite pour s'en prendre au troisième ex-Reg, face à elle. D'un coup de pied, elle dévie le pistolet tranquillisant. La seringue va se loger dans le plafond. Mais sa victoire est de courte durée. La seconde d'après, Wytt la saisit au collet et la plaque contre le mur.

— Stop ! s'écrie Cole en même temps que moi.

Xona a beau être forte, son regard trahit de l'effroi. Je sais qu'elle est en train de penser à sa mère. Pourtant, elle résiste. Furieuse, elle abat son couteau entre les épaules de Wytt, mais la lame érafle à peine le métal avant de lui échapper des mains. L'ex-Reg l'étrangle si fort qu'elle n'arrive plus à émettre un son.

— Lâche-la ! crié-je en tâchant de garder mon sang-froid. Wytt, je t'en prie.

J'examine la main qui serre la gorge de mon amie. Une fine ligne apparaît à l'endroit où les doigts ont été ressoudés.

— Arrache-lui l'épaule ! me lance Xona en tournant la tête pour dégager sa trachée.

— Je t'en prie, Cole, dis-je en lui touchant le bras.

Un long moment s'écoule. Cole déglutit, puis son corps se détend. Il laisse retomber son pistolet le long de son flanc.

— Libère-la, ordonne-t-il à son camarade.

— Mais les ordres sont…

— Obéis !

Wytt s'exécute enfin. J'attrape aussitôt Xona pour l'empêcher de ramasser son couteau. Elle bouillonne de colère et se contient du mieux qu'elle peut.

Au milieu de cette confusion, quelques feuilles m'ont échappé des mains et se sont mélangées. En les ramassant, je reconnais soudain un schéma. Je me fige. Puis, je plaque les papiers contre moi.

— Il faut que vous voyiez ça ! Mais d'abord, allons dans un endroit plus tranquille, dis-je en parcourant le couloir des yeux. Je ne préfère pas savoir quel autre tour Taylor nous réserve en cas de violation du système de sécurité.

— D'accord. Mais s'il tente quoi que ce soit, je le brûle au chalumeau pendant son sommeil, rétorque Xona en foudroyant Wytt du regard.

Ce dont personne ne semble douter, à en juger par l'expression générale.

Tyryn et Ginni nous retrouvent dans notre dortoir.

— J'ai surveillé les va-et-vient de Taylor. Elle arrive ! m'informe aussitôt Ginni.

Son visage s'illumine à la vue des ex-Régulateurs. Elle les salue tour à tour mais ils font mine de l'ignorer.

— Qu'est-ce que tu as trouvé ? me demande Tyryn.

J'étale les plans sur la table. Cole manque de rentrer dans Xona en s'approchant. Elle le regarde avec dégoût. Lui la dévisage quelques instants d'un air étrange.

Ginni examine les plans et se raidit.

— Ce ne serait pas une…

— Arme nucléaire, achève Cole en écarquillant les yeux.

— C'est ce que je craignais, dis-je dans un souffle. Mais j'espérais me tromper.

— Taylor n'est pas complètement stupide ! rétorque Xona. Elle ne prendrait pas le risque de répéter le jour J.

— Qui sait ce que le désespoir peut la pousser à faire ? lancé-je.

Tyryn indique le schéma du dessus.

— Pas de doute, c'est une bombe nucléaire. Et pas une petite.

— Où est-ce qu'elle se procurerait le matériel nécessaire à sa fabrication ? demande Xona. C'est la substance la plus régulée et la mieux gardée de la planète depuis la grande catastrophe.

Les diverses pièces du puzzle s'assemblent peu à peu dans ma tête.

— Le genre de substance à laquelle la Vice-Chancelière de la Défense aurait accès, par exemple ? Et si c'était ça que le Général Taylor voulait récupérer durant notre mission ?

Mon cerveau tourne à toute vitesse. Henk a dit que Taylor savait où trouver le dernier composant. De son côté, il est en train d'achever le dispositif. Henk, l'expert en armement du Réseau. Tout prend sens. La main sur l'estomac, je suis soudain assaillie de violentes nausées.

— Et quelle serait la cible ? demande Tyryn, le front plissé. ComCorp est une véritable pieuvre. Il ne suffit pas de couper un tentacule pour abattre la bête. Les Supérieurs sont disséminés dans toutes les villes du Secteur…

— Et des Secteurs à travers le monde, renchérit Ginni.

— Peut-être que ComCorp n'est pas la cible directe, poursuis-je en repensant aux visions d'Adrien. Taylor veut taper très fort. Changer la face du monde. Et si elle cherchait tout bonnement à causer le plus de dégâts possible ?

— Voilà la trajectoire du missile, fait Cole en saisissant la dernière page, couverte de numéros et de coordonnées qui ne sont que du charabia à mes yeux.

— Tu arrives à déchiffrer ça ?

Il hoche la tête.

— Alors, cette cible ? s'impatiente Xona.

— C'est bizarre… On dirait qu'ils ont l'intention de lancer le missile dans l'espace.

— Quel intérêt ? fais-je.

Comprenant soudain, Cole écarquille les yeux.

— C'est une IEM.

— Une quoi ?

— Une impulsion électromagnétique. C'est une émission d'ondes électromagnétiques qui brouille les champs électroniques. On en génère une en faisant exploser une arme nucléaire en dehors de l'atmosphère. Or celle-ci est programmée pour se déclencher à une altitude de cinq cents kilomètres. Elle détruirait tous les circuits électroniques du continent. La radiation n'affecterait pas les hommes directement. En revanche, tous les réseaux d'énergie lâcheraient. L'intégralité du Secteur Six serait plongée dans le noir.

— Je ne comprends pas ce que ça apporterait, fait Ginni en inclinant la tête.

— C'est simple, intervient Xona. L'intérêt réside dans l'IEM en soi. Tu ne vois toujours pas ? Zoe, tu as dit que l'opération s'intitule *Kill Switch*. Réfléchis un peu. En grillant tous les circuits électroniques, on grille aussi toutes les puces A-V.

Ce constat me laisse sans voix. Tout le monde paraît abasourdi, à l'exception de Ginni, qui nous observe d'un air perplexe.

— N'est-ce pas une bonne chose ? Les esclaves de la Communauté seront enfin libérés de la puce. Ils seront capables de penser, de vivre et de ressentir des émotions comme nous. N'est-ce pas le but recherché ?

— Tu oublies les adultes, m'exclamé-je. Tous les sujets de plus de dix-huit ans dépendent de la puce ! Elle régule leur système limbique. Elle les contrôle. Sans elle, ils vont tous mourir.

Ginni émet un petit cri stupéfait.

Cole secoue la tête, écœuré.

— Ce serait un véritable carnage. L'extermination de toute une génération.

— Autrement dit, les adolescents et les enfants seront délivrés du Lien, et les adultes réduits à l'état de larves – voire tués sur le coup, avance Xona. Quoi qu'il en soit, tous seront encore sous le joug de la Communauté. Qu'est-ce qu'ils sont censés faire après ?

Le reste de la conversation que j'ai surprise entre Henk et Jilia me revient par vagues.

— Se révolter contre les Supérieurs. Il y a cinquante sujets pour un Supérieur. S'il existe une manière d'organiser les troupes rapidement, ils sont sûrs de remporter la victoire haut-la-main. Ils peuvent nous permettre de gagner la guerre !

Tyryn se gratte la tête.

— Ce n'est pas un mauvais plan.

— Les pertes seraient trop énormes ! objecte Cole, les traits marqués d'une vive émotion.

— Le Réseau est en mauvaise passe. Des enfants, des familles entières se font massacrer, réplique Tyryn. Il y a déjà eu trop de morts, ajoute-t-il en jetant un coup d'œil à Xona. Dans un sens, les sujets adultes sont déjà perdus. Sans la puce, ils n'ont absolument aucune chance de vivre normalement.

J'ai l'impression d'entendre Henk. Puisque la version adulte de la puce A-V équivaut à une condamnation à mort, est-ce vraiment un crime d'écourter la vie des sujets adultes de quelques années ? Un frisson me traverse. Je n'arrive même pas à considérer la question.

— En d'autres termes, leur vie n'a pas de valeur ? reprend Cole en haussant d'un ton.

— Tu déformes mes propos, lâche Tyryn, des éclairs dans les yeux. Tout ce que je dis, c'est que si jamais le plan fonctionne, nous sauverions la nouvelle génération ainsi que les générations futures. Il n'y a pas de guerre sans victimes. Ce plan pourrait mettre un point final à notre combat.

Xona hésite un instant avant de poser la main sur le bras de son frère.

— Nous ne pouvons pas faire ça. Tu te rappelles ce que maman disait toujours ? Peu importe la gravité de la situation, il y a des limites à ne pas dépasser, au risque de devenir comme eux.

Un long silence s'installe. Au bout d'un moment, Tyryn croise son regard et hoche la tête.

— Mais quel autre choix avons-nous ?

— Et si nous trouvions un autre plan valable ? suggéré-je. Taylor a abordé le problème d'un point de vue informatique. Nous pourrions l'aborder autrement ! Il existe peut-être un moyen de hacker le système du Lien lui-même…

— Je suis sûr que le Général a déjà tenté cette approche, répond Tyryn.

— Peut-être bien, dis-je. Mais avec nos dons, nous pouvons accéder à des lieux jusque-là inaccessibles au Réseau. Taylor ne nous a même pas pris en compte. Elle ne nous aime pas. Elle ne nous fait pas confiance. Ginni, combien de temps avons-nous d'ici son retour ?

Elle ferme les yeux quelques secondes pour se concentrer et repérer le Général sur son GPS interne.

— Elle est à une demi-heure d'ici. Mais elle se déplace vite.

— OK. Je vais chercher Adrien. Nous allons avoir besoin de ses talents d'informaticien pour décrypter les codes du Lien.

Bien que sa présence me gêne encore un peu, il est temps de le mettre dans le secret. Éradiquer la puce A-V est un rêve que nous partageons tous les deux. Je suis convaincue qu'il nous aidera.

— Et qu'est-ce qu'on va faire quand Taylor débarquera ? demande Ginni, inquiète.

— Essayer de la convaincre que nous sommes de son côté, mais qu'on ne peut pas la laisser provoquer une IEM, sachant que ça tuera des millions d'innocents, résume Cole.

J'acquiesce.

— Je ne suis pas certain qu'elle nous écoutera, fait remarquer Tyryn.

— Dans ce cas, nous aviserons, intervient Xona, la main posée sur son ceinturon.

Cole lui adresse un sourire approbateur.

Le cœur bondissant dans la poitrine, je me dirige aussitôt vers le dortoir des garçons. J'ignore si le Général nous écoutera, mais nous devons essayer de la raisonner coûte que coûte.

J'approche de la chambre à pas de velours. La porte s'ouvre dans un grincement qui me fait tressaillir. Mais personne ne semble avoir été alerté par le bruit. La pièce est plongée dans le noir. J'effleure mon interface qui s'allume aussitôt, m'éclairant la voie. J'avance jusqu'aux lits en évitant les meubles.

Le souffle suspendu, je grimpe à l'échelle, prenant garde à ne pas réveiller les autres. C'est bon, il n'y a pas un mouvement. Je tire le rideau de la couchette d'Adrien.

La pénombre m'empêche d'y voir clair. La couverture remontée jusqu'au menton, Adrien dort avec le bras en travers du visage. Je pose la main sur son épaule, et il remue dans son sommeil. Puis il baisse le bras…

J'étouffe un petit cri d'horreur. Ce n'est pas Adrien qui est étendu là.

C'est Max.

25.

Je dégringole du lit et atterrit lourdement sur le coccyx. Je relève la tête juste à temps pour voir la silhouette de Max sauter prestement au sol.

— C'est impossible ! dis-je avec peine, le souffle coupé par ma chute.

Max est vivant !

Un sentiment d'horreur me gagne en songeant à ce que sa présence implique. Depuis quand se fait-il passer pour Adrien ?

La silhouette imposante de Max me surplombe. J'entrevois sa tignasse blonde juste avant que mon interface s'éteigne.

— Qu'est-ce que tu as fait d'Adrien ?

Alerté par mon cri strident, Rand ouvre son rideau.

— Qu'est-ce qui se passe ? demande-t-il d'une voix encore à moitié endormie.

Dans le noir, il ne peut pas nous voir.

Max se glisse derrière moi avec l'agilité du lynx. Il passe un bras autour de mon cou et m'étrangle pour m'empêcher d'appeler à l'aide. Ça y est, je vois clair dans ses intentions. Après toutes les excuses que je lui ai trouvées, il s'en prend à moi ! Sans oublier qu'il se fait passer pour Adrien depuis Dieu sait quand ! Un bourdonnement strident éclate dans mes tympans. Je me sers de mon pouvoir pour projeter une chaussure contre le bouton d'alarme, à l'autre bout de la pièce. Une sirène retentit et la lumière s'allume aussitôt, plus vive qu'à l'accoutumée. Pile à cet instant, je vois Max attraper un couteau à sa cheville et le diriger contre moi.

Je le lui arrache des mains avec mon esprit et le projette au sol.

Rand et Juan bondissent de leurs lits, prêts à intervenir. Paume levée, je leur intime de ne pas bouger. Les renforts seront là d'une seconde à l'autre. Surtout, il nous faut Max vivant si nous voulons découvrir ce qu'il a fait d'Adrien. Mon pouvoir le cerne de toutes parts, mais je suis tellement furieuse contre lui que je préfère me retenir. Autrement, je risquerais de le tuer. Il me traîne alors vers la porte en m'écrasant la gorge. Mon souffle se coupe et la pression me fait monter les larmes aux yeux.

Je me tourne un peu de côté, comme Tyryn nous l'a appris, et je lui assène un coup de coude dans l'estomac.

Il relâche son emprise dans un cri de douleur. J'en profite pour me dégager de son bras en me tortillant et me glisse à terre. Une seconde plus tard, Rand le plaque au sol en lui coinçant les bras derrière le dos.

— Qui tu es, toi ? Et qu'est-ce que tu fiches ici ?

La porte s'ouvre et Sophia se précipite dans le dortoir suivie de Tyryn et du Professeur Henry. Tyryn transmet des ordres sur son interface.

— Où est Adrien ? s'écrie Sophia en promenant son regard de visage en visage, à la recherche de son fils.

Tout le monde se met à parler en même temps. Je me contente de fixer Max, qui cligne des yeux comme s'il venait de se réveiller. Son regard navigue du couteau à moi.

— Je n'avais pas l'intention de t'attaquer, Zoe, je te le jure ! C'est Bright qui m'a jeté une sorte de charme à retardement, pour que je te tue au cas où ma couverture sauterait. Je ne te ferais jamais aucun mal, il faut que tu me croies !

J'ai l'impression d'assister à cette scène à distance, derrière un écran flou. Toute cette situation me semble absurde.

Soudain Sophia pousse un hurlement de douleur, arrachant Max aux mains de Rand pour lui asséner un violent coup de genou dans le ventre. Il s'affale par terre.

— Où est mon fils ?

Max répond par le silence. Elle le frappe encore une fois.

— Arrêtez, Sophia ! m'écrié-je en m'accroupissant auprès de lui et en posant la main sur son visage, à contrecœur. Si tu m'as réellement aimée un jour, dis-moi où est Adrien !

Max lève la tête vers moi, l'air hésitant.

— Je ne sais pas, Zoe. Je te le jure. La Chancelière l'a emmené avec elle…

Mes jambes manquent de se dérober sous moi.

— Quand est-ce qu'elle l'a enlevé ? Depuis quand fais-tu semblant d'être lui ?

Max n'ose plus me regarder en face.

— Depuis votre attaque de notre base.

J'esquisse un mouvement de recul. C'est impossible. Ça vaudrait dire que cela fait un mois et demi qu'il se fait passer pour Adrien ! Non. Je m'en serais rendu compte. Comment ai-je pu passer à côté d'un truc aussi énorme ?

Dans mon crâne, un hurlement strident éclate et je perds le contrôle. Le mobilier vole à travers la pièce pour aller se fracasser contre un mur dans un bruit détonant. Tout le monde sursaute. Je fais quelques pas en arrière. Non, je suis sûrement en train de rêver. C'est impossible !

Une douleur fulgurante à la joue me ramène soudain à la réalité. La mère d'Adrien m'a giflée ! Sidérée, je la fixe sans bouger alors qu'elle s'apprête à me frapper une deuxième fois, le bras levé. Mais Tyryn la retient en la serrant fort.

— Je savais que tu finirais par lui causer des ennuis, hurle-t-elle en se débattant. J'ai essayé de le tenir à l'écart de tout ça. Mais il n'en a fait qu'à sa tête, à cause de toi !

Tous les regards se braquent sur moi. Du coin de l'œil, je vois Max disparaître. Littéralement. Il s'est *volatilisé.*

Son corps était là. Et hop ! L'instant d'après, il n'y a plus rien. Dans un cri étranglé, je me rue par terre, à l'endroit précis où il était allongé.

— Verrouillage de tout le périmètre ! ordonne Tyryn à son poignet.

Nos interfaces clignotent en chœur pour transmettre la consigne, relayée par tous les haut-parleurs.

— Alerte rouge ! Intrus en fuite. Je répète, intrus en fuite. Rassemblement général dans le gymnase !

Sur ces ordres, Tyryn s'élance dans le couloir, suivi de Rand et de Juan. Je leur cours après.

— N'oubliez pas qu'il s'agit de Max. Il peut prendre l'apparence de n'importe qui, alors ne vous séparez sous aucun prétexte ! Et maintenant, il peut aussi se rendre invisible. Bipez-moi si jamais vous tombez sur quelque chose d'inhabituel.

Tout cela paraît grotesque, j'en ai bien conscience. Moi-même, je ne l'aurais jamais cru si je ne l'avais vu de mes propres yeux. En même temps, c'est plutôt logique. Jilia nous a expliqué que le don du glitcher s'accroît avec le temps. Celui de Max, c'est de manipuler l'esprit des gens dans un rayon proche. Au lieu de prendre simplement le visage d'un autre, il est désormais capable de nous faire voir du vide !

City, Xona et Ginni surgissent au détour d'un couloir.

— Arrêtez-vous ! leur hurle Tyryn.

Xona s'exécute immédiatement et rattrape les deux autres par le coude.

— Qu'est-ce qui se passe ? demande-t-elle, à quinze pas de nous.

— C'est Max, dis-je à la hâte. Il s'est infiltré dans la Fondation. Il peut prendre l'apparence qu'il veut.

— Vous ne vous êtes pas quittées des yeux ne serait-ce qu'un instant ? les interroge Tyryn en les observant d'un œil méfiant.

Après avoir échangé un regard, Ginni et Xona s'écartent de City.

— Quoi ? Vous croyez que je suis Max ?

— On est tombées sur toi dans le hall, réplique Xona d'un ton glacial. Tu étais toute seule.

— Nous n'avons pas une seconde à perdre, City. Prouve-nous que tu dis la vérité ! lancé-je pour mettre un terme à la discussion.

City fulmine. Le majeur pointé en l'air, elle projette une spirale électrique vers le plafond.

— Ce n'est pas elle !

Je me précipite vers l'issue principale en la bousculant. Les pensées m'assaillent. La Fondation a beau être verrouillée, si cela fait plus d'un mois que Max circule dans les lieux, il connaît peut-être un moyen de contourner le système de sécurité.

En y repensant, je fronce les sourcils. Le système de sécurité. La salle de contrôle… Je crois me rappeler un truc… Mais plus j'y réfléchis, plus mes idées s'embrouillent. Max a dû rencontrer un problème lui aussi, sinon il y a belle lurette qu'il aurait transmis nos coordonnées et que la Chancelière aurait lancé une attaque contre la Fondation.

Je repasse dans ma tête les moments partagés avec lui depuis qu'il se fait passer pour Adrien. Max qui me caresse la main, Max qui m'embrasse. Ça me donne envie de vomir. Refoulant ces images, je m'oblige à avancer. Une fois dans le vestibule, j'aperçois le Général Taylor. Elle se tient devant l'ascenseur, juste à l'intérieur du périmètre de sécurité. Ses cheveux encore humides laissent présumer qu'elle sort de la douche.

— Ne bougez plus !

Taylor pivote vers moi, surprise.

— Qu'est-ce qui se passe ?

Elle esquisse un mouvement dans ma direction mais je l'arrête d'un geste.

— N'approchez pas.

Des bruits de pas résonnent dans mon dos. Ce sont Tyryn, le Professeur et un groupe de soldats qui me rejoignent.

— C'est peut-être Max, leur dis-je par-dessus mon épaule.

— Quelqu'un peut-il m'expliquer ce qui se passe ici ? s'impatiente le Général. Je suis revenue dès que j'ai vu l'alarme de mon bureau se déclencher. Et maintenant, la Fondation est placée en verrouillage automatique ? Je suis rentrée juste avant que les portes se bloquent.

Elle nous foudroie du regard, exigeant une explication.

— Alors ? J'attends !

— Max est obligé de passer par là pour s'échapper, expliqué-je en observant Taylor d'un œil prudent. Comme par hasard, le Général arrive à ce moment-là. Peut-être que le verrouillage s'est enclenché avant qu'il ait pu sortir. Auquel cas, il sera resté coincé à l'intérieur…

Le visage de Taylor se contracte.

— Max ? Vous voulez parler de Maximin, le métamorphe de la Chancelière ? C'est lui qui a déclenché l'alerte ?

Le Professeur s'avance vers elle. Je veux l'arrêter mais il repousse ma main.

— Posez-lui une question personnelle, lui dis-je. Tyryn, fais attention à ce qu'elle ne nous échappe pas pendant ce temps-là.

— Tu n'as pas perdu de temps, me lance-t-elle avec un sourire narquois. Je m'absente une journée à peine et te voilà à donner des ordres à ma place !

Mes joues s'empourprent.

Tyryn lui met les mains derrière le dos pendant que le Professeur se penche à son oreille pour lui murmurer une question.

— En haut de ma cuisse gauche, répond-elle sans se donner la peine de murmurer. À présent, lâchez-moi !

Le Professeur opine du chef. Tyryn la relâche et elle s'empresse de chasser les plis de son uniforme.

— J'exige un compte rendu immédiat !

— Max a infiltré la Fondation il y a six semaines, lui rapporte Tyryn. Nous ignorons encore s'il est entré en communication avec la Chancelière.

J'abats les poings contre la porte. Si ça se trouve, Max s'est volatilisé dans la nature depuis longtemps.

— Il faut débloquer le périmètre ! Son don a changé. Il peut se rendre invisible. Il a très bien pu franchir les barrières de sécurité avant le verrouillage et vous passer sous le nez ni vu ni connu, avancé-je.

— Tyryn, une menace plane sur la Fondation. File à la salle de contrôle avec nos meilleurs informaticiens. Maximin aura sans doute couvert ses traces, mais vérifie quand même s'il existe le moindre indice d'une communication avec l'extérieur. Et envoie-nous quelqu'un pour rouvrir cette porte.

Tyryn hoche la tête et relaie les instructions dans son interface.

— Zoe, m'interroge ensuite le Général, tu n'avais pas raconté avoir vu Max périr dans l'effondrement du bâtiment des glitchers ?

Ses mots me glacent.

— Son pouvoir est beaucoup plus étendu que je ne le pensais. Son don affecte l'esprit des gens. (Tout en lui expliquant, je cherche moi-même à comprendre.) Il peut désormais disparaître et projeter son propre visage sur les autres. Le garçon que j'ai vu aurait pu être n'importe qui.

Avec un long soupir, je ferme les yeux. Je me repasse la séquence : le bâtiment qui s'écroule derrière nous, Max ligoté dans son cachot. Où Adrien se trouvait-il à ce moment-là ? A-t-il survécu à la catastrophe ? Puisqu'elle veut exploiter son don de prescience, la Chancelière a dû s'arranger pour le mettre à l'abri avant l'explosion. Max connaît forcément les réponses à ces questions.

Les yeux fixés sur la porte, j'essaie de me projeter au-delà. Peut-être qu'il se trouve encore dans l'enceinte de la Fondation. Mais mon esprit demeure trop confus. Je parviens à peine à remonter dans la cage d'ascenseur quand mon don s'interrompt.

Je prends une profonde inspiration. Il faut que je me calme afin de rétablir la connexion.

Un garçon joufflu aux cheveux en bataille surgit dans le vestibule. Son visage m'est familier, mais je n'arrive pas à me rappeler son prénom. Il insère un disque dans le lecteur d'accès. Lentement, la lourde porte coulisse sur ses rails. Au même instant, je redeviens maîtresse de mon pouvoir.

— Stop !

Le garçon sursaute. Il retire aussitôt le disque et le panneau se referme.

— Qu'est-ce qu'il y a ?

Les paupières closes, je fais le vide autour de moi. Il y a quelque chose qui cloche, mais impossible de mettre le doigt dessus.

— Nous ne sommes que dix dans le vestibule, finis-je par dire en clignant des yeux.

J'essaie de dénouer le méli-mélo de mes sens, perdue entre ce que je ressens et ce que je vois.

— Et ? me presse Tyryn en portant la main à son ceinturon.

— Je sens la présence de onze corps.

26.

— Où ça ? s'exclame Taylor.

Tous s'observent en chiens de faïence.

Les yeux fermés, j'essaie de repérer le corps de Max. Mais dans cette agitation, je n'arrive pas à me concentrer.

— Arrêtez de bouger !

Tout le monde se fige, mais c'est l'absence de mouvements qui me perturbe à présent. Où est il passé ?

Je rouvre les yeux, tentant de faire correspondre les objets que je vois avec ceux que je ressens. Un hoquet de surprise m'échappe soudain.

— Là ! Accroupi près de la porte !

Il se précipite aussitôt dans le couloir.

Je m'élance après lui et me concentre sur sa silhouette pour ne pas le perdre. L'exercice est plus facile maintenant qu'il n'y a plus que nous. Mon don s'étend loin devant. Le squelette du couloir défile dans ma tête au fil de mes pas. Ma colère alimente mon pouvoir, m'insufflant un regain d'énergie. Rien ne peut m'arrêter. Quand Max pique à droite, dans le gymnase, je le suis sans problème.

Je sais qu'il cherche à se fondre dans l'assemblée pour m'embrouiller. Il se fourre le doigt dans l'œil : je n'ai pas l'intention de le laisser filer. Je passe devant Jilia et City à toute allure. Elles ont l'air surprises, mais je ne me laisse pas distraire. Max a beau être invisible aux autres, je ne le lâche pas d'une semelle. Il jette un œil par-dessus son épaule et je sens l'adrénaline s'instiller dans ses veines.

À l'instant où je vais lui mettre le grappin dessus, il s'évade du gymnase. La porte se referme derrière lui. Je fonce dedans la tête la première, incapable de freiner à temps. La douleur perturbe mon pouvoir pendant quelques secondes. Puis je clique sur le bouton avec impatience tout en fouillant le couloir avec mon esprit. Ça y est, je le tiens ! Il vient de s'engouffrer dans le local technique, pensant ainsi me berner. S'il croit que je vais continuer tout droit, il me sous-estime ! Il s'est jeté dans son propre piège.

J'entre, arrache la porte et la replace, déformée, dans l'encadrement pour bloquer l'issue. Ce coup-ci, Max ne m'échappera pas.

— Qu'est-ce que tu lui as fait ?

Je suis hors de moi.

Il ne répond pas mais je le sens, tapi dans un coin. Je lève les bras et projette mon pouvoir dans sa direction. Au-dessus de lui, les étagères s'ébranlent.

Et Max s'écroule par terre.

Je tisse mentalement une toile autour de lui et le soulève par le cou à distance. Il pousse un cri étouffé. Je m'approche, le bras tendu.

Il apparaît par intermittence. Sans doute un effet lié à la douleur. Je revois enfin son visage ! Les mains sur la gorge, il essaie de se libérer de mon emprise. Je le balance violemment contre le mur et l'y maintient d'une poigne ferme. J'enfonce mes serres invisibles dans son cou et le soulève encore.

— Assez joué. J'exige de savoir la vérité. Où est Adrien ?

Puis je le lâche brutalement par terre afin de lui permettre de reprendre son souffle.

— Je l'ignore, réplique-t-il, la respiration haletante et la voix râpeuse. Tout ce que je sais, c'est que Bright le voulait en vie pour utiliser ses visions. J'étais seulement censé prendre sa place, l'enfermer dans l'abri anti-bombe, et rejoindre votre équipe pour m'infiltrer dans le Réseau…

Il plisse le front.

— Écoute, Zoe. Il faut que tu me croies. Je vais tout t'expliquer, je te le jure.

— Que je te croie ? Toi, l'espion de la Chancelière ? Toi qui as été son complice dans une opération qui a failli me coûter la vie ?

Il baisse la tête, honteux.

— J'ai supplié Bright de m'aider à ne plus t'aimer. Elle a usé de son don sur moi, et ça a marché un temps. Je te haïssais.

Il lève la tête et plonge son regard dans le mien.

— Et puis, en te revoyant lors de l'attaque, la Chancelière n'étant plus là pour influer sur mon esprit, je n'ai pas pu. Je n'ai pas pu te laisser mourir. J'ai coupé le fusible conduisant aux explosifs de la deuxième moitié du bâtiment. Ce que j'essaie de te dire, c'est que j'ai changé, fait-il d'un ton implorant. Ici avec toi, loin de la Chancelière… j'ai l'impression d'être quelqu'un d'autre. J'ai conscience que j'avais tort…

— Menteur ! Tu dis ça parce que tu as été pris la main dans le sac ! Est-ce que tu as réussi à transmettre un message à la Chancelière ?

Il prend une profonde inspiration.

— J'ai essayé. J'avais prévu d'utiliser ma propre connexion au Lien pour contacter la Chancelière jusqu'à ce que je découvre que le système de sécurité de la Fondation brouille tous les réseaux sans fil. J'ai alors cherché une alternative. Mais il y a un glitcher dans la salle de contrôle… Chaque fois que j'échafaudais un nouveau stratagème de transmission, je l'oubliais aussi sec à cause de lui.

Max se masse la gorge.

— Je n'ai jamais été très doué en informatique. Et Simin a installé un programme de surveillance des communications sortantes d'une complexité incroyable. Je n'ai pas pu pirater le système. Surtout que Simin était toujours là, à observer mes moindres faits et gestes.

— Et ce projet top secret sur lequel tu travaillais ?

— Il n'y a jamais eu de projet. C'était une excuse montée de toutes pièces afin de justifier mes absences. Au début, je ne supportais pas de te voir. Je t'en voulais encore.

— Et l'incendie dans le réfectoire ? C'était toi, n'est-ce pas ? Et non pas Saminsa ?

Il hoche lentement la tête.

— Une simple diversion. Histoire d'occuper les gens pendant que je tentais d'envoyer un message. Ce que j'ignorais, c'est que Simin verrouille le système pendant la pause-déjeuner. À ce stade, il me faisait assez confiance pour me confier les codes d'accès, mais ma mémoire s'embrouillait. Ensuite, j'ai appris que tu te connectais au Lien la nuit. Ce qui signifiait qu'on avait ouvert un canal sans fil juste pour toi. J'ai donc eu l'idée d'exploiter ton réseau. J'ai dissimulé un capteur de fréquence dans le collier que je t'ai offert.

Malgré tous mes efforts, une pointe de haine monte en moi. Il m'a utilisée ! Il a profité de ma confiance. Puis il s'est servi de Saminsa comme bouc émissaire. J'arrache mon collier et le jette par terre.

— Et tu as osé faire semblant d'être Adrien pendant tout ce temps ! Tu m'as laissée t'embrasser. Et notre dîner en tête-à-tête…

Rien que d'y penser, un frisson de dégoût me parcourt. Je me frotte les lèvres avec vigueur comme pour effacer toute trace de sa bouche. J'ai l'impression que ma peau est souillée là où il m'a caressée. Je ferme les yeux. Et dire que je l'ai pleuré, le croyant mort ! Il fallait vraiment que je sois aveugle pour penser qu'il lui restait encore un soupçon d'humanité !

— Je n'ai pas pu me résigner à transmettre le message, Zoe. J'ai recueilli les données du collier. J'ai été à deux doigts de contacter la Chancelière. Mais au dernier moment, je n'ai pas pu. Tu ne comprends pas ? Je t'aime toujours.

Il se penche vers moi, mais je brandis la main et mon pouvoir l'enveloppe telle une camisole de force pour le tenir éloigné.

— Pourquoi avoir fait porter le chapeau à Saminsa ?

Vaincu, Max lâche un long soupir.

— Simin est entré au mauvais moment. Il a vu le code s'afficher sur l'écran. Du coup, il a fallu trouver un coupable.

Je m'efforce de réfréner mon chagrin, cherchant en vain cette paix intérieure qu'on m'a enseignée en cours de méditation. Mais malgré cela, une colère noire me suffoque.

— C'est tout ?

— Oui, je te le jure, Zoe. Je t'ai tout dit.

Je le saisis par le bras et le force à se lever.

— Si jamais tu essaies encore de t'enfuir, je n'hésiterai pas à te liquider. C'est clair ?

Les yeux écarquillés, Max me dévisage comme s'il ne me reconnaissait pas. Et il a bien raison car je suis désormais capable du pire. Si jamais il arrive malheur à Adrien, Max paiera le prix fort. Et je m'en ferai une joie.

Il opine lentement de la tête.

— Bien.

Sous mon crâne, mon pouvoir entonne une mélodie stridulante. Prisonnier de ma force mentale, Max est contraint d'avancer devant moi. J'actionne alors mon interface et envoie un message vocal au reste de l'équipe, tâchant de maîtriser les tremblements de ma voix.

— Je l'ai ! Rendez-vous au réfectoire.

D'un simple mouvement du bras, je dégage la porte. Puis je dirige Max dans le corridor.

Tout à coup, des bruits de pas précipités se rapprochent, suivis de petits cris aigus.

— Max ! Max !

Molla arrive en courant, précédée de son gros ventre.

— Arrête-toi, dis-je en tendant la main.

Telle une bête sauvage, Molla se rue contre la barrière invisible érigée par mon pouvoir. Cole et Juan surgissent à leur tour.

— On raconte que tu étais là tout ce temps…, bredouille Molla, les yeux humides.

— Désolé, réplique Max d'un air profondément chagriné.

Mais son petit numéro ne marche plus avec moi. Je le connais trop bien. Il change de masque comme d'autres changent de chemise.

— J'ai essayé de te parler, mais tu ne voulais rien avoir à faire avec moi.

— Parce que je te prenais pour Adrien ! hurle-t-elle, désemparée. Ce n'est pas pour moi que tu es revenu, n'est-ce pas ? C'est pour elle, crache Molla en me coulant un regard assassin. Pourquoi faut-il toujours que ce soit elle ?

Hystérique, elle se jette sur moi mais Cole et Juan l'attrapent et la contiennent. Elle se débat furieusement dans leurs bras.

— Calme-toi. Je t'en prie, la supplie Max. Pense au bébé.

— Cole, tu peux emmener Molla ? lui demande Juan.

L'ex-Reg recueille la jeune fille éplorée dans ses bras.

— Je suis désolé, crie Max tandis qu'ils s'éloignent.

Juan le fixe d'un regard haineux tout en dégainant une seringue de sa poche.

— Jilia m'a donné ça pour lui. Mais à mon avis, il mérite bien pire.

Je le paralyse pendant que Juan lui enfonce l'aiguille dans le cou.

— Emporte-le à la clinique et fais savoir à Jilia que Saminsa n'était pas coupable.

— Attends, Zoe ! Je suis vraiment navré, s'écrie Max. Il faut que tu me croies, je suis vraiment…

Et il s'écroule comme une masse.

Dans le réfectoire, une carte satellite 3D flotte au-dessus de la table centrale. Mon équipe est installée tout autour avec quelques soldats du Réseau. Je me dépêche de les rejoindre.

— Ginni a localisé Adrien à Portston. La Chancelière est avec lui, explique Sophia en zoomant sur l'image. Dans ce bâtiment-là, pour être plus précis. Il faut mettre en place une opération d'extraction. Peut-on obtenir des plans de l'immeuble ?

— Une petite seconde, intervient City. Il vaudrait mieux en discuter, non ? Si ça se trouve, c'est encore un piège.

— Il s'agit de mon fils ! s'exclame Sophia, des éclairs dans les yeux.

— Et de Bright, la Vice-Chancelière de la Défense, rétorque City en haussant le ton. Elle a des régiments de Régulateurs à sa botte. Ce serait du suicide !

— La petite n'a pas tort, commente un soldat en s'avançant. On ne va quand même pas risquer des vies dans une opération hasardeuse, juste pour sauver une personne.

La discussion dégénère et se noie rapidement dans une cacophonie de voix furieuses et paniquées, si bien que le Général finit par abattre son poing sur la table.

— Ça suffit ! En temps normal, je me rangerais à votre avis, ajoute-t-elle à l'adresse du soldat. Mais ce n'est pas un garçon lambda. Son don de prescience est un atout crucial. Tant qu'il sera entre les mains de la Chancelière, nous sommes tous en danger. Bright sera prévenue de nos moindres mouvements. Elle nous a déjà fortement affaiblis. Si jamais Adrien reste avec elle, elle nous achèvera.

— Si elle connaît nos moindres démarches à l'avance, elle nous verra forcément venir ! s'insurge City.

Taylor lui lance un regard impassible.

— En effet, il y a de fortes chances qu'elle prépare le terrain. Il faut pourtant tenter le coup.

— À supposer qu'on arrive à contourner les dispositifs de sécurité, il reste un gros problème : son don, fait remarquer Tyryn. Elle peut nous forcer à nous rendre, voire pire, nous monter les uns contre les autres.

— Tyryn a raison, dis-je. J'ai vu des gens se frapper la tête contre des murs en béton et se poignarder sur un simple mot de sa part. Dès que vous vous trouverez dans un rayon de dix mètres d'elle, vous serez sous son emprise.

— Et le gaz dans tout ça ? intervient Xona. Il nous permettrait de neutraliser son don.

Taylor secoue la tête.

— Pour le lui administrer, il faudrait s'approcher d'elle. C'est trop dangereux.

Un frisson glacial me court le long du dos. Je ne vois qu'une solution.

— Il faut que ce soit moi qui le fasse. Moi et moi seule.

Ma voix résonne à travers la salle, où règne un silence pesant.

Taylor hoche la tête. Il est clair qu'elle en était venue à la même conclusion.

— Oui. Plus son séjour chez la Chancelière dure, plus les secrets de la Résistance sont compromis. Nos cellules tombent les unes après les autres. Nous pensions que son réseau d'espions s'était étendu, mais il est désormais évident qu'elle a eu accès aux visions d'Adrien. La seule chance que nous ayons de nous en sortir est de récupérer Adrien et de tuer Bright. Les secrets qu'Adrien lui a révélés mourront avec elle. Elle est trop méfiante pour les avoir confiés à qui que ce soit.

J'acquiesce.

— J'y vais seule, je liquide Bright, et je ramène Adrien.

J'étouffe un rire nerveux, presque hystérique. Cette mission me semble franchement irréalisable. Je me contente toutefois de serrer les poings.

— Et au cas où la fille échouerait ? demande un soldat.

— C'est pour ça que Zoe n'ira pas seule, répond Taylor.

— Pourtant, il le faut..., dis-je.

— Tu ne sais même pas piloter un jet. Comment as-tu prévu de t'y rendre ?

Je songe à notre fuite du laboratoire. Adrien avait eu beaucoup de mal à naviguer l'engin, alors qu'il est quasiment né avec un volant dans les mains. La panique menace de me submerger.

— Qu'est-ce que vous me proposez ?

— Je te déposerai le plus près possible du bâtiment en veillant à rester en dehors du champ d'action de la Chancelière. Nous atterrirons ici, dit-elle en désignant le toit d'un immeuble situé à proximité du point de localisation d'Adrien. Une passerelle relie les deux bâtiments, ajoute-t-elle en zoomant sur le modèle 3D.

Un pont en verre connecte effectivement les étages supérieurs.

— Et si jamais la Chancelière arrivait quand même à vous prendre sous son influence, Général ? demande Sophia. Vous risqueriez de lui révéler tous les secrets du Réseau. Il vaudrait mieux que ce soit moi qui conduise Zoe sur les lieux. Je ne suis personne. Je compte pour du beurre.

— Non. C'est moi qui m'en chargerai, un point c'est tout, rétorque Taylor d'une voix tranchante. Je suis le pilote le plus qualifié du groupe. Et ça fait quelque temps que je n'assiste plus aux réunions secrètes, en raison de mes déplacements fréquents. De toute façon, la question ne se pose pas. Je me tiendrai à l'écart.

Taylor reporte son attention sur moi.

— Tu resteras connectée à Ginni, qui te guidera jusqu'à Adrien et la Chancelière. Un second détachement nous suivra à distance dans un vaisseau, au cas où. Une fois Bright supprimée, ledit détachement pourra infiltrer le bâtiment sans danger.

— Et si l'opération cafouille ? insiste le même soldat. Si la fille manque la Chancelière ? Nous aurons perdu des hommes et Bright aura toujours le prophète sous sa coupe.

— Raison pour laquelle je dirigerai moi-même l'opération, réplique le Général. Le don d'Adrien est une arme trop puissante. Trop de gens mourront s'il reste aux mains de la Chancelière. J'assumerai moi-même la responsabilité d'un échec. Si d'aventure Zoe manquait sa cible, je ferais sauter le bâtiment, avec Adrien dedans.

Ses mots me font l'effet d'un coup de poignard en plein cœur.

— Non ! hurle Sophia. Je vous l'interdis !

— Qu'on la maîtrise ! ordonne Taylor, imperturbable.

Deux soldats s'emparent aussitôt d'elle, mais elle se débat du mieux qu'elle peut.

— Navrée, Sophia, reprend Taylor. Nous n'avons guère le choix. Mais sachez que nous ferons notre possible pour le sauver. Vous resterez en garde à vue jusqu'à la fin de la mission. Qu'on l'emmène !

Les soldats la traîne en dehors de la salle. En entendant l'écho de ses cris dans le couloir, de violentes crampes d'estomac me prennent.

Taylor me regarde ensuite, cherchant à voir si je vais moi aussi m'opposer à son projet. Mais que dire ? Si Adrien reste avec la Chancelière, il continuera de lui révéler ses visions, et d'autres mourront par sa faute. Autrement dit, le sort d'Adrien repose entre mes mains. Je n'ai pas droit à l'erreur.

— Comment est-ce que j'entre dans le bâtiment ? dis-je d'une voix tremblotante.

— À toi de voir. Par n'importe quel moyen.

Une boule dans la gorge, je hoche la tête.

Le Général s'adresse ensuite à l'ensemble du groupe.

— Le second détachement attendra à l'extérieur de la ville pendant toute la durée de l'extraction. Départ dans deux heures.

Sans plus de cérémonie, Taylor quitte le réfectoire à grands pas.

De retour dans ma chambre, j'enfile ma combinaison jusqu'à la taille. Adrien. Je n'arrête pas de penser à lui. Soudain, je me pétrifie. Assise sur son grabat, adossée au mur, Saminsa m'observe attentivement.

— Ginni raconte que tu vas tuer la Chancelière, commente-t-elle d'une voix plate avant de lever la tête. (Son regard noir me transperce.) C'est vrai ?

J'hésite, prise au dépourvu. Je l'ai à peine entendue articuler deux mots à la suite depuis que je la connais.

— Écoute, je suis vraiment désolée pour tout ce qu'on t'a fait subir. Nous aurions dû…

— Je vous accompagne.

— Hein ?

— Jilia a éliminé les narcotiques de mon organisme. Je pourrais vous être utile. Je viens avec vous, c'est décidé !

— Pourquoi tu voudrais nous aider ?

— Je ne veux pas vous aider, mais me venger.

Un ange passe.

— Tu te souviens du silence qui s'est abattu sur vous pendant l'opération ?

— Oui.

— C'était à cause de Din, m'apprend-elle en fermant les yeux, comme assaillie par les ombres du passé. Dans la zone du Secteur d'où je viens, l'école finit à midi pour que les jeunes aillent travailler à l'usine. Là-bas, les machines font un boucan d'enfer.

Un jour, la Chancelière m'a débusquée, et j'ai rencontré Din. Puis, pour la première fois de ma vie, j'ai pu profiter du silence. Sa compagnie procurait un véritable apaisement intérieur.

Un léger sourire flotte sur ses lèvres, quoique le souvenir semble douloureux.

— Bright nous avait promis de nous affranchir si jamais nous l'aidions à te tuer. (Elle secoue la tête.) Tout le reste est arrivé par ma faute. C'est moi qui t'ai repérée en premier et lui ai transmis l'information. J'aurais dû me douter que nous ne lui étions pas indispensables. Je me suis longtemps reproché la mort de Din… jusqu'à ce que je comprenne que j'ai beau avoir donné l'alerte, c'est elle qui a appuyé sur le détonateur !

Sa voix se brise. Puis elle me dévisage, le regard dur.

— Je veux qu'elle crève ! Laisse-moi t'accompagner.

Je ne réponds pas tout de suite. Il se peut qu'elle mente une fois encore… mais une telle fureur s'inscrit sur ses traits que je prends le parti de la croire. Surtout qu'Adrien nous a poussés à la ramener avec nous à la Fondation. Il a dû avoir une vision où elle nous était utile. Elle doit avoir un rôle à jouer dans tout ça. Mon regard navigue jusqu'à l'horloge murale.

— Nous partons dans une heure et des poussières. Va voir Tyryn, il te donnera des consignes.

27.

Je me retrouve enfin seule. J'en avais grand besoin après toute cette agitation. Je finis d'enfiler ma combinaison et palpe la poche située sur ma cuisse pour vérifier que l'injecteur d'épinéphrine s'y trouve bien. Ce n'est qu'au moment de passer le masque que la réalité me rattrape. Adrien n'est plus là. Il est retenu prisonnier depuis plus d'un mois, sans que je m'en sois aperçue. Cette pensée me déchire les entrailles. Et maintenant, je vais devoir affronter la femme la plus dangereuse, la plus puissante du Secteur. Et si jamais j'échoue, l'amour de ma vie trouvera la mort.

Je me sens tout à coup très insignifiante. La crainte et les doutes m'assiègent. Nous n'avons même pas de plan, c'est absurde ! En plus, la Chancelière s'attend sans doute à notre riposte. Je ne suis pas de taille à affronter ça. Comment pourrais-je…

Arrête !

Les yeux fermés, je pose l'index et le majeur sur mes tempes comme pour extirper de mon esprit mes pensées négatives. Il faut que je me calme. Pourtant, j'ai beau essayer, l'angoisse s'acharne contre moi.

« Je suis ça », me répété-je inlassablement. « Je suis ça. » Mais ce n'est qu'une suite de mots dépourvus de sens.

Puis le visage de Max me revient. L'image provoque un accès de rage. Je suis *ça*. Je visualise le tourbillon de ma colère. La peur n'a pas sa place en moi. Dans mes oreilles, le bourdonnement se transforme en cri strident. Je rouvre les yeux. Mon pouvoir grésille à la surface de ma peau.

Je passe mon masque, scelle le tout et me dirige vers l'aire de chargement. L'heure est venue.

C'est une nuit sans lune. Seules les étoiles illuminent le ciel çà et là, tandis que nous volons vers notre destinée. Assise derrière Taylor, j'examine son visage dans le rétroviseur.

— Je comprends pourquoi vous ne vouliez pas que ce soit la mère d'Adrien qui m'accompagne. Mais pourquoi vous et personne d'autre ?

— Il fallait que ce soit moi.

Un moment s'écoule.

— Adrien vous a raconté, n'est-ce pas ? Il a vu tout ça se produire. (Une question me vient alors.) Il savait qu'il se ferait capturer ?

Taylor ne répond pas tout de suite.

— Oui.

Ulcérée, je bondis presque sur mon siège.

— Comment est-ce que vous avez pu l'autoriser à partir en mission, sachant cela ?

— Ce n'est pas lui qui me l'a dit, réplique-t-elle d'une voix calme. Il a tenu un journal de ses visions. Il a essayé de les relier les unes aux autres. Une sorte de toile d'araignée. Je l'ai trouvé à notre retour de mission. Après cela, je lui ai strictement interdit de quitter la base. (Elle se rembrunit.) Bien sûr, il était déjà trop tard. Je m'adressais à Maximin sans le savoir.

Bouleversée, je me renverse sur mon siège. Je repense à la fois où il m'a emmenée voir le coucher de soleil, juste avant l'opération. Il m'a dit que le temps était précieux, mais ce que j'ignorais alors, c'est qu'il savait le sien compté.

— Pourquoi est-ce qu'il y est allé s'il se doutait qu'on allait le faire prisonnier ?

Taylor crispe les lèvres.

— Il ignorait quand. C'est lui-même qui a insisté pour participer à l'opération. Prétendument pour préserver l'intégralité de la chaîne… En plus du journal, j'ai retrouvé un tas de notes griffonnées – des recherches qu'il a faites sur les paradoxes temporels et les liens de causalité.

— La causalité ? Je ne sais même pas ce que ça veut dire !

— Il voulait être sûr que certaines visions se réalisent afin que d'autres se concrétisent à leur tour.

— Autrement dit, il croyait qu'il était possible d'intervenir dans la chaîne et donc d'influencer l'avenir, dis-je, abasourdie.

Malgré ses doutes, il ne perdait pas espoir. Il pensait toujours pouvoir changer le cours des choses.

— Vous croyez qu'il est possible de modifier une vision ?

— Bon sang, j'aimerais bien y croire ! lâche-t-elle en s'agrippant au manche. Et pourtant, me voilà dans cet appareil, en route pour mon destin.

Un cri se bloque dans ma gorge. Je comprends brusquement. Tout ce temps, j'ai cru que la fameuse vision qu'Adrien avait révélée à Taylor concernait l'avenir de la Résistance. En fait, il s'agissait d'un sujet autrement plus personnel.

— Il vous a dit… Est-ce qu'il va vous arriver quelque chose ce soir ?

Son silence est une réponse en soi.

— Il faut rebrousser chemin… Trouver un autre moyen, dis-je en bégayant. Nous pouvons empêcher la vision de se réaliser. Peut-être que si quelqu'un d'autre me conduisait sur le terrain, le dénouement serait différent…

— Je ne suis pas une mauviette, me coupe sèchement Taylor. En outre, j'ignore comment fonctionne la chaîne de causalité, mais il est évident qu'il ne faut pas la perturber.

Elle poursuit d'un ton pressant.

— Je vais te demander un service. Si jamais cette mission échouait, j'ai mis une autre opération en route. Il faut la poursuivre coûte que coûte ! Elle s'intitule *Kill Switch*...

— Vous voulez parler de la bombe atomique avec laquelle vous espérez créer une IEM ?

— Je vois que tu as découvert les schémas, fait-elle avec une pointe de surprise dans la voix. Tant mieux. Ça simplifie les choses.

— Ça ne veut pas dire que j'accepte.

Un faible grognement lui échappe.

— Nous possédons le moyen de mettre un terme à cette guerre, et tu refuses de m'aider ? Je te parle de sauver des millions de vies ! De restaurer toute une civilisation ! C'est cette empreinte que je suis censée laisser derrière moi.

« Tu es encore très jeune. Tu penses qu'à force de bonne volonté tu pourras faire le bien dans le monde sans te salir les mains. Mais il faut que tu me promettes de ne pas laisser tes sentiments interférer. Jure-moi de faire ce qu'il faut, une fois à la tête du Réseau, quoi qu'il en coûte !

Dans le rétroviseur, elle me dévisage avec intensité.

— Je vous promets de faire ce que je juge juste.

Un rictus ourle le coin de ses lèvres, mais elle finit par hocher la tête.

— Je suppose que dans le fond, c'est ce que nous essayons tous de faire.

— Il est encore temps de faire machine arrière, Général, dis-je en me penchant en avant. Adrien s'est jeté tête baissée dans la gueule du loup sans chercher à changer son destin. Vous ne pouvez pas commettre la même erreur !

— Tu ne comprends pas. J'ignore si je crois au destin. En revanche, ce que je sais, c'est que nous devons remporter cette guerre si nous voulons sauver l'humanité. Or je ne laisserai personne affronter l'ennemi et mourir à ma place. En tant que soldat, je m'attends à ce que chaque combat soit peut-être mon dernier. Et la Chancelière a beau déborder d'assurance, elle me sous-estime, crois-moi. Car il n'y a rien de plus dangereux qu'un soldat qui sait qu'il n'a plus rien à perdre.

28.

Le paysage urbain se profile à l'horizon. Nous approchons de la ville. Un groupe d'immeubles gigantesques se dressent vers le ciel comme d'immenses griffes. Cela fait un petit moment que Taylor n'a pas ouvert la bouche.

— Comment est-ce qu'on va pouvoir atterrir assez près sans qu'on nous détecte ?

— L'appareil est équipé d'un dispositif d'invisibilité qui nous camoufle des caméras satellites. Il ne nous reste plus qu'à espérer ne pas tomber sur une patrouille volante.

Elle engouffre le jet au cœur de la ville et le pose au sommet d'un immeuble de taille moyenne. Les yeux fermés, je libère mon pouvoir pour scanner les environs. Je ne sens pas le moindre mouvement alentour. Pas d'armée de Régulateurs prêts à nous bondir dessus.

Du moins, pas encore.

Je clique sur mon interface.

— Ginni, indique-moi la position de la Chancelière.

— Elle est toujours au même endroit. Adrien aussi. On dirait qu'ils se trouvent dans des pièces attenantes.

Je croise le regard inquiet de Taylor dans le rétroviseur.

— Vous n'aviez peut-être pas tort, lui dis-je. Si ça se trouve, elle nous sous-estime… ou alors, nous n'avons pas encore déclenché l'engrenage.

Sur ces mots, je bondis du jet et m'élance à travers le toit. Des bourrasques de vent me secouent. Aventurant le regard tout autour, je suis prise de vertige. Nous sommes très très haut. Jamais je n'ai été à une telle altitude à l'air libre. Je préfère fixer le béton, par terre. À l'angle du toit, j'aperçois une porte. Sans perdre une seconde, je fais déferler mon pouvoir et elle s'ouvre en grand.

Je dévale ensuite une volée de marches et me retrouve sur la passerelle de verre. Sous mes pieds, une centaine d'étages se déploient jusqu'au sol. Mieux vaut porter le regard au loin, au bout du passage.

Maintenant, je suis assez proche de l'immeuble pour le sonder. D'après Ginni, Adrien et la Chancelière se trouvent au vingt-troisième étage. Si seulement j'arrivais à neutraliser Bright sans avoir à pénétrer dans le bâtiment...

Passant les étages au crible, je perds rapidement le compte. Tous les niveaux sont agencés de manière identique. On dirait une sorte d'unité-logement. Au-delà du dixième étage en contrebas, mon pouvoir se met à vaciller. Dans chaque unité, je perçois les corps allongés de gens qui dorment. Mais pas un de la carrure d'un Régulateur. Je ne saurais dire si ce sont des soldats, des civils ou bien des glitchers. En tout cas, impossible de repérer la Chancelière parmi eux. Autant chercher une aiguille dans une botte de foin ! Je risquerais de tuer un innocent par accident. J'ai beau vouloir récupérer Adrien, il y a des limites que je ne suis pas prête à franchir. Il ne me reste plus qu'à me rapprocher davantage de ma cible.

Une fois parvenue à l'autre extrémité de la passerelle, je fais coulisser la porte. Pas de Régulateurs ici non plus. Je ne sais pas si c'est de bon augure... Plus je progresse dans le bâtiment, moins je me sens à l'aise. Je garde ma télékinésie en veille, craignant un coup fourré.

La porte donne sur un long couloir blanc à l'éclairage tamisé. Je trottine jusqu'à l'ascenseur, les sens aux aguets. Toujours rien. Bizarre.

Avant mon départ, l'informaticien m'a fourni un passe-partout. Je le passe devant le lecteur d'accès de l'ascenseur. Quelques instants plus tard, les portes s'ouvrent dans un *ding*.

Je m'engouffre dans la minuscule cabine et appuie sur le bouton du vingt-troisième étage. J'ai l'étrange sensation d'être tombée dans une souricière. Non, je me trompe. L'absence d'obstacles me rend complètement parano. Après tout, peut-être qu'Adrien n'a pas eu de vision de cette expédition.

L'ascenseur ralentit et s'arrête. Je ferme aussitôt les yeux et projette mon esprit dans le couloir, au-delà des portes.

La voie est libre. Mais il y a un truc qui cloche. Le plafond ! En l'examinant de plus près, je décèle la présence d'une rangée de canons. Le rythme de mon cœur s'accélère. Je recourbe et entortille les tubes jusqu'à ce qu'ils ne forment plus qu'un agrégat d'acier inutilisable.

L'ascenseur tinte à nouveau avant de s'ouvrir. Je me retrouve dans une grande salle d'un blanc aveuglant. Houlà ! Ça ne correspond pas du tout à l'image qui s'est affichée dans ma tête. Où est passé le couloir ? J'ai l'impression d'avoir perdu mes repères.

Des enfants vêtus d'un uniforme blanc sont assis devant des pupitres. J'avance de quelques pas, et ils tournent tous la tête vers moi. Je suis dans une salle de classe. Ils sont si jeunes ! Je leur donne cinq ou six ans à peine.

— Il faut que vous partiez d'ici ! leur dis-je dans un murmure affolé. C'est dangereux !

Le bourdonnement me déchire les tympans. Je ferme les paupières et la salle se volatilise pour laisser place à un long couloir vide. Où sont passés les enfants ? Tout ça n'a aucun sens. Tout à coup, je détecte un corps debout près de moi. Il brandit un pistolet dans ma direction. Je tords le canon de l'arme.

Mais en rouvrant les yeux, je suis de retour dans la salle de classe. Je pivote sur moi-même, en proie à une confusion indicible. Le bourdonnement baisse peu à peu jusqu'à disparaître. Les enfants ont besoin de moi. Brusquement, c'est la seule chose qui compte. Il faut à tout prix que je les sorte de là !

Une fillette s'approche de moi, le visage encadré de bouclettes blondes.

— Tu vas nous faire du mal ? me demande-t-elle avec sa petite lèvre tremblotante.

— Non, la rassuré-je en m'accroupissant auprès d'elle. Tu n'as rien à craindre de moi. Je suis ici pour t'aider.

D'ailleurs, je n'arrive plus à me rappeler pourquoi je suis venue. Comment suis-je censée l'aider ? Quelque chose ne tourne pas rond, je suis supposée faire un truc…

La petite fille s'écarte.

— Il t'attend, m'annonce-t-elle en pointant du doigt un garçon assis de dos.

Il est plus grand que les autres enfants. C'est le seul qui ne s'est pas tourné vers moi à mon entrée.

Je me précipite à l'avant de la salle. Il faut faire vite, je n'ai pas beaucoup de temps. Une petite minute… Pas beaucoup de temps pour quoi faire ? Pourquoi suis-je si pressée ? D'autres pensées s'enroulent dans ma tête, mais il suffit que j'essaie de les dévider pour qu'elles s'évaporent aussitôt.

Rien ne sert de courir. J'ai absolument tout mon temps. Je contourne le pupitre avec précaution et me campe devant le garçon.

Ce visage, je le reconnais.

— Markan !

Mon petit frère ! Je me penche sur lui et le serre fort. Puis je relève la tête. Tous les enfants m'observent en silence. Il y a un truc qui cloche dans leur regard.

Le temple de sérénité où je me trouvais un instant plus tôt dégage maintenant une atmosphère lugubre. Il y a quelque chose de louche. Ces enfants, cet endroit, toute cette situation… Un frisson me court le long de l'échine.

— Markan, on ferait mieux d'y aller.

Je le force à se lever et il se laisse faire sans rien dire. Le prenant par la main, je m'apprête à l'entraîner vers la sortie lorsqu'il s'effondre à genoux, en larmes. Une tache de sang s'épanouit sur sa tunique.

— Markan !

Je balaie aussitôt les lieux du regard à la recherche de son agresseur. Personne, même pas un Régulateur. Comment s'est-il blessé ? Lorsque je veux lui ôter sa tunique pour examiner sa blessure et contenir l'hémorragie, il me saisit le bras et le serre étonnamment fort.

— Pourquoi tu ne m'as pas sauvé ?

Son visage devient blême et un filet de sang s'écoule de sa bouche.

— Pourquoi tu ne m'as pas sauvé ? répète-t-il.

Les enfants réunis en cercle autour de nous reprennent ses paroles en chœur, d'une voix accusatrice.

— Pourquoi tu ne m'as pas sauvé ?

Je cherche à prendre Markan dans mes bras, mais à mon contact, il se désintègre dans les airs.

— Markan !

Mes bras s'agitent dans le vide. Non ! Je le tenais, il était là !

Les enfants continuent leur sombre litanie, sauf qu'en plus ils se mettent à saigner du nez, de la tête, et de la poitrine. Je pousse un hurlement de terreur.

Un autre corps se matérialise à l'endroit où Markan a disparu. Milton. Il a la moitié de la tête broyée. Une rivière de sang asperge son visage et son cou. Il tend les bras vers moi.

— Pourquoi tu ne m'as pas sauvé ?

Je m'écarte en criant.

— Non ! Vous n'êtes pas réels ! Vous sortez tous de mon imagination !

Je me retourne, la tête entre les mains. Et je ferme les yeux pour ne plus les voir. Il faut à tout prix que j'utilise mon pouvoir, il faut…

— Pourquoi tu ne m'as pas sauvé ? répéte-t-il.

Derrière moi, une autre voix s'est ajoutée aux autres. Une voix familière.

— Adrien !

En me tournant vers lui, la raison de ma présence ici me revient soudain à l'esprit, telle une lumière vive en plein brouillard. Je suis censée sauver Adrien. Il est différent des autres personnages qui m'encerclent. Moins propre, il fait plus réel.

Adrien a toujours été très mince. À présent, il est carrément squelettique. Il a de profonds cernes noirs sous les yeux, semblables à des hématomes. Son crâne rasé laisse apparaître un enchevêtrement de cicatrices très récentes sur le côté gauche de sa tête.

— Pourquoi tu ne m'as pas sauvé ? répète-t-il.

Contrairement à Milton, il ne cherche pas à me toucher. Il se contente de se tenir debout devant moi, pareil à un jouet cassé. Ses yeux vides remuent d'un côté puis de l'autre, comme s'il voyait sans voir.

— Je vais te sauver ! Viens avec moi. Un véhicule est en route.

Il cligne des yeux et secoue la tête comme pour chasser la brume de son esprit.

— Zoe ? murmure-t-il, à croire qu'il vient de prendre conscience de ma présence.

— Mon Dieu ! Qu'est-ce qu'ils t'ont fait ? Il faut qu'on parte d'ici.

Je lui prends la main et il m'attire contre lui. Il est tellement maigre que je peux sentir chacune de ses côtes à mesure qu'il respire. J'étrangle un sanglot. Il savait que cela allait se produire. Pas étonnant qu'il ait eu l'air si tourmenté les mois précédant la mission.

— Laisse-moi te prendre dans mes bras, souffle-t-il d'une voix si faible que je l'entends à peine à travers mon masque. J'ai vécu un vrai calvaire ici. La seule chose qui m'a permis de tenir le coup, c'est toi.

Je hoche la tête, les yeux emplis de larmes. Puis je regarde autour de nous.

Les enfants et la salle de classe ont disparu. Quelque chose me dit que ce n'est pas normal. Les lieux, les gens, ça ne s'évapore pas comme ça ! L'instant d'après, mes soupçons se sont volatilisés. Qu'est-ce qui est étrange ? Je ne sais plus, j'ai oublié.

Adrien et moi sommes maintenant dans une pièce ressemblant à s'y méprendre à mon ancienne zone personnelle dans la Communauté. À l'exception d'une petite diode qui brille à la tête de mon lit, la chambre est plongée dans le noir. Adrien s'allonge sur le matelas en m'attirant vers lui, ainsi qu'il avait l'habitude de le faire autrefois, lorsqu'il me rendait visite au beau milieu de la nuit. Au plafond, la dalle est déplacée, comme s'il avait oublié de la remettre en place.

— Tu as fait un cauchemar. Je t'ai entendu crier, alors je suis descendu. Là, tu es réveillée.

Un cauchemar ? Ça m'étonne… pourtant, dans ses bras, tout semble très logique. J'ai fait un cauchemar très long, très éprouvant, mais maintenant tout va rentrer dans l'ordre. Adrien et moi, ensemble, cachés du reste du monde dans le sanctuaire de ma chambre.

Il part d'un rire léger qui résonne dans le silence.

— Zoe, pourquoi tu portes cette combinaison ?

Son rire me réchauffe de l'intérieur. Je baisse la tête et examine mes mains gantées avant de pouffer de rire à mon tour, perplexe.

— Je ne sais pas.

— Je vais t'aider à l'enlever, me dit-il avec un sourire adorable.

Il pose la main près de ma visière.

Je lui fais signe que oui. Tout ce que je veux, c'est sentir sa peau contre la mienne. J'en ai désespérément besoin, plus que de la nourriture que je mange ou de l'air que je respire. Je le laisse défaire les attaches et me retirer le masque. Ensuite il se penche vers moi et m'embrasse comme s'il m'inhalait.

L'espace d'un instant, tout semble absolument parfait. Je suis sur un petit nuage. Adrien est dans mes bras et ses lèvres au goût de framboise caressent les miennes. Une sorte de bourdonnement s'élève en bruit de fond, semblable au vol d'une mouche. Je m'abandonne à son baiser.

Au moment où je veux reprendre ma respiration, ma poitrine se comprime. Je commence par en rire : les baisers d'Adrien sont vraiment à couper le souffle ! Mais je m'aperçois alors que le problème vient d'ailleurs. Ma langue est dure comme un bâton.

Pour l'avoir déjà expérimenté par le passé, je comprends ce qui m'arrive. Mon cerveau a beau être cotonneux, je finis par me rappeler.

Une crise d'allergie. Je suis en train de faire une crise d'allergie ! Je fouille ma combinaison à la recherche de l'injecteur d'épinéphrine dont je ne me sépare jamais. Normalement, il devrait se trouver près de ma cuisse. Mais la poche est vide !

— Aide-moi, Adrien, dis-je d'une voix étranglée.

Je me cramponne à son bras et il me regarde d'un air perplexe. Ces épais sourcils, ce long nez aquilin, ces lèvres pulpeuses… C'est bien son visage. Pourtant, j'ai l'impression d'avoir affaire à un inconnu. Je ne décèle pas l'ombre d'une émotion sur sa figure. Et lorsqu'il s'écarte, qu'est-ce que j'aperçois dans sa main ? Mon injecteur d'épinéphrine !

Les paumes sur la gorge, j'essaie d'avaler une nouvelle goulée d'air. Mais mon larynx ne laisse circuler qu'un très mince filet d'oxygène. Adrien m'observe me tortiller de douleur sur le lit comme s'il était face à un cobaye dans un laboratoire.

— Au secours !

Sourd à mes appels, il s'éloigne. L'instant d'après, il a descendu ma mezzanine et franchi le seuil de ma zone personnelle, m'abandonnant à mon sort.

Non ! Il faut absolument que je le retienne. Je suis supposée le sauver. Il est supposé me sauver. Malgré la confusion de mes pensées, je suis certaine d'une chose : je ne dois pas le laisser filer. Je peux l'arrêter, je sais que je le peux ! Si seulement je me rappelais comment…

Ma télékinésie ! Comment ai-je pu l'oublier ? Je ferme les yeux et me concentre. C'est à n'y rien comprendre. La structure qui s'affiche dans ma tête ne correspond pas du tout au décor de ma chambre.

Je suis dans un long couloir.

Adrien et moi ne sommes pas seuls, d'ailleurs. Un autre corps se tient juste à côté de moi. J'essaie de crier mais seul un petit gémissement ridicule franchit mes lèvres.

Je rouvre mes yeux bouffis tout en tâchant d'inspirer encore un peu d'air, mais ma gorge est trop enflée. Sous l'effet de la panique, mon pouvoir explose malgré moi.

La personne près de moi se retrouve projetée contre le mur, tête la première.

L'image de ma zone personnelle se volatilise sur-le-champ. Adrien et moi sommes dans un long couloir blanc, semblable à celui que j'ai parcouru avant de prendre l'ascenseur. Au lieu d'être sur mon lit, je suis allongée par terre. En haut des murs, les bouches d'aération crachent une brume épaisse qui se répand peu à peu dans l'espace.

J'appelle Adrien mais aucun son ne sort de ma bouche.

Mes yeux sont tellement gonflés à présent qu'ils ne forment plus que deux fentes très étroites, par lesquelles j'aperçois une forme sombre. Celle d'un rouquin, qui gît à mes pieds. Je parie que c'est le glitcher à l'origine de mes hallucinations.

Adrien, lui, je ne l'ai pas rêvé. Il est là, en chair et en os. Et il continue de s'éloigner peu à peu, mon masque à la main.

J'essaie de me mettre debout et m'effondre l'instant d'après. La bouche ouverte, je tente désespérément d'emplir mes poumons d'air. Seulement, le peu qui s'engouffre en moi est toxique. La brume qui s'échappe des ventilateurs doit être chargée d'allergènes.

Je me mets à ramper en direction d'Adrien, même si je sais qu'il est trop tard pour remettre le masque, les allergènes ayant déjà envahi mes poumons. Ça fait près de deux minutes que je n'ai pas pris une véritable goulée d'air.

Adrien parvient à l'extrémité du couloir.

Et disparaît.

Emportant avec lui la dernière once d'espoir qu'il me restait. J'ai beau savoir qu'il est sous l'influence de la Chancelière, son départ me fait l'effet d'un coup de massue dans les côtes.

Mon corps palpite, mes muscles se contractent malgré moi. Ma bouche s'ouvre toute grande pour essayer de grappiller de l'air. Je ressemble à un poisson hors de l'eau. J'essaie de me concentrer... En vain. Les objets et les impressions sont faussés. Mon dos s'arc-boute, saisi de convulsions.

J'aime Adrien de tout mon cœur. Et pourtant, j'ai été incapable de le sauver. De nous sauver.

Privés d'oxygène, mes organes défaillent l'un après l'autre. Une colère formidable explose alors en moi. Ce n'est pas censé se terminer de cette manière. Le destin, les visions d'Adrien, tout ça me semble maintenant futile, surtout si les choses se finissent comme ça. Une fureur incommensurable m'assaille et la faible rumeur dans mes oreilles se transforme brusquement en hurlement aigu.

Non.

Une lumière vive éclaire la projection dans ma tête. La colère, palpitante, masque toutes mes autres pensées.

Je suis rage, rage à l'état pur.

Peu importe la cible de cette fureur – la Chancelière, Max, moi-même, la mort cherchant à m'emporter avant mon heure. Cet éclat de fureur absorbe tout le reste.

Et soudain, comme par miracle, au lieu de s'épandre vers l'extérieur, mon pouvoir se dirige à l'intérieur de mon corps, telle une sonde. Je zoome au cœur de mon être, traversant épiderme, tissus et muscles.

Je procède ensuite comme avec les molécules d'oxygènes lors de l'incendie. J'entoure l'ensemble des mastocytes et bloque la libération d'histamines, avant d'expulser la substance déjà secrétée par les pores de ma peau.

Il s'agit de millions, voire de milliards de cellules ! Mieux vaut ne pas trop y penser.

L'œdème de ma glotte se résorbe, laissant progressivement passer l'air. Je peux enfin reprendre ma respiration, même si c'est d'abord très douloureux. Mon cœur se remet à pomper du sang. Il circule ensuite dans mes membres et les ranime.

Mes yeux dégonflent peu à peu. Je commence par voir un mince filet de lumière puis, peu à peu, le contour des objets se dessine.

Lève-toi, lève-toi maintenant !

Mais, terrassé par la douleur, mon corps ne réagit pas à mes supplications. Comment vais-je pouvoir me déplacer ?

« Lève-toi ! » dis-je d'une voix râpeuse à peine audible.

Je pense au Général, au ton qu'elle adopte lorsqu'elle nous donne un ordre. Je ferme les yeux et me répète la phrase une dernière fois.

— Ginni, soufflé-je dans mon interface. Où est la Chancelière ?

— Zoe ! Ça fait au moins dix minutes que j'essaie de te contacter ! J'ai suivi les mouvements d'Adrien. Il t'a rejointe puis il est reparti. À présent, il est auprès de la Chancelière. Que s'est-il passé ?

Les hallucinations m'ont accaparée à tel point que je n'ai même pas entendu ses messages.

— Où est-il ?

Je n'ai pas la force de me lancer dans des explications maintenant.

— Dans un ascenseur. Il monte vers le toit.

Je roule sur mes genoux et me relève lentement en m'aidant du mur. Cet effort m'oblige à me déconcentrer un instant, et les démangeaisons s'emparent de la partie gauche de mon corps. Je respire et reprends possession de mes moyens. L'allergie se calme aussitôt mais j'ai l'impression d'être tiraillée entre mes mastocytes, à l'intérieur de mon organisme, et le poids de mon corps qu'il faut absolument que je déplace. J'esquisse un pas en avant, puis un autre, et encore un autre. Sitôt mon attention dispersée, les signes d'allergie réapparaissent de plus belle.

Je me dirige en titubant vers l'ascenseur et passe la carte devant le lecteur. Il s'ouvre immédiatement avec un petit tintement. Adrien et Bright ont dû en prendre un autre.

— Ils sont arrivés sur le toit, me signale Ginni via l'interface.

J'appuie sur le bouton du haut et m'affaisse contre la paroi de la cabine, le souffle rauque. Les portes se rouvrent rapidement. Le soleil s'est levé. Éblouie par ses rayons, je distingue deux navettes autour desquelles gravitent des silhouettes. Je reconnais aussitôt celle d'Adrien, longue et filiforme. La Chancelière me tourne le dos, coiffée de son sempiternel chignon strict. Puis elle se retourne et écarquille les yeux de surprise.

La voyant dégainer son arme, je projette mon pouvoir sur le pistolet et le lui arrache des mains. Il tombe seulement à quelques mètres d'elle.

— C'est impossible, parvient-elle à articuler. Tu es censée mourir. Adrien t'a vue succomber à une crise d'allergie !

L'effort mobilisé pour lui ôter son pistolet m'a éreintée. Je m'écroule à genoux.

Je tends le bras dans sa direction. Nous y voilà ! Après des mois d'attente, elle est enfin à ma merci. Si j'avais gardé ma combinaison, je lui aurais brisé le cou en un millième de seconde. Mais, sans mon masque, je suis vulnérable. Et plus j'essaie de diviser mon attention entre mes mastocytes et la Chancelière, plus j'ai l'impression de subir deux forces attractives contraires.

— Ne gaspille pas le peu d'énergie qu'il te reste, Zoe, me crie la Chancelière en constatant ma difficulté.

Sa peur s'est évanouie pour laisser place à un sourire victorieux.

Je cherche Adrien du regard et m'aperçois qu'il s'est dirigé vers le bord de l'immeuble. À l'autre bout, Taylor se tient dans une posture tout aussi périlleuse, à deux pas du vide.

Mon cœur s'arrête de battre un instant. Qu'est-ce que Taylor fabrique encore ici ? Elle avait promis de décoller immédiatement après m'avoir déposée. Nous avons sous-estimé le don de la Chancelière, dont le rayon d'action dépasse de loin nos calculs.

J'esquisse un mouvement vers l'avant.

— Ne bouge pas, m'ordonne Bright. Je n'ai qu'un mot à prononcer et ils sautent. Dans ton état, je doute que tu sois capable de les stopper tous les deux. En fait, ajoute-t-elle en m'examinant, les yeux plissés, je ne suis même pas sûre que tu puisses en sauver un seul. Mais il te reste encore une option. Ramasse cette arme et mets fin à tes jours.

Mon regard se porte d'abord sur le pistolet puis sur Bright. Une bouffée de haine m'inonde. Si j'arrivais seulement à me concentrer assez…

— Si tu te tues, je leur laisse la vie sauve. À toi de décider.

— Rien ne vous oblige à faire ça.

Elle incline la tête de côté.

— Tu préfères donc sauver ta peau ? Quelle piètre sauveuse tu t'avères !

Elle agite la main. Aussitôt, Adrien et Taylor avancent d'un pas. Ils se tiennent désormais en équilibre au-dessus de l'abîme, ballottés par un vent violent.

— Attendez ! Je vais le faire.

J'amorce un geste vers l'arme, mais la Chancelière lâche un long soupir.

— Tu crois que je ne te vois pas venir ? Tu vas essayer de me tirer dessus. Tu es tellement prévisible, dit-elle en s'approchant de son jet. Tellement prévisible et impulsive.

Je me rue sur l'arme. Trop tard ! Du coin de l'œil, je vois Taylor et Adrien se jeter dans le vide.

— Non !

L'espace d'une nanoseconde, le choix se présente à moi. Si je me sers de ma toute dernière goutte de télékinésie pour supprimer la Chancelière, Taylor et Adrien n'en réchapperont pas. Les abandonner tous les deux pour tuer Bright ? C'est ce que Taylor voudrait. Elle m'a si souvent servi son couplet sur la nécessité du sacrifice au nom du bien commun.

Mais je ne suis pas Taylor. À l'instant où je vois Adrien disparaître, je sais que la question ne s'est jamais vraiment posée. Il est tout pour moi.

Je me précipite vers le rebord de l'immeuble et m'aplatit sur le ventre pour scruter le vide. Son corps s'amenuise à mesure qu'il tombe. Pendant ce temps, le jet de la Chancelière décolle derrière moi.

— Adrien !

La Chancelière a tort. Je sacrifierai volontiers ma vie pour lui. J'abandonne le contrôle de mes allergies pour lancer mon pouvoir vers lui tel un lasso. Son corps s'arrête quarante étages plus bas, retenu par une corde invisible.

Je le tracte vers le haut tout en tâchant d'ignorer ma langue qui gonfle dans ma bouche.

Encore vingt étages.

Dix.

Plus qu'un étage. À ce stade, ma glotte bloque totalement l'entrée de mon larynx. Dans quelques mètres, il sera sauvé ! Peu m'importe que mon corps se consume à petit feu.

Tout à coup, mon pouvoir vacille et Adrien dégringole d'une cinquantaine de centimètres. Je le rattrape in extremis et le tire de nouveau vers le haut. Penchée au-dessus du rebord, je tends le bras vers lui. Des taches blanches apparaissent à la périphérie de mon champ de vision.

Mes mains cherchent désespérément ses chevilles, mais à la seconde où je les attrape, la connexion à mon pouvoir s'interrompt net.

Je le retiens de toutes mes forces.

En vain. Entraînée en avant par le poids de son corps, je bascule dans le vide avec lui. La terreur m'inonde. Je suis censée sauver Adrien !

Le sol se rapproche rapidement et le vent siffle dans mes oreilles comme un train de marchandises. J'ai épuisé toutes mes forces en tractant Adrien. Il ne me reste plus une seule once d'énergie. Et puis, ma glotte est tellement enflée que l'air ne passe plus.

Je suis désemparée. Il n'y a plus rien à faire.

D'étranges images me reviennent en désordre. Les yeux aigue-marine d'Adrien. Notre première rencontre au Corridor de Ravitaillement. Notre tout premier baiser.

Nous allons nous écraser au sol. Les yeux fermés, je me cramponne à sa jambe. Au moins, nous serons ensemble jusqu'à la fin.

Mais notre chute s'amortit d'un seul coup, comme si nous nous étions posés sur un océan de coton. Ébahie, je rouvre mes yeux bouffis. Un immense halo bleu nous enveloppe et nous berce. Je ne me rappelle pas à quand remonte ma dernière bouffée d'air. Est-ce que je suis morte ?

— Chargez-les à l'arrière du vaisseau ! L'armada va débouler !

La lumière bleue se dissipe aussitôt. Je vois Saminsa aider Adrien à se lever. Autour de nous, des immeubles s'élèvent vers le ciel. Le vaisseau du Réseau est posé en plein milieu d'une rue.

— On ne t'a pas trop manqué ? me demande Rand avec un grand sourire.

Cole bondit du véhicule tandis que Xona épaule un lance-missile et fait feu sur une meute de Régulateurs dévalant la rue dans notre direction.

— Saminsa, les Regs sont plus nombreux que prévu ! Lance une autre onde ! lui hurle Cole en nous déposant à l'arrière de l'appareil.

Saminsa lève les bras. Du bout de ses doigts jaillit une lumière bleue, cette même lumière à l'origine du filet surnaturel qui a freiné notre chute. Sauf que ce coup-ci, la lumière se déploie vers l'avant. Au même instant, un Régulateur sorti de nulle part se rue sur Xona. Occupée à recharger son arme, elle n'a pas le réflexe de se protéger. Sans perdre une seconde, Cole se jette devant elle pour faire bouclier.

Le Régulateur fait feu. Par chance, le faisceau est absorbé par le champ magnétique bleu qui englobe à présent le vaisseau. Perplexe, Xona dévisage Cole. Pendant ce temps, tout le monde a embarqué à bord du vaisseau. Sans perdre une seconde, Rand referme la porte arrière.

— Vas-y, Henk ! Emmène-nous loin d'ici, fait Tyryn qui jette un œil par la vitre. Deux vaisseaux ennemis arrivent par le nord.

Mes muscles se remettent à frémir. Je suis à deux doigts de perdre connaissance et de sombrer dans le noir. Le visage de Tyryn se penche sur le mien.

— On a un injecteur d'épinéphrine de secours, dit-il en repoussant les mèches de ma figure.

Je ressens comme une morsure à la poitrine. Mon corps s'embrase et je me débats dans tous les sens, cherchant à me libérer des mains qui me maintiennent allongée. La paume sur le cœur, je respire bruyamment. Pour la première fois depuis je ne sais combien de minutes, l'air s'engouffre dans ma gorge jusqu'à mes poumons.

Tyryn m'aide à me rallonger. J'arrive finalement à prendre une pleine goulée d'air. Au moment du décollage, le véhicule est secoué.

— Maintenant ils sont trois ! s'écrie Henk en repérant une autre patrouille.

L'appareil s'élève progressivement dans les airs. La nausée et le vertige m'envahissent mais je réussis à garder les yeux ouverts. Au-dessus des immeubles, trois appareils blindés se tiennent en embuscade. Ils déchargent une nouvelle salve de faisceaux laser qui ricochent sur le champ magnétique nous protégeant.

— Ma sphère va se désintégrer ! crie Saminsa.

— Préparez-vous à passer à l'attaque ! nous prévient Henk.

Ensemble, City et Cole abaissent la vitre qui court le long de l'appareil. L'air s'engouffre dans l'habitacle.

— Maintenant ! fait Saminsa.

Avec un mouvement vers l'avant, elle expulse le champ magnétique qui se désintègre bientôt dans les airs.

Dans son sillage, City en profite pour lâcher une tornade électrique géante qui emprisonne l'un des vaisseaux. L'engin est englouti par un tourbillon dans une pluie d'étincelles, tandis que Rand se charge du deuxième appareil. La coque se met aussitôt à fondre sous l'effet de la chaleur qu'il dégage.

Saminsa, pour sa part, lance une boule magnétique bleue sur le troisième vaisseau, aussitôt projeté en arrière contre celui en train de fondre. Ils dégringolent tous les deux en tournoyant dans le vide. L'instant d'après, City achève sa cible, qui se précipite à son tour vers le bas comme un poids mort.

En dessous, les trois vaisseaux ennemis s'écrasent dans une succession d'explosions. Mais Henk a accéléré et nous nous envolons vers l'horizon sans que j'aie le temps d'apprécier le spectacle.

City remonte la vitre en laissant échapper un cri de victoire.

— Vous avez vu ça ?

Avec un éclat de rire, Ginni la prend dans ses bras. Rand, pour sa part, tapote Saminsa dans le dos avec un sourire réjoui.

— C'était épatant !

Entre-temps, l'épinéphrine a fait effet, et mon esprit s'est éclairci. Je me traîne péniblement vers l'avant du vaisseau où Adrien est installé, ceinture bouclée.

Je le serre dans mes bras de toutes mes forces, de grosses larmes au coin des yeux. Je songe au pauvre Général Taylor. Et dire que nous avons tous failli subir le même sort qu'elle !

— Nous sommes sains et saufs, dis-je, agrippée à son maigre corps.

Mais, les bras ballants, il ne me rend pas mon étreinte.

— Adrien ?

Je m'écarte de lui et plonge mon regard dans le sien.

C'est là que je m'aperçois que quelque chose ne va pas, mais vraiment pas.

Ses yeux sont ternes, dénués de vie. L'étincelle qui anime d'ordinaire l'aigue-marine de son iris s'est éteinte.

— Adrien ?

Il me regarde droit dans les yeux, certes, mais je n'ai pas l'impression qu'il me voie.

— Adrien ? dis-je en frisant l'hystérie. Adrien, tu me fais peur !

Il continue de fixer le vide, le regard inexpressif.

Je lui saisis la main et la pose sur mon cœur palpitant.

— C'est Zoe ! Dis quelque chose !

— Zoe, répète-t-il d'une voix désincarnée. Pourquoi tu ne m'as pas sauvé ?

29.

Jilia finit d'examiner Adrien. Il a des cernes très marqués et je n'arrive pas à détourner le regard des nombreuses cicatrices qui lui barrent le crâne, à l'endroit où on l'a ouvert. Assise près de lui, sa mère lui tient la main.

— C'est très bien, Adrien, déclare Jilia d'une voix faussement joyeuse en abaissant le scanner. Tu peux retourner au dortoir pour t'y reposer.

Il s'exécute sans poser de questions. Désormais, il ne fait plus que suivre les consignes. Il resterait debout des heures si personne ne lui disait de s'asseoir.

Rand l'attend à la sortie de la clinique afin de le reconduire jusqu'à la chambre.

— Qu'est-ce qu'il a ? demande Sophia d'une voix très inquiète, après son départ.

Nerveuse, Jilia sort une tablette qui projette une image en 3D du cerveau d'Adrien.

— Il a subi de multiples opérations. D'après ses souvenirs, la Chancelière l'a gardé sous son influence pendant plus d'un mois. Jusqu'à ce qu'il ait une vision de la mort de Zoe – tout du moins, de ce qu'il croyait être sa mort. (Elle me regarde.) Il t'a vue avoir une crise d'allergie. Il n'y avait personne pour te sauver. Il savait qu'en révélant sa vision à la Chancelière, il lui révélait le moyen de te tuer. Il était tellement résolu à te protéger qu'il a réussi, d'une manière ou d'une autre, à se libérer de son influence. Ensuite, il n'a plus voulu coopérer. C'est là qu'elle a recouru à la chirurgie.

Une torpeur m'envahit. C'est arrivé par ma faute.

— Comment ça ? intervient la mère d'Adrien, frappée d'effroi. Tu veux dire qu'elle l'a torturé ?

— Elle a commencé par le torturer pour lui soutirer des informations. Puis, elle l'a lobotomisé, procédant à l'ablation de certaines parties de son cerveau, parmi lesquelles l'amygdale dans sa quasi-totalité. Il conserve sa mémoire, mais il lui est dorénavant impossible de ressentir la moindre émotion. Après la dernière opération, il semblerait que le don de la Chancelière ait recommencé à faire effet sur lui. Mais à ce stade, il n'avait plus de visions. Zoe, la seule raison pour laquelle Bright ne l'a pas tué, c'est pour l'utiliser contre toi. Elle devait le garder en vie pour que Ginni puisse le localiser et nous attirer dans son piège.

— Va-t-il un jour redevenir mon Adrien ? demande Sophia.

J'appréhende la réponse de Jilia, le souffle suspendu.

Elle baisse de nouveau la tête.

— Dis-moi la vérité ! insiste Sophia.

— En cinquante ans, la science a fait de grandes avancées dans le domaine de la reconstruction d'organes. Toutefois, à ce jour, personne n'est jamais parvenu à reconstruire des parties entières du cerveau. La moindre procédure de reproduction s'avérera longue et laborieuse. Nous allons nous y mettre sans tarder, mais je ne vous promets rien. Je suis vraiment navrée.

J'esquisse un pas en arrière, abasourdie.

— Tu es guérisseuse ! hurle Sophia. Il n'y a vraiment rien que tu puisses faire ?

— Navrée, Sophia, répète-t-elle en voulant poser la main sur son épaule.

Mais la mère d'Adrien l'écarte violemment avant de partir en courant. Elle est sans doute trop pudique pour pleurer devant nous.

C'est insupportable. Moi aussi je dois sortir d'ici. Dans le couloir, Sophia a disparu, et mes pas résonnent dans l'espace vide. L'histoire ne peut pas se terminer comme ça. Malgré les tristes pronostics de Jilia, Adrien et moi sommes destinés à finir ensemble. Nous sommes censés connaître une fin heureuse, main dans la main, à contempler le coucher du soleil, une fois la guerre terminée. En même temps, Adrien ne m'a jamais dépeint cette fin. Dans sa vision, je suis dehors, au soleil, mais toute seule. Et je m'élance vers un danger, au lieu de célébrer la victoire.

Je m'arrête brusquement, surprise de constater que mes pas m'ont portée jusqu'au dortoir d'Adrien. Je reste plantée devant sa porte pendant un long moment, me préparant à l'affronter. Puis j'appuie sur le bouton et pénètre dans la chambre.

Adrien est assis à la table, le regard rivé vers le mur d'en face, l'expression atone. En le voyant ainsi, mon cœur se serre. Il a l'air brisé. Et pourtant, le nez aquilin et la mâchoire anguleuse sont les siens. C'est le garçon que j'aime. Jilia se trompe, c'est obligé. La Chancelière a beau lui avoir retiré une partie du cerveau, Adrien est toujours enfoui là, quelque part. Nous sommes beaucoup plus qu'une enveloppe corporelle, plus que des synapses ou des tissus cérébraux ; Adrien me le rabâchait sans cesse. Et Cole me l'a démontré. Nous avons une âme.

Je m'installe dans le siège d'en face et lui prends la main. Il se laisse faire sans ciller. Peut-être qu'à mon contact une étincelle se produira et le ramènera à la vie. Le scanner de son cerveau me revient en tête mais je m'empresse d'en chasser l'image.

C'est Adrien. Mon Adrien. Notre amour peut triompher de tout, comme il l'a prouvé en résistant au don de la Chancelière. Ses sentiments pour moi ont surpassé l'influence de Bright. Nous réussirons à surmonter cette épreuve, j'en suis intimement persuadée.

— Comment tu te sens ?

Il ne lève même pas la tête et sa main reste flasque dans la mienne.

— Le médecin dit je ne vais pas bien.

— Tu vas finir par aller mieux, dis-je en m'efforçant de sourire malgré les larmes qui menacent de couler. Il faut juste te donner du temps.

Il demeure complètement apathique.

— Je peux te poser une question ?

— Oui.

La gorge nouée, je serre sa main avec vigueur.

— Pourquoi est-ce que tu as tenu à faire cette mission ? Pourquoi avoir quitté la Fondation, sachant qu'on allait te faire prisonnier ?

— J'ai eu d'autres visions de toi et moi à la Fondation. Certaines d'entre elles ne s'étaient pas encore produites. J'en ai déduit que j'avais encore du temps avant de me faire capturer.

Une lueur d'espoir gonfle en moi.

— Ces visions peuvent encore se réaliser ?

Il secoue la tête de droite à gauche d'un mouvement sec et mécanique comme un automate.

— Non. Ce n'était pas moi dans les visions. C'était Maximin avec mon visage.

La flamme d'espoir s'éteint aussitôt, remplacée par un frisson. Comme c'est injuste et cruel ! Tous les moments que j'aurais dû partager avec Adrien, c'est Max qui nous les a volés. Je ressens pour lui une nouvelle bouffée de haine. Il est enfermé dans une cellule au niveau inférieur, sous surveillance constante. Si Sophia et moi avions notre mot à dire, il ne recevrait pas un tel traitement de faveur.

— Tu croyais avoir plus de temps devant toi... dis-je, le cœur serré.

— Pas seulement. Je ne voulais pas contrarier la chaîne de causalité. Si jamais je n'avais pas secouru Saminsa durant notre mission, elle n'aurait pas été là ensuite pour te sauver à ta chute de l'immeuble.

— Espèce d'imbécile !

Il s'est mis en danger pour moi. Le pire dans cette histoire, c'est que Saminsa n'aurait pas eu à voler à mon secours si Adrien ne s'était pas fait capturer en premier lieu. S'il était resté confiné ici, rien de cela ne serait arrivé. Adrien a lui-même provoqué les circonstances menant à cette tragédie.

Je ravale mon chagrin. Au moins réagit-il à mes questions. Je tâche de me concentrer là-dessus.

— Tu connais le glitcher roux qui était dans le couloir avec moi ?

— Il génère des hallucinations en se basant sur les angoisses et les désirs du sujet, m'explique Adrien sur un ton monocorde. Les armes dissimulées dans le faux plafond étaient censées te neutraliser pendant qu'il te distrayait en te plongeant dans un univers fantasmatique. Mais tu les as détectées, ainsi que le pistolet qu'il portait. La Chancelière n'a pas voulu dépêcher d'autres soldats, de peur que tu les neutralises avec ta télékinésie, malgré tes hallucinations. Du coup, elle a jugé préférable de m'envoyer te tuer en t'ôtant ton casque. Comme dans ma vision.

— D'après elle, tu m'as vue mourir, dis-je d'un ton posé.

— J'ai eu des images de toi, te contorsionnant de douleur par terre, puis inerte. J'en ai déduit que tu allais mourir, fait-il d'une voix toujours aussi mécanique.

Il me dépeint ma propre mort comme s'il était en train de me décrire les composants d'un moteur à propulsion.

— Est-ce tu ressens la moindre émotion ?

Désespérée, je cherche à déceler une trace, même infime, de l'Adrien d'antan. Il lève la tête et croise mon regard.

Ça y est ! C'est l'instant où nos âmes sont censées se reconnaître, l'instant où je vois une étincelle illuminer son regard.

Je serre sa main de plus belle.

Je l'implore en silence. *Vois-moi.* Plonge ton regard dans le mien et souviens-toi.

— Non. Je ne ressens rien du tout.

Ses yeux sont aussi inanimés que ceux de mon frère sous l'emprise de la puce A-V.

Je refuse de le perdre comme ça. Je vais le forcer à se souvenir. J'approche mon siège du sien, ignorant le raclement désagréable des pieds sur le sol. Il continue de fixer l'endroit où j'étais assise il y a une seconde.

Je ferme les yeux pour ne plus voir son regard creux. Et je pose ma bouche sur la sienne.

Pas de réaction. Je redouble d'efforts, plaque mes lèvres contre les siennes, mettant dans ce baiser l'énergie de mon désespoir.

En vain. Ses lèvres ne remuent pas d'un iota.

Je m'écarte et sonde ses yeux. Il ne me regarde toujours pas.

Alors, je suis forcée de me rendre à l'évidence.

Nous ne l'avons pas sauvé – pas réellement. Nous avons rapporté son corps, un point c'est tout. Finalement, la Chancelière ne m'a jamais laissé le choix. J'allais perdre à la fois Taylor et Adrien, quelle que soit ma décision.

Je m'éloigne de lui, le corps frissonnant.

— Tu devrais te reposer. Tout va bien finir, dis-je sans vraiment y croire.

Sur ces fausses paroles réconfortantes, je m'enfuis du dortoir. Les larmes explosent d'un seul coup et noient mon visage. À cet instant, mon interface se met à vibrer, interrompant mon effusion. Réunion générale dans le gymnase. Présence obligatoire.

J'essuie mes larmes et prends une grande inspiration. La dernière chose dont j'ai besoin, c'est de voir des gens. Mais tout le monde se soucie de l'avenir du Réseau. Taylor est morte et la Chancelière s'est échappée une fois encore. Il faut que nous nous serrions les coudes plus que jamais. Je fais demi-tour et rejoins le gymnase.

La salle est à moitié pleine à mon arrivée. Tous les soldats du niveau inférieur sont présents. Le Professeur se tient dans un coin. Il a l'air aussi mal en point que moi, avec sa tunique froissée et ses yeux cernés de rouge. Son chagrin est palpable.

Ginni me saute dessus en me prenant dans ses bras.

— J'ai entendu le pronostic de Jilia. Je suis sincèrement désolée pour Adrien.

Retenant mes larmes une fois de plus, je la laisse me guider jusqu'à nos sièges sans rien dire. Je constate avec surprise que Cole et Xona sont installés côte à côte, et échangent à voix basse. Ce n'est pas la première fois que je les surprends à parler ensemble. Le réflexe qu'il a eu de la protéger sur le terrain a changé la donne entre eux.

Pendant le bilan médical d'Adrien, je suis repassée par notre chambre pour me changer. J'ai trouvé Xona assise au bord du lit, les yeux écarquillés. Après s'être enquise de la santé d'Adrien, elle s'est confiée à moi.

— Si Saminsa n'avait pas réagi à temps, Cole serait mort pour moi. Pendant longtemps, je les ai considérés comme des machines à tuer, et pourtant, il m'aurait sauvé la vie. Je lui ai parlé tout à l'heure. Tu sais ce qu'il a dit ?

— Non ?

— Que si moi, je suis capable de lui pardonner et de l'accepter, eh bien il arrivera peut-être aussi à s'accepter lui-même. À croire qu'il avait du mal à se considérer comme un être humain jusqu'à ce qu'il me prouve le contraire à moi, qui déteste tant les Régulateurs.

Le Professeur interrompt le fil de mes pensées. Il s'est avancé.

— C'est une phase difficile pour nous tous, entonne-t-il d'une voix éraillée.

Il se racle la gorge et reprend.

— Rosalina a tâché de me préparer à cette éventualité. Elle disait toujours que pour accomplir de grandes choses ou parvenir à un changement durable, les sacrifices sont inévitables. L'honneur, la loyauté, le courage. Ce sont des qualités qu'elle nous a transmises et dont nous allons avoir besoin plus que jamais dans les mois à venir.

Il promène son regard sur l'assemblée avant de l'arrêter sur moi.

— Zoe, tu veux bien venir ici, s'il te plaît ?

Interdite, je me lève et me dirige vers l'avant de la salle.

— Tyryn, appelle ensuite le Professeur.

Nous trois réunis, le Professeur s'adresse de nouveau à l'ensemble du gymnase.

— La dernière action du Général avant de partir en mission fut de nommer Zoe Q-24 Colonel intérimaire, au cas où elle ne reviendrait pas. Zoe va donc rejoindre les quatre autres Colonels qui chapeautent le Réseau.

— Comment ? dis-je, stupéfiée.

— Elle pensait que votre génération de glitchers méritait de figurer parmi les dirigeants de la Résistance, et toi en particulier. Elle t'a observée attentivement pendant ces quelques mois. Elle jugeait que tu étais prête.

Sidérée, je demeure immobile tandis que Tyryn s'approche de moi et m'épingle une étoile à la tunique. Une centaine de pensées se bousculent dans ma tête. J'étais persuadée que Taylor détestait les glitchers. Et pourtant, elle m'élève au rang de Colonel ! Toutes les prédictions d'Adrien se réalisent, mais pas de la manière attendue.

Le Professeur se tourne vers son public.

— Nous avons essuyé de lourdes pertes et fait des sacrifices parfois insoutenables.

Sa voix se brise légèrement ; il prend une grande inspiration et enchaîne.

— D'autres épreuves nous attendent dans les prochains mois. Mais l'espoir demeure aussi longtemps que nous respirons. Nous nous battons pour défendre notre vie et celles de ceux que nous aimons. Rosalina a toujours cru que même une poignée d'hommes pouvait changer la face du monde.

Le Professeur s'écarte pour laisser la parole à Tyryn. Pendant qu'il discute mesures de sécurité renforcées et nécessité de rationner les ressources du fait que la Fondation accueille de plus en plus de réfugiés, je regagne mon siège, abasourdie.

À la fin de la réunion, une fois tout le monde parti au réfectoire, je reste seule devant le gymnase et m'adosse contre le mur froid, la tête renversée en arrière. Le corridor est vide. Moi aussi je me sens vide. Je suis toujours partie du principe qu'Adrien serait à mes côtés, quoi qu'il arrive. Maintenant, je me retrouve à affronter la situation seule.

Une pointe de panique me transperce l'estomac comme un jet d'acide. Je serre les dents. Non, plus question de céder à la peur. Je ne serai plus jamais faible.

Notre avenir se prépare. Et la prochaine fois, je serai prête à mener la bataille. En tant que Colonel, je peux veiller à ce que le projet *Kill Switch* ne soit pas entériné. Nous allons trouver un autre moyen de mettre un point final à cette guerre. Et je jure sur tout ce que j'ai de plus cher que je ferai payer à la Chancelière les vies qu'elle a détruites.

Remerciements

Écrire une suite n'est pas toujours une mince affaire ! Un immense merci à tous ceux qui m'ont permis de donner naissance à ce deuxième tome !

À mon éditrice, Terra Layton, qui s'est montrée d'une patience *infinie* tandis que nous passions et repassions sur le manuscrit jusqu'à parvenir à ce résultat final. Tes idées et suggestions me sont précieuses, ainsi que ton enthousiasme inébranlable, bien que ce livre nous ait parfois donné du fil à retordre ! Et merci à toute l'équipe de St. Martin's Press !!!

Comme toujours, merci à mon agent, Charlie Olsen.

Quant à l'étonnante Lenore Appelhans, en voilà une qui mérite une vive acclamation ! Après avoir lu de terribles ébauches, tu m'as appris que parfois il vaut mieux tout effacer pour reprendre à zéro. Tu es la meilleure ! Merci aussi à mes lecteurs Paula Strokes et McCormick Templeman.

Un énorme merci à mon groupe de critiques, ici à Minneapolis, Anne Greenwood, David Nunez, Nathalie Boyd, Lauren Peck, et Carolyn Hall. Vous n'avez jamais hésité à souligner mes erreurs, et vous m'avez m'aidée à créer des personnages plus complexes et des scènes plus étoffées. En bref, vous êtes géniaux ! C'est toujours avec impatience que j'attends nos rendez-vous du jeudi !

Et enfin, merci aux Apocalypsies pour leur soutien tout du long. Sans vous, je serais sans doute devenue folle ! Apo-câlins ☺

DÉJÀ PARUS

VERSION BETA

Rachel Cohn

Elle est l'absolue perfection.
Son seul défaut sera la passion.

Née à seize ans, Elysia a été créée en laboratoire. Elle est une version beta, un sublime modèle expérimental de clone adolescent, une parfaite coquille vide sans âme.

La mission d'Elysia : servir les habitants de Demesne, une île paradisiaque réservée aux plus grandes fortunes de la planète. Les paysages enchanteurs y ont été entièrement façonnés pour atteindre la perfection tropicale. L'air même y agit tel un euphorisant, contre lequel seuls les serviteurs de l'île sont immunisés.

Mais lorsqu'elle est achetée par un couple, Elysia découvre bientôt que ce petit monde sans contraintes a corrompu les milliardaires. Et quand elle devient objet de désir, elle soupçonne que les versions BETA ne sont pas si parfaites : conçue pour être insensible, Elysia commence en effet à éprouver des émotions violentes. Colère, solitude, terreur… amour.

Si quelqu'un s'aperçoit de son défaut, elle risque pire que la mort : l'oubli de sa passion naissante pour un jeune officier…

« Un roman à la fois séduisant et effrayant, un formidable page-turner ! »

Melissa De La Cruz,
auteur de la saga *Les Vampires de Manhattan*

Tome 1 d'une tétralogie bientôt adaptée au cinéma par le réalisateur de Twilight II – Tentation

Tome 2 à paraître en octobre 2013

CONFUSION

Cat Clarke

La vie est un beau mensonge.

Grace, 17 ans, se réveille enfermée dans une mystérieuse pièce sans fenêtres, avec une table, des stylos et des feuilles vierges. Pourquoi est-elle là ? Et quel est ce beau jeune homme qui la retient prisonnière ? Elle n'en a aucune idée. Mais à mesure qu'elle couche sur le papier les méandres de sa vie, Grace est frappée de plein fouet par les vagues de souvenirs enfouis au plus profond d'elle-même. Il y a cet amour sans espoir qu'elle voue à Nat, et la lente dégradation de sa relation avec sa meilleure amie Sal. Mais Grace le sent, quelque chose manque encore. Quelque chose qu'elle cache.

De dangereux et inavouables secrets,
une amitié intense et exclusive, une attirance fatale...
Un roman qui a bouleversé l'Angleterre.

LES CENDRES DE L'OUBLI

-Phænix-

Livre 1

de Carina Rozenfeld

Elle a 18 ans, il en a 20. À eux deux ils forment le Phœnix, l'oiseau mythique qui renaît de ses cendres. Mais les deux amants ont été séparés et l'oubli de leurs vies antérieures les empêche d'être réunis...

Anaïa a déménagé en Provence avec ses parents et y commence sa première année d'université. Passionnée de musique et de théâtre, elle mène une existence normale. Jusqu'à cette étrange série de rêves troublants dans lesquels un jeune homme lui parle et cette mystérieuse apparition de grains de beauté au creux de sa main gauche. Plus étrange encore : deux beaux garçons se comportent comme s'ils la connaissaient depuis toujours...

Bouleversée par ces événements, Anaïa devra comprendre qui elle est vraiment et souffler sur les braises mourantes de sa mémoire pour retrouver son âme sœur.

La nouvelle série envoûtante de Carina Rozenfeld, auteur jeunesse récompensé par de nombreux prix, dont le prestigieux prix des Incorruptibles en 2010 et 2011.

Second volet à paraître en avril 2013

Kaleb

de Myra Eljundir

SAISON 1

C'est si bon d'être mauvais...

À 19 ans, Kaleb Helgusson se découvre empathe : il se connecte à vos émotions pour vous manipuler. Il vous connaît mieux que vous-même. Et cela le rend irrésistible. Terriblement dangereux. Parce qu'on ne peut s'empêcher de l'aimer. À la folie. À la mort.

Sachez que ce qu'il vous fera, il n'en sera pas désolé. Ce don qu'il tient d'une lignée islandaise millénaire le grise. Même traqué comme une bête, il en veut toujours plus. Jusqu'au jour où sa propre puissance le dépasse et où tout bascule... Mais que peut-on contre le volcan qui vient de se réveiller ?

La première saison d'une trilogie qui, à l'instar de la série Dexter, offre aux jeunes adultes l'un de leurs fantasmes : être dans la peau du méchant.

Déconseillé aux âmes sensibles et aux moins de 15 ans.

Saison 2 : *Abigail*

Saison 3 à paraître en août 2013

LA COULEUR DE L'AME DES ANGES

de Sophie Audouin-Mamikonian

Laissez-vous porter par les ailes du désir...

Sauvagement assassiné à 23 ans, Jeremy devient un Ange... et réalise avec effroi que l'on peut mourir aussi dans l'au-delà. Pour ne pas disparaître, en effet, tout Ange doit se nourrir des sentiments humains et même... les provoquer ! Invisible et immatériel, Jeremy décide d'enquêter sur sa mort et tombe amoureux de la ravissante Allison, une vivante de 20 ans, témoin de son meurtre. Or l'assassin de Jeremy traque la jeune fille... Jeremy parviendra-t-il à sauver Allison ? Sera-t-il capable de sacrifier ses sentiments et de vivre à jamais séparé d'elle ?

Le premier volet de la duologie événement de Sophie Audouin-Mamikonian.

LA SÉLECTION

de Kiera Cass

35 candidates, 1 couronne, la compétition de leur vie.

Elles sont trente-cinq jeunes filles : la « Sélection » s'annonce comme l'opportunité de leur vie. L'unique chance pour elles de troquer un destin misérable contre un monde de paillettes. L'unique occasion d'habiter dans un palais et de conquérir le cœur du prince Maxon, l'héritier du trône. Mais pour America Singer, cette sélection relève plutôt du cauchemar. Cela signifie renoncer à son amour interdit avec Aspen, un soldat de la caste inférieure. Quitter sa famille. Entrer dans une compétition sans merci. Vivre jour et nuit sous l'œil des caméras... Puis America rencontre le Prince. Et tous les plans qu'elle avait échafaudés s'en trouvent bouleversés...

Le premier tome d'une trilogie pétillante, mêlant dystopie, téléréalité et conte de fées moderne.

Bientôt adaptée en série TV par les réalisateurs de *The Vampire Diaries* !

Tome 2 à paraître en avril 2013

STARTERS

de Lissa Price

Vous rêvez d'une nouvelle jeunesse ?
Devenez quelqu'un d'autre !

Dans un futur proche : après les ravages d'un virus mortel, seules ont survécu les populations très jeunes ou très âgées : les Starters et les Enders. Réduite à la misère, la jeune Callie, du haut de ses seize ans, tente de survivre dans la rue avec son petit frère. Elle prend alors une décision inimaginable : louer son corps à un mystérieux institut scientifique, la Banque des Corps. L'esprit d'une vieille femme en prend possession pour retrouver sa jeunesse perdue. Malheureusement, rien ne se déroule comme prévu… Et Callie prend bientôt conscience que son corps n'a été loué que dans un seul but : exécuter un sinistre plan qu'elle devra contrecarrer à tout prix !

Le premier volet du thriller dystopique phénomène aux États-Unis.

« Les lecteurs de *Hunger Games* vont adorer ! », Kami Garcia, auteur de la série best-seller *16 Lunes*.

Second volet à paraître en mai 2013

LA FILLE DE BRAISES ET DE Ronces

de Rae Carson

Le Destin l'a choisie, elle est l'Élue, qu'elle le veuille ou non.

Princesse d'Orovalle, Elisa est l'unique gardienne de la Pierre Sacrée. Bien qu'elle porte le joyau à son nombril, signe qu'elle a été choisie pour une destinée hors normes, Elisa a déçu les attentes de son peuple, qui ne voit en elle qu'une jeune fille paresseuse, inutile et enveloppée... Le jour de ses seize ans, son père la marie à un souverain de vingt ans son aîné. Elisa commence alors une nouvelle existence loin des siens, dans un royaume de dunes menacé par un ennemi sanguinaire prêt à tout pour s'emparer de sa Pierre Sacrée.

La nouvelle perle de l'*heroic fantasy*.

Le premier tome d'une trilogie « unique, intense... À lire absolument ! » (Veronica Roth, auteur de la trilogie *Divergent*).

Tome 2 à paraître en juin 2013

Cet ouvrage a été imprimé
en février 2013 par

CPI
FIRMIN-DIDOT

27650 Mesnil-sur-l'Estrée
N° d'édition : 52998/01
N° d'impression : 115918
Dépôt légal : mars 2013

Imprimé en France

Composé par Nord Compo Multimédia
7, rue de Fives, 59650 Villeneuve-d'Ascq